# 弗兰基的
# 蓝色琴弦

〔美〕米奇·阿尔博姆 著

王爱燕 译

南海出版公司

新经典文化股份有限公司
www.readinglife.com
出 品

献给麦克叔叔,在我今生遇到的许多音乐家中,是他第一个让我萌生这样的念头:"我也想那样演奏。"

这首歌献给那些男孩
他们整夜络绎而来
拎着纸板琴盒,里面装着温柔的吉他
你是否想知道他们去了哪里?

——保罗·西蒙

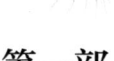

# 第一部

# 1

我是来收回珍宝的。

他就在那里，躺在棺材里。其实，他已经归我所有。只是一个尽职的乐手会肃然保持姿态，直到最后一个音符演奏完毕。此人旋律已终，只是吊唁他的人不远万里而来，为他再添几个小节，算是某种尾声。

让我们倾听。

天堂可以等候。

我让你受惊了吧？我不应如此。我并非死神。你是说那个头戴兜帽，散发腐尸气息的收割者吗？就像你们年轻人说的那样——得了吧。

我也不是你们临终时人人惧怕的大审判官。我是谁，可以审判一条生命？我曾与善者恶者同在。此人之过，我不予裁决；此人之善，我也不加衡量。

关于他，我确实所知甚多：他以吉他编织的魔咒，以深沉的带有气声的歌喉颠倒的众生。

他以六根蓝色琴弦改变的那些生命。

这些，我都可以讲。

或者，我也可以休止。

我总要腾出休止的时间。

你觉得我闪烁其词？有时如此。我也会温柔甜美，舒缓沉静，或者呕哑嘲哳，怒气冲冲，会晦涩难解，也会简单明了，如泻沙般抚慰，如针扎般疼痛。

我是音乐，我来这里，是为取回弗兰基·普雷斯托的灵魂。不是全部，只是较大的那部分，那是他降生时从我这儿拿走的。无论他用得多么精心，终归只供借用，不可占有，离世的时候终须归还我的。

我要收集起弗兰基的才华，散播给新生的灵魂。有朝一日，我也会这样处理你的灵魂。当你第一次听到旋律就抬起眼睛，或者脚随鼓点打起拍子，那不是毫无缘由的。

人人都是有乐感的。

不然，上帝为何要赋予你一颗跳动的心脏呢？

当然，你们中有些人从我这儿得到的比别人要多。巴赫，莫扎特，乔宾①，路易斯·阿姆斯特朗②，埃里克·克莱普顿③，菲利普·格拉斯④，王子⑤——仅举你们世间的几个例子吧。他们每个人在呱呱坠地时，我都觉得出，他们伸出小手抓住我。告诉你一个秘密：才华就是这样赋予他们的。婴儿睁开眼睛之前，我们环绕在他们身边，呈现出绚丽缤纷的色彩，他们第一次握起小拳头时，其实就是在抓取最令他们着迷的颜色。

---

① 即安东尼奥·卡洛斯·乔宾 (Antonio Carlos Jobim, 1927–1994)，又名汤姆·乔宾，巴西音乐家，波萨诺瓦的领袖人物，著名歌曲有《依帕内玛女孩》等。（本书注释均为译注）

② Louis Armstrong (1901–1971)，美国小号手，作曲家和歌手，爵士乐历史上最有影响的人物。

③ Eric Patrick Clapton (1945– )，英国歌手、词曲作家和电吉他演奏家，著名歌曲有《泪洒天堂》等。

④ Philip Glass (1937– )，美国作曲家，简约音乐的代表。

⑤ 即普林斯·罗杰斯·内尔森 (Prince Rogers Nelson，1958–2016)，美国著名歌手和词曲作家。其音乐风格多变，多次获格莱美奖。

这些才华将与他们终生相伴。那些运气好的(反正我认为他们运气好)选了我——音乐。从那一刻起,我寓居于你的每一声哼唱,每一声口哨,每拨动一次琴弦,每弹奏一下琴键。

我无法让你永生不死,我没有那样的神力。

但我会充盈你的生命。

是的,我也曾充盈棺材中那个人的生命,我那神秘而饱受误解的弗兰基·普雷斯托。他刚刚死去——在座无虚席的节庆音乐会上,众目睽睽之下,先是腾空而起,飞升到屋顶,随后坠落到舞台上,变成一具没有生命的躯壳。

此事颇为轰动。即便今天,参加葬礼的人聚集在这座具有几世纪历史的巴西利卡式教堂中,还在问:"是谁杀死了弗兰基·普雷斯托?"因为,他们说,没有人会那样自己死的。

这是事实。

你知道吗?他的名字其实是弗朗西斯科。他的经纪人试图隐瞒这一点。他们相信,对美国乐迷而言,"弗兰基"这名字更顺口。比如在他的音乐会上,女孩们会尖叫——"弗兰基!我爱你!弗兰基!"我想他们说得没错,简短的名字更适合让人迷狂。然而,你无法改变过去,无论你如何打造未来。

弗朗西斯科是他的真名。

弗朗西斯科·德·阿西斯·帕斯夸尔·普雷斯托。

我倒是蛮喜欢这名字的。

给他命名的那一夜,我在场。

没错。关于弗兰基·普雷斯托降生的不为人知的细节,那些史学家和评论家,甚至连弗兰基自己都一直称作谜团的事情,我知道。

你想听的话,我可以告诉你。

很惊讶吧?一开头我就乐意抖出这样令人垂涎的故事?可是干吗要磨磨叽叽呢?我不是像理性或数学那样"迟钝"的天赋。我是音乐。如果我赐予你歌唱的才华,你一开口便会崭露出来。作曲呢?最好的乐句往往在开头第一节。莫扎特的《弦乐小夜曲①》,听过吧?当,哒–当,哒–当,哒–当,哒–当?他在古钢琴上弹出这些音符时,禁不住哈哈大笑。用了不到一分钟。

你想知道弗兰基怎么来到世上的吗?

我会告诉你。

就这么简单。

故事发生在这里,西班牙的比利亚雷亚尔,一座七个多世纪前由一位国王建造的海滨城市。我喜欢凡事开头都标上拍号,好记下时间,所以让我们把时间标在一九三六年八月,以不规则的 6/5 拍,因为彼时西班牙正处于血雨腥风之中。一场内战。人们暗中称之为 El Terror Rojo(红色恐怖)的东西,正在逼近这几条街道,说得更具体些,是在逼近这座教堂,神父和修女们大多已逃避乡间。

那一夜我记得清清楚楚。(是的,我有记忆。没有形体,却有无穷

---

① 原文为德语 Eine kleine Nachtmusik,意为"一首小夜曲",指莫扎特《G 大调弦乐小夜曲》,又称《第 13 号小夜曲》。

无尽的记忆。）天空雷电隆隆，暴雨哗哗倾泻在人行道上。一位待产的年轻母亲，匆匆走进教堂，为腹中的胎儿祈祷。她叫卡门西塔。纤瘦的身材，高高的颧骨，浓密的黑葡萄色卷发如同波浪。她点燃两支蜡烛，画了十字，将手放在隆起的腹部，之后便痛苦地弯下身子。分娩开始了。

她叫了起来。一位长着淡褐色眼睛、牙中间有条细缝的年轻修女跑过来，扶起她。"安静，别出声①。"修女捧着她的脸说。她们还没来得及赶往医院，前门便被撞开了。

突袭者来了。

他们是反对者和民兵组织，对新政府恨之入骨。他们摧毁全国各地的教堂，此番也是为此而来。圣像和祭坛被亵渎损毁，庇护之所被焚为焦土，神父和修女在圣所中惨遭杀害。

你会以为，在此类恐怖之事发生时，新的生命会惊悸而僵冷，不再出生。不会的。无论是喜悦还是恐惧，都不会拖延生命的脚步。对母亲子宫外面的战争，未来的弗兰基·普雷斯托一无所知。他已经准备出场了。

我亦如此。

年轻的修女慌忙扶着卡门西塔，匆匆沿一条几世纪前修建的秘密楼梯爬到一个隐蔽的房间。此时，袭击者正在下面捣毁教堂，修女将弗兰基的妈妈搀到一个烛光映照的角落，安顿她在一条灰毯子上躺下。两个女人都急促地呼吸着，一呼一吸，形成节奏。

"安静，安静。②"修女不停低语。

雨点啪啪，似木槌敲打屋顶。雷声隆隆，如定音鼓。楼下，突袭者在膳厅中纵火，火焰噼啪爆响，如同几百只响板。为数不多尚未逃离教堂的人发出尖叫，高声的、祈求的哀号，回应的则是施暴者低沉凶狠的喝令。高高低低的声音，噼噼啪啪的火焰，鞭打般的狂风，鼓点般的雨

---

①②原文为西班牙语。

声和爆炸般的雷鸣，编织成一曲愤怒的交响乐，盘旋上升冲向高潮，就在突袭者猛力推开圣帕斯夸尔的墓穴，准备亵渎他的遗骨时，巴西利卡式教堂忽然钟声齐鸣，令所有人举头仰望。

就在此刻，弗兰基·普雷斯托降生了。

他的一双小手紧紧攥着。

他从我这儿拿走属于他的那一片。

啊－啊－啊。这故事我已经讲起来啦？我得考虑一下谋篇布局。讲一个人的出生是一回事，讲他的一生可是另一回事。

我们暂且离开灵柩，去外面待会儿。朝阳灿烂，人们从停在狭窄街道边上的车里钻出来，被阳光刺得眯起眼睛。此时，到达者寥寥无几，应该还有很多人没到，依我计算——我算得总像打拍子一样准——弗兰基·普雷斯托在有生之年，曾经在三百七十四支乐队里演出。

你会想，那一定意味着他的葬礼规模浩大。

但是，每个人此生都会加入乐队。只有某些人演奏音乐。弗兰基，我的爱徒，不只是吉他手，不只是歌手，不只是很长时间不知所踪的著名艺术家。他童年历经忧患，正是由于这些苦难，他获得了一件礼物。一套使他有能力改变生命的琴弦。

六根琴弦。

六条生命。

我怀疑，正因如此，这次告别才会别有趣味。也正因如此，我才会留下来听吊唁者发言——弗兰基不同凡响的交响曲，由他的亲朋故旧来演奏。还有他离奇的死亡，以及他临死前如影随形地跟着他的那个幽灵般的人物。

我想看到这问题得到解决。

音乐渴望解决。

可此刻,我该休止了。絮絮叨叨弹了这么多①。看到教堂台阶上那些抽烟的男人了吗?那个头戴粗花呢圆顶礼帽的人?他也是乐手,一位小号手。曾经十指灵活,而今垂垂老矣,正与病魔搏斗。

听他讲一讲。

每个人此生都会加入乐队。

而弗兰基曾在他的乐队演出。

---

①原文直译为"已经分享了这么多音符"。本书中有大量音乐双关语。

## 马库斯·贝尔格雷夫

马库斯·贝尔格雷夫和他的五重奏乐队的爵士小号手，雷·查尔斯乐队，曾为麦考伊·泰纳①、迪兹·吉莱斯皮②、艾拉·菲茨杰拉德③等人伴奏。


借个火儿，嗯……嗯……谢谢……

是啊，嗯哼，我也没法相信。没有人是那个死法。可我告诉你，弗兰基有某种特异功能，魔法，巫毒，诸如此类吧……这事我从没告诉任何人，但我发誓是真的。

当时我们在底特律一家夜总会演出，大概是一九五一年或一九五二年，他们叫那地方黑洞④。那里原先有不少不错的夜总会，可二战之后，就变得很乱了。

哦，当时我们星期五晚上演出，四场——八点，十点，午夜十二点，凌晨两点——弗兰基和我们一起，那时他还是个瘦骨伶仃的吉他少年。早在他出那些轰动的唱片之前，甚至还没有开始唱歌。嘿，我连他姓什么都不知道，只叫他"弗兰基"。他年纪太小，论理不该上场，可他从

---

① Alfred McCoy Tyner (1938– )，美国爵士钢琴家，曾与约翰·柯川等人组成五重奏乐队。
② Dizzy Gillespie (1917–1993)，原名为约翰·博克斯·吉莱斯皮，美国爵士小号手，作曲家和歌手。迪兹（Dizzy）是他的外号，意为"令人眩晕的"。
③ Ella Fitzgerald (1918–1996)，美国著名爵士女歌手，被誉为"爵士乐第一夫人"。
④ Black Bottom，美国的黑人聚居区。

来不要报酬，对夜总会老板来说，就算二十一了，知道我啥意思，对吧？我们让他坐后面，聚光灯照不到的地方，他那一大蓬拖把般的乌发在阴影中晃动。夜场结束时，他能吃到一盘免费的鸡肉，而我们则不花钱得到一个吉他手。

我知道，我知道，正要讲这一点。就像我说的，当时那地方很不入流，甚至有些下三滥。有一次，我们正演奏《烟馆布鲁斯》，角落里坐着一个留大胡子的家伙，身边是个漂亮的金发小妞，涂着过浓的口红，大概是拼命想显得年龄大点。

呃，肯定出了什么事，因为大胡子呼地跳起身，椅子向后飞去，他一把将那姑娘推到墙上，用一把刀抵住她的咽喉。他掐着她的脖子，大喊大叫，用五花八门的脏话骂她。蒂利，我们的钢琴手，立即站起身走出门去，他就那样——我们常叫他"从不惹事的蒂利"。可我们其他人还照样随手弹下去，脸上表情僵硬，不想看，可你总不能转开脸吧？那感觉就好像，只要我们一停手，大胡子就会杀掉那姑娘。他吱哇乱叫，挥舞着刀子，眼看姑娘就快被他掐死了，可是没人出手，因为那家伙块头大得惊人。

接下来我知道的是，弗兰基跳到台前，震天动地地、飞快地弹起来。他弹得棒极了，人们简直不知往哪儿看好。弗兰基大喝一声："嘿！"大胡子望过来，嚷了句醉话。可弗兰基弹得更快了。我、托尼，还有埃尔罗伊，我们拼命想跟上他，可他抛开原曲，弹起别的曲子，十指如飞，仿佛着了魔。

"嘿！"弗兰基又大喝一声，他弹得快如闪电，但每个音符都清晰真切。那家伙不转头才怪呢，这会儿他拿刀指着弗兰基，仿佛在应战。

"再快。"大胡子嘟嚷着。

于是弗兰基弹得更快。有人开始打呼哨，就像在看比赛。这时弗兰基已经抛开《烟馆布鲁斯》，开始弹《野蜂飞舞》，你知道，是那部俄罗斯歌剧里的曲子吧？我努力在小号上找调门，埃尔罗伊则拼命踩踏板，快把他那倒霉的脚给踩断了。

那家伙又喊："再快！"

我们在想，根本没法比这再快——可这念头还没落地，弗兰基又加快速度，他的手指从下面的弦飞扫到最上面的弦，如此飞快，我发誓正有一群野蜂从那把吉他中飞出来。他甚至都不用看自己的手，只是盯着那家伙，嘴唇微张，头发滑落到额头上，此时大家都在拍手，试图跟上埃尔罗伊的拍子，而弗兰基从吉他的琴柄远端一路弹到最高的品位。那大胡子活像被催眠一样，走到近前，想看得更清楚。弗兰基盯着那个涂口红的姑娘，那姑娘也盯着他，然后他脑袋一摆，她便嗖一声出了门，快得像颗子弹。

这时，整个夜总会欢声雷动，就像人群常做的那样——你知道，"嗷！嗷！嗷！嗷！"——那孩子抿着嘴唇，一直弹到最高音，仿佛他手中捏着几只雏鸟，发出极高的声音。大胡子已经凑到舞台边上，弗兰基的吉他颈冲着他，就像一挺机关枪——哒嗒嘚嘀哒嗒嘚嘀哒！——然后，戛然而止。结束。他举起吉他，在头顶上挥舞，整个夜总会为之疯狂，大家激动得气喘吁吁，像是说，天哪，那孩子弹得真棒，我们好开心，没有出人命。

接着，弗兰基冲出门外，去追那姑娘。

可是，有件事发生了。

我看着他的吉他，其中一根弦已经变成蓝色。我发誓，蓝得如同火苗的中心。

我心想，不知道这孩子是从哪儿来的。或许我也不想知道。

## 2

好吧。

给你提个醒。

假如弗兰基没有那样做,那个口红过浓的金发女孩就没命了。可他太年轻,还不懂这些,甚至都不知道自己拥有那样的魔力……

抱歉,走神了。

上面。

窗台上。

我一直在听厨房里的收音机,它对着教堂后的小巷子播放金发女郎乐队的《玻璃心》。你有没有注意到,音乐在室外听起来有多么不同?花园婚礼上的大提琴?海滨游乐园中的蒸汽笛风琴?

那是因为我就是在露天里出生,在海洋波浪的汹涌中,在风沙的呼啸中,在猫头鹰呜呜的呼叫中,在吸蜜鸟嘎嘎的尖叫中。我伴回声游历,御微风而行。我在自然中造就,粗粝而原始。只有人类可以打磨我的棱角,使我优美动听。

这正是你们做过的。的确。但你们在打磨我的时候,也做出一些假设,比如环境越安静,音乐越纯粹。胡说八道。我有一个门徒,名叫桑尼·罗林斯,一位又瘦又高的萨克斯乐手,在纽约的一座桥上吹了三年萨克斯,他温柔缠绵的爵士旋律在喧嚣的车声中飘荡。我经常在那里驻足,在桥的梁上停歇,只为倾听他的演奏。

或者,想想我心爱的弗兰基,出生于嘹亮的钟声与毁灭的喧嚣形成的刺耳的不谐和音中。还记得那一夜吗,在燃烧的教堂中?卡门西塔,弗兰基的妈妈,必须阻止新生儿的哭声,唯恐被凶残的民兵发现。于是,她和他躺在灰毯上,向他耳中哼唱一首歌。那是来自往昔的旋律,在比利亚雷亚尔城尽人皆知,由一位本地人,我才华出众的吉他演奏家弗朗西斯科·塔雷加①作曲。卡门西塔的吟唱无比纯净,泪水从她的脸颊滑落到新生儿的肌肤上。

他没有哭。

这是好事,因为短短几分钟内,袭击者已到达主祭坛,他们在下面捣毁一切的声音清晰可闻。他们越来越近,很快就要登上楼梯。长着淡褐色眼睛和牙缝的修女在颤抖。她清楚,刚分娩的母亲是不能挪动的;她太虚弱,到处都是血。

她也清楚,突袭者会将能找到的修女全部杀掉。

她无声地祷告着,将修女袍从头上脱去,用手一捏火苗,熄掉了烛光。

"安静,别出声。②"她悄声道。

卡门西塔停下她给儿子唱的唯一的一首旋律。

那首歌名为"Lágrima"。

意思是,"泪"。

当然,假如你只了解如日中天时期的弗兰基·普雷斯托,这一切都

---

① Francisco Tárrega (1852–1909),也译作"泰雷加",西班牙音乐家,现代吉他之父,主要作品有《阿尔罕布拉宫的回忆》《泪》《阿拉伯随想曲》《大霍塔舞曲》等。
② 原文为西班牙语。

显得颇不协调。五十年代末六十年代初,他被称作"下一个猫王",出了唱片,随之而来的是上电视,举办喧闹的演唱会,拍摄偶像般的照片——照片中他笑意盈盈,外穿褐色运动衣,内穿粉红领子的衬衫,从车窗中探出身,在一位棕发美人的手上签名。

那张照片刊登在《生活》杂志上,并成为他最畅销的专辑《弗兰基·普雷斯托想爱你》的封面。那张专辑卖出几百万张,赚了很多很多钱,这是他在比利亚雷亚尔穷街陋巷中度过童年岁月时无法想象的——在那里,人们还用马车运橘子。

在弗兰基人生中的那一阶段,他是一位美国艺术家,有一位美国经纪人,他的歌声也听不出一丝西班牙口音,就连他的吉他演奏都靠边站了。坦率地说,他们让他唱的歌,委屈了他的才华。

可我还没有给你讲他的第一件乐器,那条没有毛的狗,那个树上的女孩,还有他的老师[①],那场战争,强哥[②],埃尔维斯[③],汉克·威廉姆斯[④],还有为什么在如日中天之际,弗兰基却失踪了。

还有他如何在惊愕的观众面前,腾空飞起,然后死去。

弗兰基的旅程。有如此丰富的故事可以讲。你感兴趣了,这很诱人。我总是被观众诱惑。

车来了,太阳爬到城市上方,神父还在他的房间内更衣。

我想,还有时间。

---

[①] 原文为西班牙语"El Maestro",也指大师,尤其是音乐大师。本书主人公一直用这个词称呼他的吉他老师。
[②] 即让·"强哥"·莱因哈特(Jean "Django" Reinhardt, 1910–1953),比利时出生的法国爵士吉他演奏家和作曲家。
[③] 埃尔维斯·普雷斯利(Elvis Presley, 1935–1977),即猫王,美国著名摇滚歌手、词曲作者和演员,被誉为"摇滚乐之王",20世纪最重要的文化偶像之一。
[④] Hank Williams (1923–1953),美国乡村歌手和词曲作家,20世纪最重要和最具影响力的歌手之一。

那我们马上开始吧,这很适合一个叫普雷斯托①的人。如今,你看变魔术的时候会喊出这个词。但作曲家曾经用它做最快速度的标记,明快,跳跃,活力四射。普雷斯托。

它还表示"准备就绪"。

你准备就绪了吗?

下面要讲的,是这个孩子的故事的其他部分。

---

① 本书主人公的姓氏 Presto,是音乐术语"急板",意大利语有"转眼间""迅速"之意,同时也是系列动画片《龙与地下城》中一个魔术师的名字。

# 3

每个人此生都会加入乐队。

你出生于你的第一支乐队,妈妈是主唱,她与爸爸还有你的兄弟姐妹同台演出。也许爸爸不在场,聚光灯下是一只空空的凳子,可他仍然是乐队成员,如果哪天他冒出来,你就得给他腾地方。

生活一天天过去,你会加入别的乐队,有的通过友谊,有的因为恋爱,有的通过邻里、学校、军队。也许你们要统一服装,或者为你们自己的悄悄话而欢笑。抑或扑通倒在后台的长椅上,或同别人围坐在会议桌旁,或拥挤在轮船的厨房中。但在你参加的每一支乐队中,你都会扮演一个独特的角色,它会影响你,你也会影响它。

而且,正如乐队经常遭遇的命运一样,大多数乐队都会解散——因为距离、分歧、离异,或死亡。弗兰基的第一个乐队是二重唱——母亲和孩子。承蒙天主慈恩,那一夜,他们没有被突袭者发现,而是设法逃出那座燃烧的教堂。但那次恐怖事件在母亲心中留下了创伤,她搬到小城最偏僻的一端,再没对人提起她遭受的苦难。那些年,西班牙弥漫着巨大的不信任,你必须守住自己的秘密。当镇上人经过时,母亲低下头,避免眼神接触。

"Qué niño más guapo!"

他们会感叹,好漂亮的男孩啊!

"谢谢①。"她低声答道，匆匆走过。

孩子生出满头乌发。女人注意到，无论何时，只要钟声一响，他总会转头倾听。有一次，他们经过一位吹笛子的街头乐手，小弗朗西斯科伸出双手，仿佛要从我身上抓取更多。（尽管他已经得到够多了，谢谢。）

在大多数方面，他是个正常的婴儿，只是有很长一段时间，他不哭也不闹。几乎一声不响。他们住在一家面包店②上面一个单间公寓里，挨饿的时候（挨饿是家常便饭）母亲便去楼下，等候那位上年纪的面包师傅问起她那安静的宝宝。她垂下眼帘，他便同情地叹息。"别担心，夫人③，我肯定总有一天他会说话的。"说着，他还会送给她一盘蘸过橄榄油的小圆面包。偶尔，她靠给人缝补浆洗衣服挣点钱。可是，国家遭受战争摧残，钱很难挣到，她孤身一人带着婴儿，几乎没法工作。月复一月，眼看难以支撑。

"去教堂，找他们帮你。"邻居们说。可她从来不去。她再不想和教堂扯上关系。

到弗兰基一岁生日那天，为调剂一下单调的生活，她抱着他，到城里那条铺过柏油的马约尔大街，走进美迪纳商店，城里最大的商店，去看那些他们永远也得不到的东西。她在崭新的折叠式婴儿车前流连，心想，要是能买得起该多好。店里还在显眼的位置摆着一台发条留声机，离开店里之前，她停下来欣赏。那位衣着考究、髭须稀疏的店主人或许留意到她手上并没有婚戒，走上前来。他微微一笑，放上一张崭新的虫胶唱片。

"夫人，请听。"他自豪地说。唱片上的艺术家是一位西班牙吉他演奏家，名叫安德烈斯·塞戈维亚④。那天早上他弹奏的曲子令小宝宝弗兰

---

① ② ③ 原文为西班牙语。
④ Andrés Segovia (1893–1987)，西班牙吉他演奏家，近代古典吉他运动之父，有"吉他皇帝"之称。

基如痴如醉。他歪着小脑袋，小手攥得紧紧的。

音乐停止，他终于哭了。

放声大哭。

那婴儿的声音如成年男子般强劲有力。店主面露难色，顾客们做着鬼脸。尴尬的母亲使劲摇晃他，低声喝道："安静！"可他刺耳的哭声没有停止，声音响亮，从商店一头到另一头都听得见。一个售货员为哄他不哭，从柜台上抓起一块糖，举到他的唇边，可是孩子发疯般挥着手，哭得越发凶了。

最后，手忙脚乱的店主把留声机的唱针放回唱片上。

塞戈维亚又弹起来。

弗兰基安静下来。

音乐题目用不着我告诉你吧。

是《泪》。

从那天起，那孩子再也不满足。他会没完没了地哭，一个小时也不消停。无论是床还是毯子，都无法安抚他。他号哭起来，比打鸣的公鸡和巷子里的狗还要吵，仿佛在尖声哭闹着讨要他永远得不到的东西。

"够了！"邻居向窗外吼道，"给他喂奶！让他闭嘴！"

可什么都不管用。一夜又一夜，他号啕不止，就算人家用拳头擂墙，或用扫帚柄撞天花板都白费。"想想办法！""我们得睡觉啊！"谁也不记得见过这么吵闹的婴儿。就连楼下的面包师傅都不再给母亲面包，指望母子俩能搬到别处去住。

没有人帮忙，食不果腹，可怜的女人山穷水尽，走投无路。她睡不着觉，开始抑郁。她忍饥挨饿，健康恶化。冬天渐渐逼近。她发烧，出现精神错乱。她会在脖子上裹一条红毛巾走到街上,丢下弗朗西斯科一个人在公寓里号啕。有时候她嘴里嘟囔些什么,以为有人在跟她讲话。

  一个寒冷的早晨,她没有东西喂给孩子吃,没有办法阻止他的尖声哭号,便抱起他,走到城外,在那里,米哈雷斯河向大海流去。她走下斜坡,来到河边。一阵狂风袭来,将落叶从泥泞的地上卷起。她看看包在灰毯中的孩子。有一会儿,他安静下来,她的脸色柔和下来。但是随后,远处教堂的钟声响起,他又号啕大哭。她往后一甩头,也发出一声尖利的哭号。

  她将婴儿抛入河中。

  然后,拔腿就跑。

  一位母亲绝不该做这样的事。可这个女人这样做了,泪水从她浅褐色的眼中流出,流过她长着牙缝的嘴。她跑啊跑,直到肺都要炸开,但她没有回头,没有看孩子,没有看那条河。

  一位母亲绝不该做这样的事。但这个女人不是弗兰基的母亲。他的母亲死在教堂的房间里,身上套着修女的袍子。

## 克莱姆·登德里治

伴唱歌手,曾供职于金调乐队①、约旦人乐队②和弗兰基·普雷斯托乐队。

你好?……你是电视台的还是?……知不知道,这葬礼啥时候开始啊?

我?没有……从没来过西班牙——可我挺喜欢那种音乐。哈!你知道那首歌?……谁唱的来着?见鬼……叫三啥来着……三犬之夜乐队③!对……你说这算啥蠢名字?

嘿,我知道。我住的地方,葬礼也从不准点……现在住在格林维尔。美国,南卡罗来纳州……

不,我有二十来年没见弗兰基了。知道吗,就是失去联络了。大多数人都和他没联系,对吧?他就这样。我都不知道他还演出,直到听说他死了……

见过他吗?哈!准备好了吗?一九五七年,《路易斯安那州音乐大篷车》节目现场巡演,我见过他和埃尔维斯·普雷斯利一起……是的,女士……是的,女士……嗯,当然是啦,那是真事儿。现在我说说无妨。

---

① King-Tones,1957年由美国密歇根州大急流城的青少年组建的乐队。
② Jordanaires,1948年组建的美国福音歌手四重唱,曾在1956年至1972年间为猫王伴唱。
③ Three Dog Night,1967年组建的美国摇滚乐队。

我应该保守秘密，直到埃尔维斯死的那天，弗兰基死的那天。可他俩现在都走了，我也八十二啦。还等什么呢？我打算到教堂里说的。葬礼上允许我们讲话吗？是天主教仪式，对吧？他们可能不让你……

就现在？……这样吧，你喝的那种咖啡，要是给我一杯的话，我就会……谢谢……多谢……嗯嗯……

好吧。事情是这样的。那时候我在约旦人乐队，那是猫王的伴唱乐队。那些年，好多人在约旦人乐队出出进进，大多数是福音歌手，有些是牧师，最后又回教堂工作。我就跟他们待了一小段时间，那期间，埃尔维斯火得不得了。演出规模一场比一场大。

弗兰基和埃尔维斯长得很像，这不可否认。他们俩都爱咧着嘴笑，头发都很密，很黑，不过埃尔维斯是染的，他头发的自然色更像红棕色，而弗兰基略微高点，稍稍瘦些。可那时候，没人知道弗兰基除了弹吉他还会别的。我连他怎么到的路易斯安那都不清楚。有人说他是在底特律藏进一辆小汽车后备厢里给带去的，真的。可他独来独往，不抽烟，不吃吃喝喝，要是在乐队里不掺和这些事，别人确实没机会了解你……

总之吧，一天下午，我们在什里夫波特市政礼堂——是他们录制《路易斯安那州音乐大篷车》的地方，那是当地很大牌的音乐节目——我们正在为当天晚上的表演试音，可埃尔维斯和一个姑娘跑出去，不知到哪儿干啥去了。埃尔维斯的经纪人帕克上校气坏了，正打算拿谁撒气。上校向来管得很严，他讨厌别人迟到——埃尔维斯也不行。我们等了五分钟或十分钟，他不停看表，最后大吼一声："演奏点什么！咱们开始！"嘛，你是不会和上校对着干的，不会的，于是乐队开始练习演出的第一支曲子，《我想你，我要你，我爱你》，约旦人组合伴唱。当然啦，没有埃尔维斯，听起来有点傻，只有很多的"呼哦哦哦哦，呼哦哦哦哦"，而且相隔百步你也能感到上校的愤怒，他满脸涨红，不住地看着门口，走过来，走过去。突然间，我们听到一个声音，在唱歌词，知道吗？而且声音就像埃尔维斯,只是站在麦克风前的,是弗兰基。他唱得毫无瑕疵。我看看别人,心里想,上校非把这孩子绞死不可!竟敢当着老板的面模仿埃尔维斯?我是说,你是不能这么干的。上校狠狠盯着他,下巴向前耸着,牙间咬着他那只永不离口的烟斗。我心想,合作愉快,拜拜了弗兰基。可上校没有制止他。我们唱完那首歌,他只是对管音响的人说了句:"行了吗?"

于是我们往外走,暗暗摇头。我记得结束之后,钢琴手胡特立即递给弗兰基一瓶啤酒,弗兰基问他为啥,胡特说:"因为你没让人给大卸八块。"

那好吧,现在向前快进,大约一个月以后,我们随猫王到太平洋西北岸巡演,预定要在加拿大温哥华的一个露天足球场演出。我们后来得知,帕克上校正在和军方谈埃尔维斯入伍的事。军方想让埃尔维斯开始服役,上校拼命想让他们推迟,好让他多录些唱片。他搂着一棵价值百万的摇钱树,要是谁胆敢抢走,哪怕是美国政府,他也会翻脸的。

于是军方同意见见埃尔维斯和上校,但那是一次秘密会面,地点定在弗吉尼亚,时间恰好是我们预定在温哥华演出的那天。他们丝毫不肯通融,因为某个显要的将军要出席会面,他想见见埃尔维斯。我猜他们的态度是,要么那天见,要么直接一纸入伍通知。

要说,大多数人会直接取消演出,可帕克上校不是大多数人。已经到足球场门口了,他可不想掉头放弃,谁也拦不住他。预计现场会有大约两万名观众,那可是大钱啊。

于是演出前一晚上,在温哥华,我和其他人半夜被上校召到一个小剧场。里面空空荡荡,不见埃尔维斯的影子,只有摆满我们乐器的舞台,上校已经到了——你猜还有谁?——弗兰基。他低声说着什么,弗兰基点着头。我们不知是怎么回事。最后上校转过脸,对我们说:"我要你们走一遍节目,让这孩子唱。"我们面面相觑,仿佛说,啥?可我们啥也没说。

让我们干啥就干啥。我们演奏。弗兰基唱。就像我此刻站在这里一样肯定,到排练结束为止,只要我闭上眼睛,就分不清听的是弗兰基还是埃尔维斯。那孩子音乐天赋真好,他能让大鼓发出夜莺的歌声,懂我的意思吧?

可是,我们心里还是没底儿,这咋能行得通呢?他长得像猫王,可他不是猫王,明白吗?可等我们排练完,帕克上校说:"我说,听着。这孩子和你们站在后面。他不会走到舞台前面,听见了吗?曲子中间不准说话。你们就一首接一首唱。要快。"

然后他自然又加了句告诫:"你们这些乐手要是敢把这事捅出去,我立马去告你们,让你们脑袋搬家。"这话不用他说,我们也没人愿意放弃猫王的这场演出,我们也是骑虎难下呀。

就这样,第二天晚上到了。真正的猫王在弗吉尼亚州的什么地方,和政府的人在一起,而我们则在加拿大的温哥华,一辆黑色轿车拉我们到体育场。弗兰基坐在后排,被我们夹在中间,身穿金色闪缎短外套,戴着太阳镜,一动不动。我说不上他到底是轻松得要命,还是吓得要死。反正我是吓死了,说老实话。向后台走的时候,要我们围在他四周,不许任何人靠近,警察也不行。我们簇拥着弗兰基到了大幕边,我能听到下面人群发出的嗡嗡声。我心里想,想蒙混过关,门儿也没有啊。

但是当我们站到舞台上,看着歌迷,他们离得那么远,坐在远远的看台上。上校又在球场上竖起那些锯木架,对大家说是为保护埃尔维斯的安全。我们足有四十多码的缓冲带,没有人能够靠近,正如上校所愿。因为是夏末,外面还有点亮,因而也没有打聚光灯,这样在远处就更难看清细节了。我低声对另一个歌手比尔说:"你觉得咋样?"他说:"克莱姆,要是搞砸了的话,就往右跑,车都停那边。"

这时候主持人高喊:"女士们,先生们,埃尔维斯·普雷斯利!"于是全场一片尖叫。此时,弗兰基上场,外穿那件金色短外套,内穿一件黑色T恤,脖子上挎着吉他,带子提得很高,就像猫王那种挎法。我硬着头皮,准备迎接人们的嘘声或砸过来的东西。可没有发生那样的事。他们百分百相信了!弗兰基就按上校吩咐的那样,和我们一起站在后面,没有走到舞台前面,免得相机捕捉到他单独一人的情况,他也不说话,开口便唱:"哦,自从我的宝贝离开我"——你知道,《伤心旅馆》中的歌词——从那一刻起,不管是弗兰基唱,我唱,还是珀尔·贝利[①]唱都无所谓了,因为观众如此疯狂,我们简直什么都听不到。突然间,所有年轻人都冲下看台,涌到球场上。弗兰基迅速唱起《我有了女人》《尽情狂欢》《准备好了》。我们相视而笑,如同一伙儿得手的匪徒,因为他真是太棒了,我们可以蒙混过关了。警察正把那帮孩子赶回看台,可随后他们又跑到球场上。每唱一首歌,弗兰基就愈发投入,开始像埃尔维斯那样甩腿、抖胯。有几次我冲弗兰基摇摇头,就像说,别这样,伙计,悠着点儿,咱们平平安安离开这儿就行。可这时候唱到《猎狗》,我想他已经情不自禁,甩开了表演,无拘无束。他跃向前台,双臂摇摆着,像风车般旋转,嘴角揶揄地翘着,像埃尔维斯那样——这下好了。观众蜂拥冲下球场,所有人——警察试图拦住他们,哨声尖厉,有些人被打倒。《猎狗》刚唱完,保安便簇拥我们下台,弗兰基冲人群粲然一笑,挥手告别,拜拜啦,再见!

二十二分钟。那就是整场演出。二十二分钟。我们乘车离去。到现在,人们提起那次音乐会,依然认为是猫王演艺生涯中最热烈、最疯狂的演出——也是他在加拿大举办的最后一场。只有那支乐队、约旦人乐队、上校、埃尔维斯自己——上帝保佑他的灵魂安息——了解真相。

当然,还有弗兰基。

第二天,他离开了乐队。我想他不愿面对埃尔维斯。也许埃尔维斯不愿面对他。不管怎样,他走了,我再也没有见到他,直到几年之后,他要我和他一起巡演。那时他已今非昔比。更加自信。更有明星范儿,

---

① Pearl Bailey (1918–1990),美国黑人女歌手,演员。

你知道吧？我想是那场音乐会改变了他。他尝过那种滋味，他想自己来。

关于那场演出，六十来年没有一个人吐露一点风声。可我现在八十二了，弗兰基也死了，所以，管它呢，他应该得到那份荣誉。你想想，有多少人模仿过猫王，还把这当成正儿八经的事业？可弗兰基是头一个，而且应该说是最出色的一个。

我是说，假如说模仿秀的关键是让人们感觉确实亲眼看见猫王现身，那他是唯一真正圆满实现这一目的的人。

# 4

像登德里治先生讲的那样的故事还会有更多。正是因此,那个西班牙新闻摄制组才会驻扎在教堂台阶上,一个留胡子的大块头男人扛着摄像机,身边站着一位妆容精致、手拿麦克风的女人。像弗兰基这样惊天动地的死法会引起很大兴趣。但无论谁讲过什么样的故事,没有一个故事能够说出全部真相,因为没有人知道全部真相,除了我。哦,还有另一个人。但是那个人,可以肯定,是不会来这儿的。

刚才讲到哪儿了?啊,对了。米哈雷斯河。冬天的早晨。一个奔逃的女人。一个被抛弃的婴儿,除了身上裹的灰毯子和凄惨的号啕之外,在这世上毫无庇护。

这一切,要知道,这孩子统统不记得。因为对弗兰基·普雷斯托而言,记忆到人生下一阶段才会结晶成型,那阶段,他称之为"开始"。

可是即使开始也是有开始的。比如序曲,乐曲中一种约定俗成的形式。如今,它可以优美复杂,本身就是一首曲子,可是最初——在它的开始——序曲是十六世纪意大利诗琴演奏者称之为 tastar de corde,即"试弦"的东西。不太有诗意,但是准确。人在此生确实必须试一试琴弦,弹一弹弓子,湿一湿吹口,为继之而来的更深沉的音乐做准备。

弗兰基·普雷斯托的序曲以伴随灾难的降生开始,以哗啦一下落进米哈雷斯河里告终。一年之内,他目睹死亡、围城、饥饿,还有遗弃,如今，当激流冲着他朝下游漂去时，冰冷的河水滴进他眼中，使他不停地眨巴着眼睛。他本该迅速下沉，淹死，假如这样的话，我就该到场，收集他未及施展的才华。但在你们的世界，有些难以解释的瞬间，我只能讲述我目睹的景象：那条灰毯子——曾经铺在弗兰基真正的母亲卡门西塔身下的那一条——没有沉没。它充当了一艘船，至少有三分钟的时间，托着孩子朝回城的方向漂去，而弗兰基揉着眼睛，以难以置信的音量号啕——哭啊哭，直哭得连天上的神明也无法对他的声音置若罔闻。

在此，我告诉你一件你们尚未完全发现的事。不只人类有乐感，动物也有。这一点，在我已经孵育的千万只鸣禽，咔嗒咔嗒叫的海豚，以及呜咽的驼背鲸鱼中，应该已经显而易见了吧。动物不光发出音乐，它们还以独特的方式聆听声音。

那天，在河面上，弗兰基的痛哭发出高过人耳可以听到的声音。突然间，一只没有毛的狗冲下河岸：四条瘦伶伶、筋巴巴的腿，身上一层黑黝黝的皮，仿佛涂了层黑漆。它项圈上挂着的一条皮带疯狂地甩动着。当弗兰基尖锐的哭叫变得越发高亢激越时，那条狗边跑边发出短促的急叫，它奔到河湾，扑通一声跃入水中。婴儿冲着吠叫的声音伸手抓，手指缠住皮带。那狗咬住毯子，奋力往后拖，直到双双安全到达岸边。

孩子翻了个身。毯子滑入水中，顺水漂走，不见了。那狗将两只湿淋淋的爪子搁在弗兰基脑袋两侧，自己的脑袋靠在地上，粗重地喘息着。

序曲结束。

用不着我去收回才华了。

## 5

现在,考虑到速度的需要(因为神父只能打扮那么长时间,汽车正排满狭窄的街道),咱们向前跃进,把弗兰基放进他的第二个家,卡尔瓦里奥街上的一所住宅,有马蹄状拱门,屋顶铺瓦,大门门槛上有两条沟槽,可供马车轮子通过。这是一位叫巴法·鲁维奥的先生的家,他拥有一家小小的沙丁鱼厂,一辆意大利汽车,和那条没有毛的狗。

那个男人在河岸上发现了弗兰基。

巴法四十多岁,未婚,定期去教堂,卧室墙上挂着十字架,因而对他而言,发现弃婴是一件神迹,就像在芦苇丛中发现摩西。他收留了这个男孩,给他洗澡,喂他吃饭,晚上摇晃着他入睡。不是很多男人愿意做这些事。但我对标签十分注意(allegro①意思是要弹得快,adagio②是要弹得慢,等等)。巴法虽然姓鲁维奥,意思是"金发的"或"浅色头发的",可他头顶上却覆盖着一层日渐稀疏、又短又硬的黑发。这一点证明,这是一个会改变男孩命运的男人。

他给孩子取名弗朗西斯科·鲁维奥。

孩子叫他爸爸。

巴法大腹便便,胸脯下垂,厚重的双下巴,额头松弛,胡子耷拉着,

---

① 意大利语,音乐术语,快板。
② 意大利语,音乐术语,慢板、柔板。

所以他坐下时,看起来就像椅子上摞着一层又一层皱起的眉头。可这个男孩能让他开心。巴法继承了家传的沙丁鱼厂,在比利亚雷亚尔这个到处生活着种橘子、摘橘子、装橘子、运橘子的人的小城中,他是个异类。这个一身鱼腥气的胖子早已习惯独来独往——平时开着那辆意大利汽车上班,周末坐在小花园中听听收音机,那条无毛狗卧在石榴花圃边睡觉——突然之间,一个小人儿闯入他一成不变的生活常规之中。那台收音机一天到晚总是开着,只要里面放出音乐来,小弗兰基就会心满意足。他会蹲在喇叭旁边,不论播什么旋律,他总是用高亢悦耳的嗓音跟着唱。当巴法想听听新闻(当时欧洲正酝酿一场可怕的战争),去拧收音机旋钮时,弗兰基便大哭起来,直哭到男人让步,重新找到播音乐的频道,不论播的是管弦乐音乐会,歌剧,还是 6/8 拍的活力四射的西班牙霍塔舞曲。弗兰基好像最喜欢霍塔舞曲。

一天,还不到孩子五岁生日(不是他真正的生日,而是那位沙丁鱼厂老板猜的),巴法见他靠桌子站着,手指随着一首复杂的弗拉门戈吉他曲敲着,敲的节奏一丝不差,尽管在 6/8 拍的曲子中找出节奏,就像蒙着毯子煮鸡蛋一样难。

"过来,小家伙。"巴法得意地说。那一头乌发的孩子转过身,微笑着走来,却在椅子腿上绊了一跤,重重摔倒,哇地哭了起来。巴法抱起他,搂在胸前哄他:"不疼,不疼。"巴法柔声说。可是他发现男孩的视力还是有问题。河水的刺激感染了他的蓝眼睛,一点阳光便刺得他眯起眼,角膜变红,有时候完全看不到两侧的东西。医生曾经警告说,说不定哪天他的视力会完全丧失。因为他眼睛发炎,老是揉,街坊的孩子们取笑他:"你又哭啦,弗朗西斯科?"日子一天天过去,他们叫他 Llorica——"爱哭鬼"。孩子们在街上玩一种叫回力球[①]的球赛时,弗朗西斯科自个儿坐着哼歌。

---

[①]原文为西班牙语。

巴法是个务实的人,他为孩子的将来发愁。他要是长大了没朋友怎么办?他要是眼神不好,能干什么工作呢?他靠什么养活自己呢?那天,在花园里,收音机里演奏霍塔舞曲的时候,他突然冒出一个想法。当乐手,只要受过正规训练,就算瞎子也总会有活儿干的,对吧?他回想到几年前,在一个酒馆里,一位戴墨镜的吉他手的表演赢得热烈的掌声,之后,一位美丽的女郎牵着他的手,领他走下舞台,在他唇上印下轻轻一吻。直到此时,巴法才意识到,那人看不见。

巴法认定,这可能是上天赐给他儿子的未来。这孩子可以从事音乐工作。说不定还可以找到爱情。他绝不浪费时间(甚至在沙丁鱼加工中,效率也总是吸引巴法),很快带孩子去了市中心那条铺过柏油的马约尔大街上的一所小音乐学校。学校校长长着长长的下巴,戴着圆眼镜。

"先生[①],有何贵干?"

"我想让我儿子弹吉他。"

那男人低头观看。弗兰基揉揉眼睛。

"他太小了,先生。"

"他一天到晚唱歌。"

"他太小了。"

"他敲着桌子打拍子。"

那男人把眼镜放低。

"他多大了?"

"快五岁了。"

"太小了。"

弗兰基又揉揉眼睛。

---

[①]原文为西班牙语。

"他为什么老这样？"

"什么？"

"揉眼睛。"

"他还是孩子嘛。"

"他在哭吗？"

"是感染。"

"他要是老揉眼睛，就没法弹琴。"

"可他一天到晚都在唱。"

那男人摇摇头。

"太小了。"

顺便说，这几乎不是你们人类第一次对我的宠儿泼冷水。假如我有条金属链子，把那些摇唇鼓舌地说孩子太小，乐器太大，或者追求音乐这种念头就是"浪费时间"的人，用链子串起来，我可以用这条链子把整个地球缠起来。不支持的父母，不屑一顾的唱片制作人，不怀好意的评论家。

有时候，我认为最了不起的才能是不屈不挠。

当然，只是有时候。

因为当巴法和音乐学校校长争辩时，小弗兰基给了我一个特殊时刻。他游荡到里屋，那里存放着各种乐器。在那里，在他小小生命迄今为止从未见过的宝库面前，他瞪大双眼：一架小型立式钢琴，一把古老的中提琴，一只大号，一只单簧管，一面小军鼓——还有一把吉他。吉他躺在地板上。他走过去，在吉他旁边坐下。那把吉他有一个朴实的木制琴身，音孔周围装饰一圈红的蓝的玫瑰花朵。大多数孩子会抓住琴颈，拨弄琴弦，乱拧旋钮，就像摆弄玩具。而弗兰基只是呆呆地注视。他在研究它的外形。他歪着脑袋，仿佛等它开口说话。他表现出的敬意令我极为满意。而且，考虑到他刚刚忍受了那个长下巴的摇头佬，我感觉此时该施展点魔力。时不时地,我们的才华会在你心中汹涌,创造出难以理解的现象(哦,是对你们来说难以理解)。你们称之为"灵光乍现",我们称之为热身训练。

弗兰基伸出手,在第三根弦紧挨品丝的地方,用一根指头按了一下。他迅速放开。一个轻柔的音符响起来。他笑了,又按了一下,往更高的一个品位,用吉他手称作"点弦"的技法——重而快地一推一放。又是一个音符。然后又是一个。他很快弄明白推品丝后每一根弦会发出的相应的声音。简单地说,他正在自学音阶。

于是我又轻轻推了他一下。

很快,他就弹出一首旋律。每发出一个新的音符,他的眼睛就瞪得更大,因为第一次弹出一首歌是我最大的启示,就像你发现自己可以在彩虹上行走。他开始跟着哼,假如两个大人在前室停止争执,哪怕只是一小会儿,他们就会听到还不满五岁的弗朗西斯科·德·阿西斯·帕斯夸尔·普雷斯托创造的小小奇迹,用指尖摸索着弹他在周六上午广播节目中多次听到的一支曲子,一首由儿歌改编的爵士标准曲:

> 丢手绢,捡手绢,
> 黄的绿的小花篮,
> 修书一封给情郎,
> 丢在路上寻不见。

这是弗兰基的第一次吉他表演。

除了我,没有人听见。

大厅另一头,巴法和校长争得不耐烦了。他吼了一声:"弗朗西斯科!我们走!"孩子站起身,拍拍吉他,向它道别,他意识到寻觅已久的东西已经找到,便不再揉眼睛了。

他还是没有老师。很显然,音乐学校是不行了,而那是比利亚雷亚尔唯一的一所。巴法很沮丧。回家的路上,他买了一袋橘子。他给孩子剥开一只,给无毛狗一片,它吭哧吞了下去。他们一起走着,这是弗兰基所在的第二支乐队,一支八条腿的三重唱组合。

"那人是白痴。"巴法嘟囔道。

无毛狗吠了一声,表示同意。

"白痴。"弗兰基重复道。

巴法哈哈大笑,揉一揉弗兰基的头发。这让弗兰基很开心,虽然他不知道白痴是什么意思。他们朝家里走去,弗兰基哼着《丢手绢》,那只无毛狗无声地为他伴唱。那天晚上,巴法回到他曾经看盲吉他手演出过的酒馆。酒保也记得那人,但是他说,那人几年前就被炒掉了。酗酒无度,三天两头迟到。他相信那人住在克丽丝塔·塞内加尔街一家洗衣店上面的公寓里——要是还没死了的话。

"死了?"巴法说。

酒保耸耸肩。"他喝酒不要命,一副喝死拉倒的劲头。"

第二天是星期天。晨间弥撒过后,巴法带上男孩和那条无毛狗,去了克丽丝塔·塞内加尔街,希望能赶上那吉他手心情好的时候。巴法推断,即便是酒鬼,也会把星期天奉献给上帝的。

他找到洗衣店。他看到洗衣店上方有褪色的蓝色百叶窗,紧闭着。门铃按钮上蒙着一长条遮光胶带,他们三个别无选择,只好爬楼梯。天气燥热,巴法还穿着那件做礼拜的西装,等他们爬到楼梯平台上时,他已是满头大汗。他用手绢擦一擦脸,然后敲门。没有声音。他又敲。没有声音。

巴法冲弗兰基耸耸肩,弗兰基走上前,用小拳头擂门,每次两下,就像在敲康加鼓。

"Sí？…Qué pasa？①…什么事？"一个声音说。那是一个粗哑懈怠的声音，仿佛还没睡醒。

"先生，我想跟您谈谈教学的事。"

"教什么？"

"吉他？"

"走开。"

"这事很重要。"

"走开。"

"我会付您钱的。"

"教谁？"

"我的孩子。"

"男孩女孩？"

"男孩。"

"女孩更好教。"

"是个男孩。"

"多大？"

巴法顿了一下，想起音乐学校那一幕。

"七岁。"

弗兰基抬头看他。

"显得有点小。"

"不收男孩。"

"他很有天赋。"

"不收男孩。"

---

①西班牙语"是的……嗯？什么事"。

"他很有天赋。"

"我也有。"

"我会付您钱的。"

"你当然得付我钱。"

"那您教他了?"

"不教。"

"先生——"

"走开。"

巴法转向弗兰基。"唱点什么。"他小声说。

弗兰基摇摇头。

"唱点什么吧。"巴法重复道。

要知道,大多数孩子,人家要他唱他是不肯唱的。有才华的人,早年会向恐惧屈服(有时候成年之后还那样)。但是我知道,这一刻,对于弗兰基一生的蓝图来说太重要了。于是,我又轻轻推了下那孩子。

"嗒-嗒-嗒,嘟……"他开了口,慢慢地。

巴法抬起眼睛,他从来没有听过这支曲调。

"嗒-嗒-嗒,嘟……"男孩继续唱。

那是一支简单的旋律,稚气,但是缠绵动人。旋律行到高处,又降回到大调旋律,仿佛是在木琴上奏出的曲子。"嘟,嘟,嘟,嗒-嗒-嗒,嘀嘟,嗒,嗒……"

弗兰基停下了。

"这是什么歌?[①]"巴法问。

突然,门开了。一个戴墨镜的高大男人,正像警卫一样双手抓住门框,浓密的黑色头发茬东倒西歪,穿着一件无袖汗衫,前襟上一大片咖啡留

---

① 原文为西班牙语。

下的污渍。

"是《泪》，"他说，"弗朗西斯科·塔雷加作曲。"

他的下颌朝男孩的方向低过来。

"他听起来可不像七岁。"

## 达琳·洛夫

歌手，独唱演员，花儿绽放乐队①和水晶合唱团②成员，入选摇滚名人堂。

看到这照片了吗？这是我和弗兰基在好莱坞露天剧场的合影。这些年我一直留着。挺傻的，是吧？可在那个年龄，为爱打动，点点滴滴你都想保留，每一张票根，每一片花瓣，游乐场赢的每一个丘比洋娃娃，只要是能让你记起爱情的任何东西，明白吗？

那时我刚刚十八岁，还在读高中，完全是音乐界的新人。我与我们教会合唱团的几个女孩子一起唱歌，在一场竞赛中获胜，有机会为纳特·金·科尔③在好莱坞露天剧场的演出担任伴唱。这是我们第一次在这样的地方唱歌，单单是坐车经过那些高档社区，我们就大开眼界了。我们从来不知道，人还可以住那么大的房子！

我们在后台候场，我就是在那里见到了弗兰基。我和其他姑娘都太紧张，憋不住要笑，大家相互提醒，要保持安静，可接着又笑，然后再安静。突然间，我听到从旁边的更衣室里传出一个男人的声音，笑一声，沉默

---

① The Blossoms，来自洛杉矶的美国女子组合，20世纪60年代为其盛期，主要成员有达琳·洛夫、范妮塔·詹姆斯和珍·金。音乐风格为节奏布鲁斯、摇滚和灵魂乐。
② The Crystals，美国纽约的女子合唱团，风格为节奏布鲁斯和流行音乐。
③ Nat King Cole (1919–1965)，本名为纳撒尼尔·亚当斯·科尔，美国歌手，爵士钢琴演奏家，以温柔的男中音著称，主要音乐风格是爵士乐和流行乐。

一下——是在模仿我们,懂吧?我们笑得更厉害了。他的声音听起来很年轻,但是深沉,连笑声都那么性感。我喊:"是谁?"他喊:"弗兰基。"我们咯咯笑起来,我的女伴说:"姓什么?"这时门开了,他走进来,说:"普雷斯托。"

我一下屏住呼吸。

我从来没见过那样的男孩,我们几个姑娘都没见过。我们邻里中没有。一对乌黑的眉毛,一双婴儿般纯净的蓝眼睛,一蓬我见过的最接近黑色的乌发。

"普雷斯托?"女伴笑了,"和那个魔术师同名?"

"普雷斯托,和魔术师同名。"他答道,她敛住笑声。我是说,那男孩会给你施定身法。他穿着一件明黄色运动衫,里面是件黑T恤,一条休闲裤。他说他参加开场表演,要唱一首歌,因为唱片公司在最后时刻把他安排上——我想是国会唱片公司,就是纳特·金·科尔所在的公司。我说他长得很像猫王,他垂下眼睛,说:"猫王只有一个。"这时有人说,猫王得去当兵,太可惜了。

后来,一个摄影师来给我们拍照,弗兰基要走,可我们都说,别,别走,和我们一起拍一张吧!我一个人和他合了个影,就是这一张。这么多年,我一直留着。那时候我不知道他会成明星,但是有种感觉。有时候你就是知道,他会不同凡响。

表演结束之后,我们坐车沿好莱坞大道行驶,女伴指着窗外说:"是他!那位梦幻歌手!"果然,弗兰基一个人走着,一手拎着吉他盒,另一手拿着黄色运动衫。我们摇下车窗,喊:"你去哪儿?"

"去海边。"他说。

"你走着去?"

"是啊。"

我们又笑起来,因为离海边还远着呢。我对司机说:"捎上他行吗?

我们认识他。"司机说好，于是弗兰基上了车。

那是星期六晚上，天气晴好，我们乘车去圣莫妮卡码头，向司机保证说，我们过半个小时就回来。当然我们没有。沙滩上有晚会，一小堆一小堆的篝火，青少年们开着收音机，跳舞，亲热。我们遇到一些认识的孩子，其他女孩过去和他们一起坐，最后就剩我和弗兰基一起在沙滩上漫步。我眼睛盯着他，移不开。我们俩都光着脚，他的裤腿挽起来，每次浪头涌到我们脚边，我就往后跳，而他站在那里一动不动。

"大海真大啊！"我傻傻地说。他说："我曾在海上航行过一次。"我说："是这个海吗？"他说："另一个。"我问他是从哪儿来的，他说："从很多地方来。"我问他父母住在哪里，他说："他们不在了。"

顺便说，在这段时间内，他一直拎着吉他盒不放下。他在好莱坞露天剧场演出时没有弹，只是在乐队伴奏下唱了一首歌，于是我逗他："你拿着吉他，是不是就为吸引女孩子？"他笑了（天哪，好漂亮的牙！），说："不是。"

就这样，在圣莫妮卡码头旁边的沙滩上，我欣赏到弗兰基·普雷斯托为我举行的私人音乐会。

直到今天，我也无法忘记。他将吉他放在膝头，耳朵转向大海。"听。"他说。我能看到远处轮船上的点点灯光，很远很远，但弗兰基闭着眼睛，开始轻轻地拍，十分轻柔，一下，然后两下。我意识到，他正在寻找波浪的节拍。

然后他弹了一支曲子。我本以为他会弹摇滚——那时候，弹吉他的人都弹摇滚——但他弹的是一首古典乐曲。舒缓，细腻，沿琴弦而上，弹到高处。他弹完的时候，我已经流泪了。我从没听到过那么美妙的音乐。我问那是什么曲子，他说："《梦幻曲》。"我问谁作曲，他说："舒曼。"我知道这听起来奇怪，可是看到我流泪，他竟然说："不要哭，你是个出色的歌手。"我差点扑哧笑起来。

"你怎么知道?"我说。

"我听过你唱。"

"可我们是合唱啊。"

但是他说,他可以在许多声音中听出一个声音,而我的声音很美,有一天我会成为著名的歌手。

好吧。当时我正在琢磨这辈子该干些什么,是追求音乐,还是读完高中就找工作?他的话恰好是我需要听到的,让我有信心继续唱下去。

我们四目相对,痴痴地凝视。你肯定以为我们接吻了,因为在这样微妙的时刻,往往会这样。但是我从来没有吻过弗兰基。我想过,也想吻他。但他挽着我的胳膊,我头靠在他的肩上,我们就那样坐着,难分难舍,身边波涛拍岸,说实话,那一夜真是完美极了。我感到那么惬意,那么安全,仿佛认识了他一辈子。我毫无保留地从头到脚爱上了他。

也爱上了音乐。

我们保证要保持联络,我把我的电话号码给了他,等我回到家,应付完父母,关上自己房间的门,我在日记中写道:"今天,我遇到了将要嫁的男孩。"几年之后,这句话竟然成为我一首主打歌曲的题目。当歌曲作者第一次把歌词拿给我看的时候,我从心里笑出来,因为我知道自己注定要唱这首歌的。

当然,我没有嫁给弗兰基。我四十年没有再见他。但是当我听到他的死讯时,过去的一切汹涌而回。我就是因为这个才来的吧。你永远不会像十八岁时那样爱上一个人,暮色四合,在沙滩上,赤着双脚。

我还是不能相信,他已经不在了。

# 6

啊,爱情与弗兰基·普雷斯托。也许我以后会解释,为什么女人总会迷恋他。(或许,她们迷恋的是我?)可是眼下,故事已经进行到关键时刻。

在每位艺术家的生命中,总会出现一位为他拉开创造之幕的人。那是你最接近于再次看到我的时刻。

第一次,当你离开母亲的子宫,我是人类才华的彩虹中的缤纷色彩,你从其中选择。后来,当那个特殊的人拉开帘幕,你感到选定的才华在心中蠢蠢欲动,一种想要歌唱、画画、跳舞、敲鼓的燃烧的热情。

从此,你再不是原先的你。

是一个盲人吉他手,在一个星期天下午,在克丽丝塔·塞内加尔街一所小公寓的厨房中,为弗兰基拉起那面帘幕。当时,巴法和无毛狗在楼下的洗衣店里等候。

"把两把椅子相对放好。"那天,盲人说。他的无袖汗衫松松垮垮地垂在肮脏的褐色裤子上,而且,他没有穿鞋。

"现在做什么呢,老师?"弗兰基问。

"准备好上第一堂课了吗?"

"准备好了,老师。"

"好。学习怎么点烟。"

那人从口袋里抽出一个皱巴巴的烟盒。他的手指摸出一根烟,放在嘴里。然后,他掏出一个银质打火机,一揿弹开。一朵火苗出现了。

"看到我做的了吗,孩子?"

"看到了,老师。"

"你照着做。"

弗兰基紧张地接过打火机。巴法曾经告诉他,绝对不要靠近火。可是巴法也说过,这人让他做什么,他就做什么。

"来吧,孩子。"

弗兰基啪地打开打火机。

"有火吗?"

"有。"

"现在,拿好烟,把一头点上两秒钟……一秒,两秒,关上。"

弗兰基照吩咐点上,然后关上打火机。打火机落在地上。

"把烟给我。"那人说。

弗兰基把烟递给他。

"把打火机捡起来。"

弗兰基捡起打火机。

"恭喜你,第一堂课你已经通过了。"

"谢谢老师。"

"哦,我怎么称呼你?"

"弗朗西斯科。"

"弗朗西斯科。"他摸索着抓住椅子,稳住身子,坐下来,"和我们伟大的弗朗西斯科·塔雷加同名,你刚才唱的就是他的曲子。"

"我不认识他。"

"什么?傻孩子!"

他的手顺着桌子轻拍着,直到摸到一只打开的瓶子。他猛灌一大口,砰一声放下瓶子。

"说不出他的名字,你刚才干吗要唱他的曲子?"

"我不知道——"

"再说一遍,傻孩子!难道歌是自己写出来的吗?"

"不是——"

"是天上掉下来的吗?"

"不是——"

"不是。没错,歌不是从天上掉下来的。"

他把烟在餐桌上揿灭(餐桌上布满被先前的香烟烧出的焦痕),然后伸手去够架子上的吉他,差点把它碰到地上。弗兰基见他找什么东西都得张着手去摸,很为这人难过。弗兰基很纳闷,他要是看不见,干吗还要戴副黑眼镜呢?

"现在听着,仔细听好。"那人强调道。他躬身俯在乐器上,抬起琴颈,手指放在品丝旁边。"听听伟大的弗朗西斯科·塔雷加。"

他深吸一口气。

然后开始弹。

那首曲子,当然是《泪》,就是弗兰基在门口唱的那一首。那盲人弹得激情洋溢,又十分用心,以停顿表示强调,弹到特定的音符时摇着头,仿佛在吸入它们的气味。弗兰基盯着那些灵活地在琴颈上上下移动的手指。他听到琴弦甜美温暖的音调,高音仿佛轻柔拂过低音,有时听来如同两个人在同时演奏。他的嘴微微张开。

盲人弹奏完毕。

"现在,孩子,告诉我。这位作曲家的名字是不是值得被人记住?"

突然间,盲人感到两条小胳膊搂住他的脖子。弗兰基头靠在那人的肩上,就像曾经靠在母亲的肩头。听到《泪》,不仅拉开弗兰基未来的帘幕,也拉开过去的帘幕。

"放开我。"那盲人嘟囔道。弗兰基搂得更紧。老师闻到他头发中的肥皂味。

"好了，孩子，我很抱歉刚才吼你了。但是，不知道自己的历史，是不可能前进的。明白吗？"

"Sí[①]。"弗兰基低声说。

"学会说你要学习的音乐家的名字。"

"Sí。"

"说'塔雷加'。"

"塔–雷–加。"

"他也叫弗朗西斯科，像你一样。"

"弗朗西斯科。"

"你是怎么知道《泪》那首歌的？"

"我天生就知道。"

"你爸爸教你的？"

"不是。"

"是你妈妈？"

"我没有妈妈。"

盲人把话咽下去。他自己的故事涌到嘴边。

"我很抱歉。"

"你能看到点东西吗？"弗兰基问。

"看不到。"男人回答。

"为什么呢？"

"我天生就这样。"

"有时候我的眼睛也疼。"

---

① 西班牙语"是的"。

"我的眼睛不疼。"

"我经常揉眼睛。"

"我的眼睛不疼。我是瞎子,就是这样。"

"你也叫弗朗西斯科吗?"

"不是。"

"你叫什么名字呢?"

"赶紧放开我。"

孩子身子往后仰,摸摸男人黑眼镜下面的脸。那脸已被泪水浸湿。他回到自己的椅子上,男人用手掌抹着脸,然后又摸索着找酒瓶。

"你要叫我老师。"他说。

# 7

天赋是上帝投下的一片影子。影子之下，人类的故事穿插交错。

小弗朗西斯科·普雷斯托与另一位弗朗西斯科——早在一八五二年出生于同一座小城的伟大的西班牙吉他演奏家塔雷加——有着相似的身世。这座教堂后面的一条街道就是以他的名字命名，还有两尊纪念他的雕像，其中一尊，雕的是他坐在一把椅子上，吉他放在膝头，手指就位，正待要弹。比利亚雷亚尔的孩子们围着那尊雕像奔跑，去抓塔雷加那双青铜的脚。

和弗兰基一样，塔雷加进入你们世界的时候，从我手中抓去满满一大把才华。和弗兰基一样，他早年也曾遭到抚养者——一个保姆——的虐待，他从她那里逃走，跌进一条排水沟，伤了眼睛。和弗兰基一样，他开始学吉他，也是因为他父亲认为，假如他瞎了，可以靠弹吉他谋生。

小时候，塔雷加住在一座与教堂相邻的修道院里，他父母在那里给修女们帮佣。也许他们本来打算，等儿子长大后也让他在修道院里干活。但是一旦那孩子迷恋上我，（自然）就心无旁骛了。他离家出走，逃到巴塞罗那，打算在那里的酒馆演奏，直到有人把他送回父亲手中。那时他刚刚十岁。

几年后，他再次离家出走，去了瓦伦西亚，和吉卜赛人走街串巷演奏音乐。又一次，他被人送回比利亚雷亚尔。

几年后,他又一次离家出走。

他的流浪将会影响他的音乐。塔雷加最终声名远播,在欧洲各地大受欢迎,却有一次流落伦敦,孤独而抑郁。他怀恋故国明媚的阳光。有人鼓励他用音乐记录下他的忧伤,于是,他写下一首表现思乡之情的曲子。

那支曲子就是 *Lágrima*——《泪》——那首母亲在教堂小室中对着弗兰基耳中哼唱的优美的旋律,那首使他停止哭泣的旋律,那首实际上保住他性命的旋律。那是弗兰基的亲生母亲卡门西塔最爱的曲子,因为,像其他在比利亚雷亚尔长大的人一样,她熟知这座城市最著名的儿子的音乐。

老师也是如此,那位穿无袖汗衫的盲人老师,弹了很多塔雷加的曲子。就是这样,才华将一代又一代的人们编织在一起,就这样,天赋的影子延伸着,一位出生于近百年前的艺术家,开始充盈与他同名的男孩的灵魂。

顺带提一下,很长时间,老师上课做的就只有这一件事,弹琴。弗兰基坐在厨房的椅子上,痴迷地吸收着每一个音符,注视着那人的手指,好奇他那副黑眼镜后面的眼睛是睁着呢,还是闭着呢。每弹完一首曲子,那人就要抽会儿烟,或者从那些红葡萄酒或廉价但度数更高的烧酒①("燃烧的水")瓶中喝上几口。最后,当他脑袋往后耷拉,胳膊垂下时,弗兰基便会从椅子上站起来。

"再见,老师。"

"好,好,再见。"

---

①原文为西班牙语。

弗兰基便走下楼梯,找到巴法和无毛狗,大家一起回家,没有乐谱,没有作业。

没有吉他。

"先生,"有一天,巴法问老师,"为什么孩子不弹乐器呢?"

"到洗衣店坐着去!"老师气冲冲地说。

两周之后,巴法又问:

"先生,这孩子到现在还不该弹琴吗?"

"走开!你的狗臭烘烘的。"

巴法不敢生气,因为他十分尊重艺术家的才华,这一点使我对这个胖胖的沙丁鱼加工商一直格外钟爱。但他很固执。又过了两周,他送弗兰基来到门口,又一次提起这个问题。

"先生,我必须坚持——"

"不,不行!"

"可是,我是付了学费的。"

"你是要一位艺术家,还是一只猴子?"

弗兰基不禁笑了。一只猴子。

"先生,当然我想要一位艺术家,可——"

"那就闭嘴,吵得我头都疼了。"他挠一挠胳肢窝,"你带学费来了吗?"

巴法叹口气。"带来了。"

弗兰基看到巴法把几张钞票递给老师,老师把钱和烟卷塞进裤兜里。

"不读书就不会写作。"盲人说,"不咀嚼就不能吃饭。你要是想弹琴——"他摸索着抓住孩子的手,"就得先听。"

他把弗兰基拉进屋里,哐当关上门。

# 8

总之,花了一年的时间,老师才准许男孩触摸一根琴弦。"先练耳,后练手。"他强调。同时,他解释音乐。他用西班牙语解释,也用英语,他年轻时自学过英语。他认为这对弗兰基的进步至关重要,他相信语言的节奏、语法和音调的高低有助于理解音乐中相应的东西。一星期又一星期,他在两种语言间跳跃,阐释我的和声、音阶、音域,将它们展示出来,仿佛一件件精美的银器,直到弗兰基可以根据声音来辨别它们。他要弗兰基记住每一位作曲家和曲子的名字。有时候他们听厨房那台小收音机播放的音乐,听到某些部分,老师会攥住弗兰基的手。"你听到了吗?就在那儿!那是一个小调……那是一个三连音……"

据弗兰基所知,老师没有别的学生。弗兰基到的时候,经常发现门没有锁,老师在躺椅上睡觉。弗兰基就会推推老师的肩膀,直到他生气地嘟囔着翻个身,弗兰基才知道原来他醒着。

然而几个月过去,盲人好像渐渐对他的小学生不那么生气了,也不再叫他"傻孩子",这让弗兰基很开心。与此同时,巴法也不再同他争执吉他的事。相反,他把需要洗的衣服拿到克丽丝塔·塞内加尔街的洗衣店,充分利用等待的时间,每周都用细绳捆着干净的袜子和内衣带回家。

重要的时刻终于到了,弗兰基激动得几乎坐立不安。老师让他坐在椅子上,这样才可以以正确的姿势拿乐器。但是他选的吉他太大,都顶到弗兰基的下巴了。

"你个头真小,不像八岁的。"老师伸手摸着孩子的身架,说,"你爸爸不给你饭吃吗?"

"给的,老师,他给我饭吃。"

"把左手给我。"

弗兰基从命。

"你的指甲太长。得剪。"

"剪?"

"左手指甲。每天剪。"

"好的,老师。"

"不剪指甲是不能弹吉他的。"

"好的,老师。"

"你知道为什么吗?"

"不知道,老师。"

"是啊,你不知道。大多数人以为,是因为指甲长了按弦碍事。但我说不光因为这个。"

"那是因为什么呢,老师?"

"指甲是保护指尖的。指尖很敏感。你只有剪短指甲,才能真正触到音乐。"

"明白,老师。"

"只有那样,你才能感到每个音符的痛苦。"

"明白,老师。"

"没有保护。"

"好的,老师。"

"音乐令人痛苦。明白我的意思吗,孩子?"

"明白,老师。"

"现在,领我到储藏室。"

弗兰基站起身,迈着小碎步,领老师穿过公寓。

"走快点儿,孩子。我不是瘸子。"

弗兰基加快脚步。

"老师,我们到储藏室了。"

"把门打开。"

弗兰基拉开门把手,里面露出一摞摞鞋盒,一根横杆上挂着几件衣服,还有四把吉他,一把比一把小。

"把最小的给我。"老师说。

弗兰基双手捧起乐器,举起递给老师。他低头注意到一双鞋,但那是女人的鞋,挂衣杆上还有几条连衣裙和一只手提包。

"老师,您有太太吗?"

"回到椅子上。"老师说。

弗兰基关上储藏室的门。

那把吉他,那把将弗兰基·普雷斯托引向他宿命的吉他,其实根本不是吉他,而是一把布拉滚哈琴①,一种类似于尤克里里的乐器。它只有四根弦。琴颈恰好放进弗兰基小小的左手手掌中,琴身的曲线恰与他瘦

---

① braguinha,一种四弦弹拨乐器,尤克里里的前身。

削的左膝契合，膝盖从他热天穿的短裤下探出来。那乐器大小合适，仿佛为他量身打造的。

从那之后，那把琴便与他形影不离。

"右臂弯曲，右手放松。"老师指导说，"不要使劲挤压，不要掐死它。也不要往下摁，你不是想淹死它。你右手的指头正在与琴弦交谈。你跟人交谈的时候，会把他掐死或淹死吗？"

"不会的，老师。"

"对，你不会。"

"我左手干什么呢？"

"左手发现美。左手制造音符与和弦。孩子，你可以用右手尽情炫耀，但是没有左手，你什么都不是，明白吗？"

"明白，老师。"

"要尊重你的左手。每次弹奏，开始的时候，手都要这样伸开。"他伸直弗兰基的手掌，"就像在恳求什么。"

弗兰基想到教堂中的人，在长凳前双膝跪下，双手在面前伸开。

"像在祈求上帝？"

老师在弗兰基的手上啪地打了一记。

"傻孩子，上帝什么都不会给你。他只会拿走。"

在那一阶段，弗兰基对上帝的了解只有：他住着一栋大房子，他老是睡觉。大房子是他猜的，巴法告诉他，他妈妈和上帝住在一起——所有好人死后也都会住在那里——如此说来，那地方一定很大，对吧？

关于上帝老睡觉的想法，是巴法给他看比利亚雷亚尔的巴西利卡式教堂后，他推断出来的。那教堂被坏人纵火烧毁。弗兰基猜想，上帝绝对不会容许这样的事情发生，除非当时他睡着了，就像有时候无毛狗在门口呜呜哀叫，可他睡着了，等他醒来，发现地板上有一摊尿。弗兰基推论，坏事会在你睡觉的时候发生，要是坏人知道上帝闭着眼睛，他们就能做坏事而不受惩罚。或者是，上帝有时候可能像他的吉他老师那样，戴着黑眼镜。

"你看到过东西吗？"有一天，弗兰基问老师。

"我的回答会让你的吉他弹得更好吗？"

"不会，老师。"

"那干吗要问？"

"对不起，老师。"

"假如我看到你，会看到什么？"

这想法令弗兰基发笑。

"一个男孩。"

"一个没有练琴的男孩。"

弗兰基敛起笑容。到现在，他已经练了几个月，每天坐在花园中，无毛狗趴在他的脚边。他想弹老师弹的那些曲子。但是眼下，他能弹的只是练习曲。

"老师，我手指很疼。"

"音乐就是疼痛。"

"可我的手指看起来很奇怪。"

"那是茧子。"

"茧子是什么？"

"你刚开始弹琴的时候，手指头不习惯按琴弦。那时候，手指上会勒出一道道线，是吧？"

"是的，老师。"

"而且感觉很胀，是吧？"

"是的,老师。"

"可能还流血吧?"

弗兰基欲言又止。这事他本不想告诉老师。但是最开始时,他练得太勤,有时候要用衬衣把左手上的血擦掉。

"有时会流血,是的,老师。"他声音颤抖。

"你哭了,弗朗西斯科?"

"没有,老师。"

"不要因为流血而哭。不要因为你为了热爱的东西流血而哭。"

他摸索着打开水槽旁的橱柜,伸进手去,找出一个小瓶和一只碗。

"把手指浸在里面。"他说。

"这是什么?"

"孩子,问这干什么?如果我告诉你什么有帮助,你需要质疑吗?"

"Lo siento①,老师。"

"说英语,'对不起'。"

"对不——起。"

老师轻拍着桌子摸着,直到找到他那瓶烧酒。"孩子,现在正在打一场很大的战争。很快我们就要都说英语,或者都说德语。我自己喜欢英语。德语听起来就像有人在训斥你。"

他吞下一口酒,咧了咧嘴。"而且他们都是杀人凶手。咱们国家却听之任之,坐以待毙。"

弗兰基听到过战争这个词。巴法和工厂里的人谈到它。听起来不像是好东西。而且弗兰基也不想学一门听起来像训斥人的语言。他手上的茧子已经够硬了。他决定听老师的话,只想音乐。他不知道该不该告诉老师,他其实只有六岁。

---

①西班牙语"对不起"。

## 莱纳德·"泰皮"·菲诗曼

音乐经纪人，唱片制作人。

看哪儿？看镜头还是看你？……好的……是的……当然。我叫莱纳德·菲诗曼，老家是纽约的布鲁克林。我今年八十六。对我来说这次是出远门。出国，还要坐经济舱，够折腾的吧。可是我想来。听到这消息我很伤心。确实伤心。可怜的弗兰基。我是他的第一个经纪人，在五六十年代。我们最后有点不欢而散，这是事实。他那时有点发神经。谁知道是怎么回事？他们写的关于他的那些胡说八道，我一半也不信。你也不该信。尤其是关于我的那些话。他的婚姻？那部半途而废的电影？他们想说那是我的错。他们知道什么？

你想听真相？是我发现了他。别人可能有不同说法，可他还是个 pisher 的时候，我找到了他。你知道这个词啥意思吧？pisher？这是意第绪语，意思是小孩子，年少无知。

无知。哈！我笑，是因为弗兰基·普雷斯托从来没有那么无知。

啊？……当然，举个例子。我喜欢这个故事。我们在加州，当时是一九五九年二月。我会告诉你，我为什么能立即想起这个时间。之前一年我签下弗兰基，那时他到我办公室，说在猫王的乐队演出过。当时我代理很多演出，可你一提猫王，就算进门了。

弗兰基唱得确实很棒——他站在我的办公桌前，双手交叉放在胸前，唱了一曲《你是我特别的天使》，他的歌声一下打动了我，而且很显然，他是个模样俊秀的孩子。我知道我能靠他这张脸赚钱。我有个秘书，每次弗兰基过来坐坐，我觉得她迷得魂儿都丢了。后来他和她谈了一阵，伤透了她的心，就像他经常做的那样。

几年来，我看到他和很多那样的女人交往，女秘书，女招待，宾馆接待员。他就像台机器，真的，我真希望自己精力那么充沛。就在他事业起飞之前，交往多年的女友离开了他。我那时候经常说："孩子，你要打算报复她的话，我觉得你已经做到了。"

而他会说："哦，莱纳德，得了吧。"

这就是弗兰基。他叫我莱纳德。别人都叫我"泰皮①"，因为我总是用脚或指头敲打，一紧张就这样，成习惯了，看，我这会儿就在敲打，瞧见了吧？可弗兰基不一样。疯狂。Mashuga②。但我爱他。他有心。这世界忘了他，真可惜。他竟然那样死了？真惨哪……

现在说什么来着……哦，对了。那时候，加州有那种县商品交易会的巡演，有许多游乐设施和动物园的动物——山羊啦，马啦，五花八门——可是到了晚上，为吸引青少年，他们还举办摇滚乐表演。我就把弗兰基安排上，和……让我想想，可能有漂流者③，埃弗利兄弟④，埃迪·科克伦⑤，巴迪·诺克斯⑥，法兹·多米诺⑦，还有其他几个。他们每个唱两首歌。真正的流水作业。

总之，巡演发起人是一个罗马尼亚人——浑身是毛、留着小胡子的

---

① 原文为 Tappy，是 tap（敲打）的衍生词。
② 意第绪语 meshuga（疯狂）的讹读。
③ Drifters，美国流行歌手组合，擅长演唱嘟喔普和节奏布鲁斯及灵魂风格的歌曲。
④ Everly Brothers，由唐·埃弗利和菲尔·埃弗利兄弟二人组成的二重唱组合。
⑤ Eddie Cochran (1938–1960)，美国音乐人，主要风格为山区乡村摇滚。
⑥ Buddy Knox (1933–1999)，美国摇滚歌手和词曲作家。
⑦ Fats Domino (1928– )，本名为安托万·多米诺，法裔美国钢琴演奏家、歌手和歌曲作家。

大块头家伙。整场活动都由他操办。那些动物啦,游乐设施啦——还有音乐。钱都到他手里。每天夜里,打工的都得排队领工资,在他的帐篷里一直等到所有进款都数完。他把所有钱都放在那口灰色钱箱里,嘴里叼着一支大雪茄,一块钱一块钱地点数。与此同时,他还把帐篷里搞得开锅一般热不可耐,他竟然还开着几个热风吹送机,这样好把打工的人搞得又热又烦,赶紧离开。可弗兰基等着。他和埃弗利兄弟俩,菲尔和唐纳德——他们叫他唐。第一晚他们站在那里等,热得汗流浃背,衣服湿透。可终于挨到前面时,罗马尼亚人已把钱箱里的钱发完了。

"明天付给你们。"他说。

一连四个晚上,他们都遭遇这种状况。老一套——"明天付给你们。"终于,到了巡回表演的最后演出。弗兰基和埃弗利兄弟已经怒不可遏。弗兰基喜欢埃弗利兄弟。他说他们是出色的音乐人,没有得到应有的认可,当然你知道,他也是这样。我听弗兰基唱过他们的歌《我只须寻梦》——的的确确,唱得你泪流满面。不知是他的声音,还是那首歌?我对他说:"弗兰基,我给你录下来吧。"可他拒绝了,因为——听好——他遇到过创作这首歌的夫妇,一对夫妻搭档,他说那妻子告诉他,她八岁时梦到过丈夫的脸,等她十九岁时,在一个房间里见到他,从此之后,他们再也没有分开。这是真实故事,也是"我只须寻梦"这句歌词的由来。

总之,弗兰基说,这样的歌只应该有一个家,就像那对夫妻,只属于彼此。因为那首歌埃弗利兄弟录过,所以他不愿录。当然,此后有一千来人录过那首歌。弗兰基就这样,重感情,但没算计,可你能怎么着?

啊?……哦,对了。罗马尼亚人和钱。于是,最后一晚,他们演出——顺便提一句,弗兰基征服了所有观众。我当时在场。他唱的是《我想爱你》,那时他还没有录那首歌,可看女孩子上蹿下跳的那股热情劲儿,你能看出这歌一定会火。于是演出结束后,歌手们又一次在帐篷里排队,我也去了,因为这是最后一次拿到钱的机会,懂吧?热得要死。不见弗兰基的人影。我们都在等大块头的罗马尼亚人。突然间，传来一阵尖叫呼喊声，大家四散奔逃——你猜怎么着？——是大象跑啦！

你听说过这样疯狂的事吗，大象跑了？于是人人逃命。你不希望被大象踩扁，对吧？一辆辆警车开来，警笛刺耳，场面混乱。突然间，一辆车吱地停下，弗兰基开的车，旁边坐一个女孩，他冲我和埃弗利兄弟喊："上车！"于是我们坐车离开。大家都有点惊魂失魄——只有弗兰基例外，他看起来神情自若。他开车把我们送到宾馆。"你哪儿搞的车？"我问他。他笑而不答。你知道弗兰基那种笑吧？那一口天赐的洁白牙齿？唉，真希望有他那样的好牙。我的基本掉光了，满口假牙……

不管怎么说，我知道不能再问，埃弗利兄弟在旅馆下了车，弗兰基追上去，说："喂，等一下。"说着，他递给他们一个信封，我明白是钱。他对他们悄声说了什么，他们搂着他的脖子，拥抱了一下。他们走后，我对他说："只要告诉我，你也拿到钱了。"他笑了，说："行啦，莱纳德。"接着，他想起那个女孩，便走了，那是那天晚上我最后一次见到他。

可下面是我要给你讲的那个日期，一九五九年二月。第二天早上，我在办公室，电话响了。是弗兰基。他说："帕克伊马在哪儿？"

哦，帕克伊马是圣费尔南多山谷中的一个小城。他说他想去，马上。我说，好，怎么，你想让我开车和你一起去？他说他没有车。我说，昨晚那辆车呢？他说那车已经不是他的了。不要问。

于是，几小时以后，我开车去接他，打开收音机，这时候我才听到新闻。巴迪·霍利[①]，里奇·瓦伦斯[②]，还有大波普[③]，死于飞机失事。

---

[①] Buddy Holly (1936–1959)，本名查尔斯·哈丁·霍利，绰号甜心霍利，美国当代著名摇滚乐歌星、摇滚乐坛最早的青春偶像之一。
[②] Ritchie Vallens (1941–1959)，本名理查德·史蒂文·瓦伦苏埃拉，美国歌手、词曲作者和吉他手，摇滚乐先驱，卡其诺摇滚运动的发起人。
[③] The Big Bopper(1930–1959)，本名贾尔斯·佩里·理查德森，美国歌手、词曲作者，风格为山区乡村摇滚。

你知道那件事吧？在爱荷华州，没错。雪崩。

哦，弗兰基让我开车到帕克伊马，因为那是里奇·瓦伦斯的家乡。瓦伦斯死的时候还是个孩子，可能十七岁，但他和弗兰基见过一面，在一次巡演中。因为他是墨西哥人，弗兰基是西班牙人，两人惺惺相惜。里奇竟然有一首西班牙语的主打歌曲《班巴舞①》，这让弗兰基喜不自胜。他觉得这太了不起了。

于是我们开车去了帕克伊马。我们在一个加油站停车，弗兰基进去，拿着一个地址出来。那是里奇·瓦伦斯妈妈的房子。我们开车过去，见房子外面停着很多车，还有一些记者在场。于是弗兰基让我等着。我们把车停在街边，坐在里面等了大概四个小时，直到所有人都离开。那时天已经黑下来，他说："好，我去去就回。"他从车后面拿出手提箱，打开。你猜，他从里面取出什么来？

一口灰色钱箱。

没错，罗马尼亚人的钱箱。我举右手发誓，他拿到了。

他走向门廊，将钱箱留在那里，就放在门里面。甚至连门都没有敲。随后他回到车里，说："我们可以走了。"

我说："弗兰基，你这是做什么？"可他根本不回答。他只是说，失去孩子一定很难，里奇的妈妈现在会需要一些帮助。你能相信吗？那场乱局整个都是他搞的——大象啦，所有混乱——只有这样我们才能拿到报酬。然后他又全部拱手送人。回来的路上，我一直瞧着后挡风玻璃，希望那个疯狂的罗马尼亚人别来追我们。

---

① 原文为西班牙语。

## 9

钱，我得承认，对我是个谜。虽然钱对人类显然意义重大，可对我，好像是沉重的负担。我从没拿过钱。从没体会过它的益处。我只知道，我的门徒有的发了大财，更多的却因为缺钱选择离弃我。为什么？财富从未决定过音乐的本质。只要是发自内心，在哪儿演奏都可以。

演奏什么都行。

弗兰基最早的音乐是用廉价的布拉滚哈四弦琴演奏的。精通那个之后，经过老师同意，他改弹六弦琴。老师命他从壁橱里拿出一把吉他，焦糖色琴身，红褐色琴颈。如今，因为弗兰基每周上好几次课，通常是在巴法上班的时候，巴法便给他买了一辆淡苹果绿色的四轮小车，弗兰基就用小车拉着他的新吉他在大街上走。

一个用小车拉着吉他的男孩，与当时席卷全国——席卷全世界——的战争形成触目的对比。那些年，我忙着收集那些未及施展便英年早夭的才华，那些被丢弃在战场上、溺死在沉船中、从天空被击落的才华。何其浪费。人类为何自相残杀，我无法理解，但我可以作证，自从你们人类诞生，便一直如此。变化的只有武器。

战争影响了所有人。巴法的沙丁鱼厂开始出现麻烦，一些工人被发了蓝制服，带去打仗了。其他人则为效忠哪个党派争论。政府命令巴法生产指定数量的沙丁鱼，为战争效力——我猜他并不想干。巴法晚上回家,跌坐在椅子里,用湿毛巾蒙着额头。无毛狗趴在他的脚边。

"到外面去练吧。"巴法对弗兰基说。看到爸爸这样子,男孩很难过,他给爸爸做了个奶酪芥末三明治,便拎着吉他去花园。每天弹琴之前,他都会修剪左手的指甲,然后练习老师教给他的琶音,将和弦进行分解,再以不同顺序进行练习。他练习所有的音阶,手指像蜘蛛腿一样沿品丝走着,越来越快,但从不会绊在一起。

"你见过蜘蛛绊倒吗?"老师曾经问他。

"没有,老师。"

"对,你没有见过。你的手指也不能绊倒。"

"Sí,老师。"

"孩子,说'好的'。"

"好的。"

"说英语。"

"老师们说我们只能说西班牙语。"

"和他们,说西班牙语。和我,说英语。不要把我和我们上课的事告诉他们。明白吗?"

"Sí。"

"这是我们的秘密。"

"Sí。"

"说'好的'。"

"好的。"

"坚持练习。"

"好的。"

老师保密是有充分理由的。政治不是我关心的事,但西班牙施行广泛的镇压,月复一月,比利亚雷亚尔有越来越多的人因反政府而被捕。他们中有很多艺术家。一位我赋予才华的钢琴家光天化日之下被人从家里拖走，投进监狱。有同样遭遇的还有两个大提琴手，一位笛手，好几位歌手。据我理解，掌权的西班牙首领——一个名为佛朗哥的秃头男人——创造了一个暴政社会，任何偏离常规的行为都被视为大逆不道。我以前目睹过这样的政府。那种政府的公民总是一种模样。疲惫。瞻前顾后。在无穷无尽令人窒息的恐惧中挣扎。

这样的境况下，艺术便要遭殃，而在西班牙，艺术受到摧残。人们不敢表达自己。不敢写作，不敢以某种方式跳舞。诗人身陷囹圄。地方性音乐被禁。丰富多彩的音乐节目被传统的西班牙节目取代。

"佛朗哥，"老师嘟囔，"要是他说了算，我们只能演奏弗拉门戈了。"

有时候，坏事中也可以发现好事，就像大调音符也可以在小调和弦上演奏。一天，当弗兰基拉着他的小车朝克丽丝塔·塞内加尔街走时，路过一个牌子，上面警告："是西班牙人，就说西班牙语！"他看到，在市里最大的商店前一片骚乱。穿灰制服的警察正把人往外拖，把货物往大街上堆。弗兰基穿过人群，听到有人窃窃私语说些他听不懂的话。他听到还有人在欢呼："佛朗哥！佛朗哥！佛朗哥！"人们开始互相推搡，喊声越来越高。这时，弗兰基的目光落在那堆货物中的一件东西上。一台留声机。他曾经在商店橱窗里见过一台，巴法解释说，它可以播放圆盘上的音乐。弗兰基问可不可以买一台，巴法说："太贵了。"

可现在，就有一台留声机放在路缘石上，放在一摞唱片上面——来自美国、英国、法国，还有西班牙其他地区的音乐。弗兰基太小，不理解在这个政府统治下，这样的唱片被认为是有颠覆性的。他想，既然放在大街上，就是人家不想要了。

于是，当穿灰制服的警察挥舞警棍，逼迫人们服从时，弗兰基迅速将留声机和唱片装进他淡绿色的车子，用一条毯子盖起来，拖着一大块我，离开那场纷争。

他不知道，有人正盯着他。

## 10

我应该提一提弗兰基缺席的母亲,以及她在他早年生活中投下的阴影。

当然,对于卡门西塔,那位黑葡萄色头发的虔诚女人,弗兰基没有丝毫记忆。巴法并不认识她,而真相——他是在河边被无毛狗发现的——他也没法告诉弗兰基,哪个孩子愿意认为自己被人遗弃过呢?

于是,一个传奇故事构建起来。你们人类就是这样重塑历史的。巴法告诉弗兰基,他妈妈是一位圣洁的女子,是他唯一的真爱,在弗兰基出生后不久,在他们一起去旅行时悲惨死去。巴法想,这样就可以解释,为什么他们从来没有去比利亚雷亚尔的墓园给她扫墓。

这不是个很高明的谎言。不幸的是,对巴法而言,弗兰基的好奇心几乎与他的乐感一样发达。

"去哪儿旅行的,爸爸?"

"美国。"

"美国在哪儿?"

"在很远的地方。"

"妈妈怎么死的?"

"遇车祸死的。"

"是她开的车吗?"

"当然不是。"

"是你开车?"

"是的。"

"你受伤了吗,爸爸?"

"没有。呃,我受伤了,但是不严重。"

"你想办法救妈妈了吗?"

"当然了。"

"真的十分努力救了吗?"

巴法叹了口气。你绝对不该以孩子的问题为基础构建谎言。这就像以铙钹相击之声为基础写一首曲子。

"是的,一切办法都试了。"

"那时我在哪儿?"

"你在这里。"

"我自己吗?"

"和一个朋友在一起。"

"哪个朋友?"

"你不认识他。"

"为什么呢?"

"他死了。"

"怎么死的?"

"出车祸死的。"

"是他开的车吗?"

巴法揉了揉脑袋。他是个务实的人,心地善良。但我很肯定,在他进入这个世界时,他的小拳头中没有抓到多少讲故事的才华。

"我不记得了,弗兰基。那是很久以前的事了。"

"妈妈怎么样了?"

"什么时候？"

"她死了以后啊？"

"她被埋葬了。"

"埋葬是什么意思？"

"人死了，就会埋在地里。"

"那她怎么和上帝住在一起呢？"

"埋葬以后，就和上帝在一起了。"

"妈妈埋在哪儿了？"

"在一个墓园里。"

"墓园在哪儿？"

"在美国。"

"美国的哪儿？"

巴法对美国几乎一无所知。他妹妹丹扎多年前迁到墨西哥，后来嫁给一个住在底特律的美国人。

"底特律。"

"那是什么？"

"是一座城市。"

"在哪儿？"

"在美国。"

"你去过那里吗？"

"去过。"

"你去那里干什么？"

"去买车。"

"我们的车吗？"

"是另一辆车。"

"出车祸的那辆吗？"

"是那辆。"

"妈妈漂亮吗?"

"十分漂亮。"

"她爱我吗?"

"十分爱你。"

这一点,巴法说的是实话,即使他没有意识到。这时,他脑袋已经嗡嗡作响,便结束这个故事。

"别再问了,弗朗西斯科。"

"她长得什么样?"

"拜托。"

"这是她吗?"

弗兰基拿出一张照片,照片上,年轻的巴法搂着他妹妹丹扎,一个浅色头发、深色口红的丰腴的女人。照片是多年前拍的,在她去墨西哥之前,是他最后一次见到她。

"你在哪儿找到的?"

"在储藏室里。"

"你去储藏室干吗?"

"这是妈妈吗?"

巴法叹了口气:"是的,是她。别再问了,好吗?"

弗兰基凝视着照片。这么说,这个搂着爸爸的女人就是他妈妈,那位圣人,在遥远的国度中死于车祸,埋在地里,这样她就可以和上帝在一起了。

他有了自己的故事。多年后,他以这个故事为灵感,写出他的第一首吉他曲,取名为"Lágrimas por Mi Madre"。

《为母亲流下的泪水》。

真相是光。谎言是影。音乐则是两者重叠。

## 11

说到我,你们有很多词汇表示我该如何演奏。在古典音乐中,这些词大多用意大利语。Adagio(柔板)。Moderato(中板)。这要追溯到你们叫作文艺复兴的时代,那时意大利是创新中心,云集此地的音乐家发明了几百个用来描述我的速度的词。Vivace(活泼地)。Andantino(小行板)。Prestissimo(最急板)。就弗兰基的故事来说,我们一直以largo(广板)讲述,缓慢地,或至少是larghissimo(极缓板),在合理范围内尽量缓慢。但是葬礼仪式正渐渐逼近,我们必须采取accelerando(渐快),越来越快,也许要达到adagietto(小柔板)或allegro(快板)。

从偷走留声机的那一天起,到躲在一艘船的底舱离开西班牙,弗兰基人生随后这三年包括以下发展[①]:他长高了九英寸,掉了六颗乳牙,在学校打过四次架,领了第一次圣餐,掌握了一种足球踢法,在头发上涂发蜡,被一个女孩在耳垂上亲了一下(随后哈哈笑着跑开),学习骑自行车,用拉丁语做祷告,用香肠和橄榄油做面包夹肉[②]。他第一次穿泳衣,第一次看到坦克,经常让巴法在地球仪上指出美国的位置,每夜入睡时,枕头底下总压着那个浅色头发的女人的照片,相信那个女人就是他妈妈。

---

①原文development也是音乐术语,指(主题等的)展开。
②原文为西班牙语。

他还每天在花园里至少练习三小时吉他，学了一百多首曲子，用琶音和指法练习为那条无毛狗弹奏小夜曲。

说到他跟老师上的课，我可以作证，他的水平突飞猛进，这一点可以由他弹琴时盲人老师脸上偶尔流露出的微笑来断定。老师甚至戒了烟，虽说这大概归因于有一次弗兰基用打火机，不小心点着了桌布，老师刚要警告他酒精会把这地方付之一炬，弗兰基又抓起葡萄酒泼在桌布上。（房子没被烧掉，但这一惊吓足以改掉一个习惯。）

弗兰基在克丽丝塔·塞内加尔街洗衣店上面那套公寓里待的时间越来越长，学习地道的古典技法，他将琴颈从左肩上转开，使之上翘，一只脚踩在凳子上。老师在他右手中放一只橘子，让他一握几个小时，模拟正确的拨弦姿势。他不停地抓住男孩的手指，展示拇指肚和指甲保持怎样的触弦点角度，才可以弹出最纯净的声音。他把吉他上的每一寸都教给孩子：弹到琴颈最高处的极具穿透力的高音，与音孔相对应的琴弦发出的音量和音色，以及每条琴弦如何震动，每根弦如何挑、拍、拨、抹或是扫。

弗兰基也学会使用那台从马路边上偷来的留声机。开始，老师十分恼火，坚持要把这台机器扔出去。（"要是警察[①]能关掉商店，你想他们会怎么对付我，傻孩子？"）可是当弗兰基把唱针放在唱片上，艾灵顿公爵乐团唱起《别再彷徨逃避》时，老师张着嘴，瘫坐在椅子上，之后一连十三次，让男孩把唱针重新放回唱片上。

最终，他和弗兰基听遍那一堆唱片中的每一张，一遍又一遍。老师最喜欢的是一位名叫强哥·莱因哈特的吉卜赛吉他演奏家的一张虫胶唱片，老师描述它为"非属凡尘"的音乐。弗兰基则偏爱路易斯·阿姆斯特朗和那首题为《比尔·贝利，求你回家吧》的歌，他记下了歌词。一天，

---

[①] 原文为西班牙语。

老师正在吃弗兰基做的一条面包夹香肠,男孩给老师唱起这首歌,模仿得惟妙惟肖。

"你回家好吗,比尔·贝利?
请你回家好吗?"
她整天悲叹哭泣。
"亲爱的,我会给你做饭,我会交房租。
我知道我对不起你……"

弗兰基停下,那盲人的嘴也停下,然后用两个指头揉着下巴。
"弗兰基,你会遇到一个问题。"
"什么问题?"
"你唱得很好。"
"谢谢老师。"
"唱得太好了。你得决定你要做什么——是做伟大的歌手呢,还是做伟大的吉他手?"
"我能两个都做吗?"
老师叹了口气。"两个都做,等于哪个都做不成。"
弗兰基看着他的老师,那副墨镜,和那没有刮过的络腮胡子。他唱歌不是要让他失望的。
"对不起,老师。"
盲人龇了龇牙齿。
"而且别再模仿路易斯·阿姆斯特朗了,会把嗓子唱坏的。"

## 12

我已经答应,余下的西班牙岁月我要加快速度讲。所以我只着重讲两天:弗兰基恋爱的那天,和他离开西班牙的那天。

第一天是在一九四四年的初秋。一个晴朗无云的午后,巴法开车带弗兰基去位于韦拉维雅附近的沙丁鱼厂。刚到不久,巴法就卷入工人间的又一场争论,于是他让弗兰基带无毛狗去走走。弗兰基明白,这说明爸爸不想让他听到他们后面要说的话。这倒没什么,因为他想把老师最近教给他的那支曲子学会。

他背着吉他,领着无毛狗,沿出城的路走去。他边走边吹口哨,吹着一支曲子,捡一根木棍投出去,无毛狗再给他叼回来。

他漫无目地走啊走,没过多久,就再也看不到房屋人家,进入丛林深处。他估摸可以靠着树桩练琴,便左转右绕,直到找到一个好地方。他坐下来,调整好琴,伸出左手(像老师教他的那样),开始弹音阶。

"嘘——!"

他抬起头。

"嘘——!"

弗兰基看不见谁在嘘他。他的目光穿过树林,终于看到一棵树上有个人影,骑在一根粗大的树枝上。那是个男孩,和他差不多高,穿着棕色长裤、黄色衬衣,一顶帽子拉得很低,紧扣在额头上。

"Quién anda ahí？①"弗兰基问。

"我不会说西班牙语。安静！"

"我会说英语。"弗兰基说。

那孩子眯起眼睛。

"你想看尸体吗？"

弗兰基攥紧琴颈。

"我得练琴。"

"你害怕了？"

"没有。"

"没关系。大多数人不像我这么勇敢。"

男孩的英语听起来怪怪的。（这是弗兰基第一次听到英式英语。）

"我不害怕。"

"证明一下。"

"怎么证明？"

"爬上来。"

弗兰基一半的心思是想跑掉。他可不想看尸体。但他以前从没有遇到说英语的孩子。而且他没有多少朋友，因为大多数同学还笑话他揉眼睛。他想知道这个男孩会不会唱歌。

"好吧，"弗兰基说，"我上去。"

他抱住树干，费劲地往上爬。刚爬了几步，就笨拙地掉下来。

"真笨！"男孩笑起来，说。

弗兰基擦掉短裤上的泥巴。无毛狗舔舔他裸露的腿。

"给，接着。"

男孩垂下一条绳子，绳子系在那条树枝上。弗兰基抓住绳子一跳，

---

①西班牙语"谁在那儿"。

脚蹬着树，沿树干往上爬。等他爬上那根树枝时，已经快累瘫了。

"嗯哼。"男孩说。

直到这时，气喘吁吁的弗兰基才意识到，那根本不是个男孩，而是一个金发塞进帽子里面的女孩。她的牙齿在唇内形成一条完美的小弧，她比他见过的所有人皮肤都要白净，脸颊也更嫣红。她的双眸如同两汪潭水，即使在凝视他时，也有点如梦似幻的神情。

"你已经证明自己很勇敢，"她实事求是地说，"因此，可以做我的朋友。"

一股暖流在弗兰基心中荡漾开来。他感觉自己果真像她说的那样勇敢。

"帮我把绳子拉上来。"她说。

"你为什么在树上？"

"我在侦察。"

"侦察是什么意思？"

"你不知道侦察是什么意思？"

弗兰基耸耸肩。

"我正在看谁都不能看的秘密。"

"为什么？"

"这样我就可以告诉我爸爸了。你要知道，他很了不起。"

弗兰基又耸耸肩。

"只有勇敢的人才可以当间谍，像我爸爸那样。"

"他在哪儿？"

"不知道。他在执行秘密任务。但是等他回来，我要把看到的事情告诉他。"

"你看到什么了？"

"尸体。看。"

弗兰基差点把这茬儿给忘了。他顺着她指的方向看去，见林子中有一大片空地，那里的土看起来和周围的不一样。土被挖过，翻起，又重新填上，好像要盖住什么。附近是一个空的深坑，紧挨着又是一堆土。

"他们今天早晨挖的，"女孩压低声音说，"这就是放他们的地方。"

"放什么？"

"那些新来的。"

她还没来得及细说，一辆军用卡车轰隆隆开进树林，一路碾过野草和嫩枝。女孩身体绷紧，抓住弗兰基的胳膊。他盯着她白皙的小手，抓紧弗兰基的手指纤细娇柔。弗兰基凝视了她的手指很久——吉他手经常这样——他永远也不会忘记第一次看到她的手指的情景。

"别说话。"她小声道。

军车停下。发动机没有关，一帮男人跳下车。他们的嘴和鼻子上蒙着围巾。他们动作很快，拉开什么东西的插销，然后，那些人从后车厢中往外拖尸体——六具，光着脚，身上还穿着衣服，衣服湿嗒嗒的，布满深色的污渍。在弗兰基看来，他们像在沉睡，睡得那么沉，被人扛起来的时候，身体弯折，如同一长袋一长袋的大米。他希望他们会动一动，会说："嘿，把我放下，我醒着呢。"但是他们没有丝毫挣扎。

发动机的轰鸣声淹没了所有声音，士兵们一言不发地将尸体扔进坑里，一个摞一个，像码头工人卸货箱那样无动于衷。他们返回车上，拿出长柄铁锹。

几分钟后，尸体已经盖上土，弗兰基和女孩看不到他们了。士兵们不说话，只是用铁锹背拍拍泥土，用脚踩实。干完后，他们匆匆钻进车里，拉上车门，卡车哐啷哐啷开走了。

突然间，四周一片可怕的寂静，仿佛大地也被惊得屏住呼吸。我知道这种声音；寂静是音乐的一部分。但是，某个东西不发出声音，并不意味着你听不到它。

弗兰基看着女孩。一颗泪珠沿着她的脸颊流下来。她凝视着新埋的坟墓，双手合拢，伸到面前，以轻柔而真切的声音念诵。她的话来自天主教的神圣弥撒仪式。

"神的圣者，速来帮助他们。主的天使，速来迎接他们。将他们的灵魂拥入怀中，携他们飞往最高处的天国。"

她转头看着弗兰基。

"必须有人替他念，不然他们进不了天堂。"

她用手背拭去泪滴。

"现在我们下去吧。你可以弹吉他给我听。"

我对爱的了解有这些：爱情改变你对待我的方式。我感到爱在你的手中，在你的指间，在你创作的乐曲中。突然涌现的活泼灵动的乐句，大七度，处理得齐整而甜美的旋律线，如同折好的情书放进信封中。人类会因新发现的情感而目眩神迷，当弗兰基和那个谜一般的女孩从树上下来时，他已经目眩神迷了。

他们沉默地走着。她领他走到坟地的边缘。

"别靠这么近。"当他紧挨着她身后站住时，她说。

"对不起。"

"你还是害怕了。"

"不，没有。"

"那些当兵的不会回来的。"

"你怎么知道？"

"他们从不回来。"

"那些人都死了吗?"

"是的。"

"他们怎么死的?"

"很可能是枪毙的。"

"为什么?"

"因为战争。我爸爸说,大元帅①想杀谁就杀谁。"

弗兰基以前听说过这个名字。大元帅。这名字让他不寒而栗。

"我不喜欢战争。"他说。

"我痛恨战争。"

"我也是。"

"你说话很奇怪。"

"不,不奇怪。"

"你在哪儿学的英语?"

"跟老师学的。"

"学校的老师?"

"我的吉他老师。"

弗兰基语塞,意识到自己刚刚辜负了老师的信任。

"你不能告诉别人。"

"我不会。"

"这是秘密。"

"我可以保守秘密。"

她看着他的吉他。无毛狗看着她看吉他。

"你真会弹吗?"

---

① 原文为西班牙语。

"会。"

"弹点什么吧。"

"弹给你听?"

她转身看着新掘起的泥土。

"弹给他们。"

"那我该弹什么呢?"

"不知道。弹一首曲子,表示我们不会忘记他们的。"

弗兰基十分想让她喜欢。他想到自己学过的所有曲子,记起在一张偷来的唱片上,有一首菲律宾歌曲,老师说"忧伤得能把唱针都融化"。老师教给了弗兰基。歌名为"Maalaala Mo Kaya",作者是一位菲律宾作曲家,名叫冈斯坦西欧·德·古兹曼。("一个高雅的名字。"老师沉思道。)歌曲描述两个来自不同社会阶层的人,发誓不会忘记他们的爱情。唱片标签上印着翻译的题目:《你会记得吗?》

弗兰基坐在一块石头上,将吉他放在膝头。他敏锐地感觉到,他的新朋友正凝视着他,他努力要弹得完美无瑕。我能在他拨动琴弦的触觉中,在笼罩在每一个音符上的柔情中,感觉到他的热望。

假如你从远处看,这情景也许颇为奇怪,两个孩子在一处集体墓穴旁边,一个弹琴,一个倾听。烈日当空,泥土上,西班牙军车的车辙仍然清晰。

而我看到的则是另一番景象。我看到一个男孩,为了一个女孩,几乎拨断琴弦。平生第一次,弗兰基·普雷斯托想要把他的音乐献给另一个人。

正是由此,我知道他恋爱了。

"你是怎么弹成这样的?"一曲弹罢,她问。

"不知道。"

"弹得相当棒。"

"真的？"

"真的。"

"你觉得他们听得见吗？"

她看着那片土地。"不知道。这不是个像样的坟墓。"

"'像样'是什么意思？"

"是指按应该的样子做事。"

"应该的样子是什么样？"

"你是说坟吗？坟要修得漂漂亮亮的。你要把尸体放进一个箱子里。亲人来道别，还在坟头摆上鲜花。"

"干吗要摆鲜花呢？"

"这样，死去的人上天堂的时候，就有漂亮的东西可看了。"

"哦。"

"你从来没见过坟墓吗？"

"我妈妈有一个。"

"你妈妈死了？"

"是的。"

"她人好吗？"

"我从没见过她。"

"她的坟墓在哪儿？"

"在美国。"

"那你从没有见过她的坟墓？"

"没有。"

弗兰基想知道，那坟墓是什么样子，有没有人在上面摆过鲜花。他要是问过巴法就好了。突然间，他十分想念爸爸。

"我们应该给这座坟摆上花。"女孩说。

"好的。"

"你看到花了吗?"

"那些行吗?"

"那是草。"

"摆草不行吗?"

"不行,草不好看。"

他们默默地站着。弗兰基看看他的吉他。

"有六个人,对吧?"

"对。"

"我知道怎么办了。"

他放下吉他,开始反拧一个旋钮,将一根琴弦从旋钮和琴马上拆下来。他捏着那根松下来的弦,蹲下身,女孩也跟他蹲下。他把琴弦绕几个圈,然后又折了个九十度角,攥住固定,造出一根花梗,从圆圈中伸下去。以前他也曾拿老师的旧琴弦这样做过,趁老师在躺椅上睡觉时,将弦折成玩具的形状。但他从来没有从自己的吉他上拆过弦。

他将一端插入土中,又用两块小石头压住,好让它们站直。

"一朵花!"女孩惊叹道。

"这样他们就可以上天堂了。"弗兰基说。

"可你现在没法弹吉他了。"

弗兰基知道她说得对。可是,他还是拆下另一根琴弦,然后,又一根,再一根。

"我试试行吗?"女孩问。

他们一起蹲着。这一次她没有要他"别靠这么近"。他们又做了五朵花,绕着覆盖尸体的土堆插好。然后,他们站起身,搓掉手上的泥土。太阳西沉。女孩喃喃地说出一段祈祷词,弗兰基跟着重复,尽管他不懂。

他们凝视着坟墓,她勾住他的手指。他也攥住她的手。地球上会出现某些时刻,上帝看到他的造物流露出人意料的柔情,不禁莞尔。这就是那些时刻之一。

"你叫什么名字?"

"弗朗西斯科。"

"姓什么?"

"鲁维奥。"

"弗朗西斯科?有什么含义吗?"

"是一个著名吉他手的名字。"

"哦。"

"你叫什么名字?"

"奥罗拉。"

"姓什么?"

"约克。"

"奥罗拉?有什么含义吗?"

"意思是'黎明'。"

"黎明是什么?"

"是太阳升起的时候。这人人都知道啊。"

弗兰基转开视线。他得要老师多教他英语。

"你弹得真好,弗朗西斯科。"

弗兰基脸红了。

"我认为你是全世界最棒的吉他手。"

"真的?"

"我不会骗你的。"

无毛狗嗯哼一声。

"有没有女孩亲过你?"

"有一次。"

"在哪儿?"

"在学校里。"

她笑起来。"不是,亲的哪儿?亲你的脸吗?"

"是耳朵。"

"哪一只?"

他指了指。

"我亲另一只。"她说。

于是她亲了一下。轻轻地,迅速地。然后,仿佛心中特别高兴,她俯下身,拍了拍无毛狗的脑袋。

弗兰基眨着眼睛。

"奥罗拉,"他说,仿佛在练习,"奥—罗—拉。"

她笑着看他说出她的名字,他也报之以微笑,就这样,不知不觉中,他加入了另一支乐队。从那一刻起,奥罗拉·约克就出现在弗兰基的音乐中。那一天。那一夜。永远。

## 13

要知道，在我的世界中，乐曲会由大调飞速转为小调。一个简单的和弦变化，降低三音；移动一根手指，调就变了。那天，弗兰基像做梦一样离开树林，无毛狗走在他身边。可等他回到工厂时，就知道出事了。外面停着警用卡车。穿灰色警服的男人靠在院墙上。无毛狗警惕地低吠着。

"小子，你找谁？"一个警察问。

弗兰基咽了咽吐沫。

"我爸爸。"

"你爸爸在哪儿？"

"在那里面。"

"哦？在这里面？真的？"警察站直身子。又一辆卡车开过来。弗兰基认出是他刚才在树林里看到的那辆。早先埋尸体的士兵跨出车来，点着香烟。弗兰基的心怦怦狂跳起来。

"谁是你爸爸？"那警官问道。

无毛狗开始吠叫。

"闭嘴，畜生！"

那人拔出枪。

"不要！"弗兰基大叫。

那人开了一枪，没打中，子弹在地上腾起烟雾。狗飞窜逃开。

"喂，"那警察继续问，"谁是你爸爸？"

恰在此时，工厂前门猛地打开，巴法的一个工人手腕捆着，跌跌撞撞地走出来。两个警察紧跟着出来。

"路易斯！"弗兰基喊道，"路易斯！你看到——"

路易斯狠狠瞪着他，摇摇头。弗兰基闭上嘴。

"那人是你爸爸吗？"警察问。

"他爸爸不在这里！"路易斯吼道，"他休病假了。"

"别说话！"押着他的警察吼着，用棍子一捅路易斯的肋骨，拖着他向卡车走，把他推了进去。弗兰基看到后座上还坐着两个工人，神情惊恐。

"是真的吗，音乐小子？"

弗兰基感到泪水流到脸上。

"说话，小子！是真的吗？你爸休病假啦？"

"Sí。"弗兰基终于低声说。

"那你干吗说他在里面？"

弗兰基的眼睛怔怔地瞪着。"我想……喝水。"

"到别处找水去！把吉他给我。叫你瞧瞧一个西班牙人该怎么弹。"

那警察不等他递，直接从弗兰基背上扯过那件乐器，一转翻过来。

"怎么搞的？没有弦啊！"

他啐了一口。

"小子，吉他有弦才能弹。你爸没有教你这个？"

他随手一甩，吉他落在泥土中。其他人发出一阵哄笑。

"弗朗西斯科，回家去！"路易斯从卡车里喊。

警官们又哈哈大笑。

"是啊，弗朗西斯科，回家去吧！告诉你爸爸，明天不用上班，后天也不上！"

弗兰基转身便跑，双脚踩得碎石咯吱咯吱响。刚跑出十来步，他又刹住脚跑回来，捞起地上的吉他。警察们又是一阵哄笑。

"最好去找几根弦来！"其中一人叫道，可弗兰基已经消失。他大口喘息着，胸口鼓胀，感觉全国的空气都被他吞掉了。

他跑了很远很远。累得腿发软时，他就走。然后又跑。一辆吉卜赛人的卡车在他身边停下。他们提出，要是他把兜里所有的钱，还有吉他，都交出来，他们就捎他到比利亚雷亚尔。他不情愿地递过吉他。在那些吉卜赛眼睛的注视下，他爬进后车厢，挤进一麻袋土豆和一个裹着黑头巾酣睡的女人之间。

卡车向西驶去，与一辆军车擦身而过。那辆军车将要在沙丁鱼厂停下，放下一个军官。那军官听说一个男孩去过，又跑了，便给了一个士兵一记耳光，叫道："就是那杂种！鲁维奥家的小子！"

但到那时，弗兰基正颠簸在卡车后车厢中，努力忍住不哭出声来。要说他从此再没有见到巴法，似乎很残忍，但这是事实。弗兰基·普雷斯托在发现爱情的同一天，没有了家。

大调转为小调。

## 艾比·科鲁兹

歌曲作者,制片人。

我是在格子间里见到弗兰基·普雷斯托的。

这是真的。那时我二十岁,刚开始在纽约的阿尔登音乐出版公司工作,办公室在百老汇的一栋写字楼里。公司把我这样的歌曲作者安排在格子间里,一个挨着一个。尼尔·萨达卡①在那儿,卡罗尔·金②,格里·戈芬③,辛西娅·威尔④,巴里·曼⑤。我们的工作是写流行歌曲。你有自己的钢琴,自己的小办公桌,自己的烟灰缸——那时候大家都抽烟——然后就是卖力干活。我们隔着墙都能听到别人在工作,现在听起来奇怪,可实际上,这样大家互相激励,相互竞争。许许多多的著名歌曲都出自那些格子间。《百老汇》,《难舍难分》,《明天你是否依然爱我?》。

我从来没写出过那么火的歌。我拼命努力,盼望他们别开除我。公司每月发五十美元,指望你能替他们赚回来。

我是那里唯一一个拉丁裔歌曲作者,所以一直没必要说西班牙语。但是一九六一年的一天,我正怀着第一个孩子,所以确实期望他们不要

---

① Neil Sedaka (1939– ),美国著名流行歌手、钢琴家和词曲作者。
② Carole King (1942– ),美国作曲家,歌曲作者。
③ Gerry Goffin (1939–2014),美国歌词作家。
④ Cynthia Weil (1940– ),美国著名词曲作家。
⑤ Barry Mann (1939– ),美国歌曲作家,辛西娅·威尔的丈夫。

炒了我。别人都去吃午饭了,只剩我一个人。我绞尽脑汁,想写出点不同寻常的东西。我想出一个挺上口的旋律,正在弹钢琴,突然间,我听到吉他声。它吸引着我的耳朵,一则那里弹吉他的不多,再则,那吉他正伴着我钢琴的和弦弹一段旋律。

我停下,它也停下。

于是,我又开始。果然,那吉他也弹起来,一小段快速旋律。于是我耍了点小手腕,弹起一首我的哥伦比亚奶奶教给我的曲子,《马拉圭那舞曲》①。我听到那吉他也跟上来,弹得飞快。

于是我停下,用西班牙语说:"好吧,是谁在弹?"从旁边的格子间里冒出一个我平生见过的最英俊的小伙子——黑头发,蓝眼睛,粉红色衬衣,黑色休闲裤。他说:"你好,我叫弗兰基。②"我立即认出他。他上过《艾德·沙利文秀》——两次——还有《美国音乐台》。《我想爱你》曾经是全国唱片冠军。我是说,弗兰基·普雷斯托在音乐圈内尽人皆知。但我不知道他会说西班牙语。我们都以为他是加利福尼亚人。

总之,我那时挺着个大肚子,说:"嘿,我是艾比。"他说:"你怎么会《马拉圭那舞曲》?"而我说:"你在这儿干吗呢?"他说:"躲一躲。"他指指窗户,我走过去往下一看,见一群年轻姑娘,手里举着他的唱片,一窝蜂地挤在前门口。

原来他是和经纪人泰皮·菲诗曼来的,经纪人和我们公司谈弗兰基的下一张专辑。我很激动,以为可以为他写歌,但是他告诉我,他不是很想录别人的东西。他没有明着拒绝,只是出于礼貌吧。

"我认为一个艺术家应该唱自己的歌。"他说。

"《我想爱你》是你写的吗?"

"是。"

---

①②原文均为西班牙语。

"给一个女孩写的?"

"嗯。"

"她喜欢吗?"

"不知道。"他说,"她消失了。"

我简直不能相信,自己正和弗兰基独处一室。我问他大红大紫是什么感觉——他上过《生活》杂志,和辛纳特拉①以及鲍比·达林②是朋友,诸如此类。他笑了,说一般说来还是挺好玩的,只是有时候需要躲避尖叫的女人们。有一次,他从消防通道逃走,扭伤了脚踝。

快离开时他才问:"宝宝什么时候出生?"这一点让我很感激,因为大多数男人一开始就会问。我告诉他还有六周,我只是盼着他们别在那之前炒掉我。他说:"他们不会炒你的。你写的旋律很好听。"而后他又说:"有一天,我想教我的孩子音乐。"

女儿出生,我休了几个月产假。等我回来上班时,发现我的格子间里放着一篮玩具,上面有张纸条,写着:"恭喜!"签名是"隔壁吉他手"。篮子里有一张为题为《不,不,宝贝》的歌词写的谱子。标题下面写着:"弗兰基·普雷斯托与艾比·科鲁兹作曲。"

哦,我一定盯着那乐谱看了很久很久。然后我扑到钢琴上,弹了起来。那旋律是那天他来时我弹的合唱部分。真不知道他是怎么记住的!但他竟然把整首歌的合作者的名分给了我。正如你很可能知道的,《不,不,宝贝》进入了前十名。我的第一张金唱片。而且我敢保证,正是因为这首歌,我才没有被解雇。卡罗尔和格里曾经为谢利斯合唱团③和漂流者

---

① 即弗兰克·辛纳特拉 (Frank Sinatra, 1915–1998),美国歌手、演员,电台、电视节目主持人,20 世纪最有影响力的流行音乐人物之一。
② Bobby Darin (1936–1973),美国著名歌手、词曲作家和演员。
③ The Shirelles,来自新泽西州的帕塞伊克城,是 20 世纪 60 年代早期女子演唱组影响最大和持续最长的团体之一。

乐队写出过热门歌曲，尼尔·萨达卡为康妮·法兰西斯[①]写过，巴里和辛西娅为水晶乐队写过。但是我和弗兰基·普雷斯托合作创作了一首主打歌曲，这可非同一般！

在随后几年中，他给我的办公室寄过几封短信，祝贺我写了这个或那个。他总会加上一句："唱自己的歌！"而且签名总是"隔壁吉他手"。后来，短信停止了。有几年的时间没有他的音信。我知道他经历了很多事，而且很久不创作音乐了。

可是，听说他去世的情形，我还是很震惊。我想来，来表达我的敬意，他早年对我那么好。没有他，说不定我早已彻底离开音乐行业。《不，不，宝贝》维持我女儿读完大学。他要葬在西班牙，这一点我确实觉得奇怪，因为关于这个国家，他曾经说过很苛刻的话。

那是我最后一次见到他的时候，一九六四年，在纽约一座大酒店举办的商业活动上。当时，他另外几首主打歌曲也都已经推出，像《摇摆，摇摆》和《我们的秘密》，但他好像不那么无忧无虑了。他身着黄色套装，戴墨镜，同经纪人和未婚妻站在一起——是位女演员，我忘记叫什么了。我带着小女儿，所以不想打扰他。可他一看到我们，便飞跑过来。

"就是这个宝宝吗？"他问。

"是她。"我说。

"多大了？"

"三岁。"

"哇哦。"

"哎，你未婚妻很漂亮。"

"谢谢。"

"《我想爱你》就是为她写的吧？"

---

[①] Connie Francis (1938– )，美国 50 年代末 60 年代初著名流行女歌手。

"不是。"

他弯下腰和我女儿说话,给她唱《哆来咪》。唱完后,女儿拥抱了他。

"你要去哪儿结婚?"

"夏威夷。"

"真的?"

"都是泰皮安排的。"

"你家人在夏威夷?"

"我是西班牙人,记得吗?"

"那你干吗不去西班牙结婚呢?"

他的脸绷起来。

"我再也不会回去了。"他说。

## 14

我答应要讲的第二天,是小弗兰基永远离开祖国的那一天。那是在巴法入狱十一个月零九天之后。巴法被捕入狱,是由于几个心怀不满的工人给他罗织罪名,坦率地说,这样的事超出我的理解。你们人类总是相互囚禁。囚室。地牢。你们最早的监狱中有些就是下水道,被关押的人浸泡在他们自己的便溺之中。其他动物不会嚣张到关押自己的同类。你能想象一只鸟儿囚禁另一只鸟儿吗?一匹马关押另一匹马?作为一种自由表达形式,我永远无法理解这类做法。我只能说,我听到的最凄惨的声音来自于这样的地方。笼子里的声音从来不是歌唱,而是哀诉。

工厂遭到突袭的那一晚,弗兰基回到家,指望能在卡尔瓦里奥街的家里找到巴法,但是走进家门,里面空无一人,等他醒来时,依然空无一人。他注意到前门的锁被撬开过,家具被推离原处。他的肚子咕咕作响。他期待巴法能给他做早餐。他向窗外窥视,见人们来来去去,但是,在看到路易斯为保护他刻意撒谎之后,弗兰基明白,不能相信任何人。他躲在黑暗中,为爸爸祈祷。他洗脸,把耳朵后面也洗得干干净净,心里想,说不定他乖一些,爸爸就会早些回来。没有吉他,他没法弹琴,而且他害怕极了,不敢开收音机,生怕有人听到。很快,寂静越来越喧嚣,弗兰基禁不住捂住耳朵。

我想安慰他,用抚慰的旋律围绕他。但是那一刻,我知道他又一次被监视，而我不敢干涉这样的运数。

于是，弗兰基躲了两天，吃罐子里存的食物，喝水槽里的水。每一次眨眼，他都看到巴法的面庞：坐在那辆意大利汽车的方向盘后哼歌儿，随着弗兰基练琴的节奏用脚打拍子，俯下身来亲亲男孩，向他道晚安。

第三天早上，弗兰基听到抓门的声音。他害怕是军人，便往后跑，躲进花园里，躲在他曾经敲打霍塔舞曲节奏的桌子底下。他等着，以为会有人把门踢开。相反，他听到呜咽声，便悄悄溜出来，看见无毛狗窃窃地偎向他，喘着粗气，粉红的舌头湿湿地耷拉着。

我无法告诉你，那畜生是如何跑过这一路的，但弗兰基这辈子见到谁都没有这么开心过。他抓住狗的脖子，搂着它，将脸埋在它的毛中，痛哭了很久。他们紧挨着躺在花园里，三重唱组合中的两个，思念另一个成员。

每个人此生都会加入乐队。

但因为这样或那样的原因，乐队总会解散。

那天下午，弗兰基换上衬衣，系好鞋带，戴上一顶花呢帽，领着那条无毛狗，走出花园后门。一小时后，一辆警车将会到达，两个警官会重新搜查那所房子。这似乎是天大的侥幸，但是，当有更高的力量替你安排时，人生可能充满虎口脱险。

弗兰基拉低帽檐，低头赶路，一直走到克丽丝塔·塞内加尔街的洗衣店。他登上台阶，敲响老师的门。没有回答。他又使劲敲。

"谁？[①]"一个暴躁的声音传出来。

---

① 原文为西班牙语。

"是我,老师。"

"你该昨天上课。"

"是的,老师。"

"今天是昨天吗?"

"对不起,老师。"

"走开。"

"求您了,老师。"

"今天不是你来的日子。"

"我能进去吗,老师?"

"回你爸爸那儿去。"

"我不能回去,老师。"

"为什么不能?"

弗兰基没有回答。

"孩子,为什么不能?"

弗兰基喘不过气来。

"我要接着睡啦——"

"我爸爸不见了!"

一说到"不见了",弗兰基哭起来,憋在心里的一切决堤而出。他双膝一弯,跪倒在地。

他的抽泣只有吸气,没有呼气。无毛狗用鼻子拱他的脸,与他一起呜咽,为他的痛哭伴奏和声。

终于,门一下打开。弗兰基一把搂住老师的小腿,紧紧抱住。盲人鼻子上架着墨镜,下巴上扬。

"你进来,吃点东西。"他柔声说,"然后再告诉我出了什么事。"他摇摇头,"这个国家见鬼了。"

简而言之,从那一天起,弗兰基和无毛狗就在老师家住下,直到弗兰基上船的那一夜。我暂且略去大多数细节(我们还有一场葬礼要参加呢),但是我会告诉你,师生二人之间产生了深刻的影响,就像因创痛而被抛在一起的人类常做的那样。弗兰基睡在餐桌下面的床单上。早上起来,他打扫公寓,擦拭吉他上的尘土。他从市场买吃的,直到老师抽屉里的钱花光。之后,他从面包房和水果摊上偷吃的。他蹑手蹑脚地蹭到货摊边,偷偷将东西塞进衣兜里。当老师发现弗兰基在做这样的事时,严厉地训斥他。

"孩子,你失去的已经够多了。千万别把灵魂也失去!"

"那我们怎么吃饭?"

"你又饿了?"

"是的,老师。"

盲人摸索着找葡萄酒。他从没养过孩子,意识不到该给他们多少饭吃。他听着弗兰基在桌子底下躺下,喃喃道:"老师晚安。"他听到无毛狗呜咽一声,仿佛在附和他的话。他坐在椅子上,直到饮尽最后一点葡萄酒。然后站起身,上床睡觉。

第二天,老师早早醒来,洗澡,刮脸,穿上一双皮鞋,将一件干净的白衬衣披进裤腰中。他问弗兰基自己看起来如何,男孩说:"像是要上班的样子。"他告诉弗兰基,他们要出门。

"到哪儿去,老师?"

"领我去我告诉你要去的地方。"他停顿了一下,"带上狗。"

几分钟后,弗兰基领他们穿过比利亚雷亚尔的街道,沿着马约尔大街,拐进一条有商店和遮阳棚的小街。他们回到那家古老的酒馆——巴法第一次看到盲人表演的地方。当他们走进来时,老师扬起鼻子,脸左转右转，仿佛要根据气味回忆起房间的样子。然后他朗声说道："我要见见老板！"那人走过来，不等他开口，老师便感觉到，立即伸出一只手。

"我们又见面了。"老师说。

"是啊。"老板说，语气谨慎。

"我今天来有个建议。我提议，允许你再次承办我的演出。"

"我干吗要这样做？"

"因为我琴弹得很出色。"

"喝醉了可不怎么样。"

"这一点不必再担心。"

"这可是你说的。"

"是我说的。"

"你有什么建议？"

"每晚两场。当然，报酬要合理。"

"我们表演的音乐与从前不同了。"

"这我知道。"

"只演大元帅允许的。"

"这我也知道。"

"你仍然想干？"

"我不是站在你面前吗？"

"喝酒怎么算？"

"我已经不喝了。这孩子可以保证。是不是，孩子？"

他拍拍弗兰基的肩膀，弗兰基勉强一笑。

"我侄子，"老师说，"还有我们可爱的狗。"

那狗哼了一声。老板撇撇嘴。

"你的生活变化不小嘛。"

"这你看得出来。"

"你还刮脸了呢。"

"那是。"

"那……你的确是这里表演最出色的。"

"我同意。"

"但我不能得罪客人。"

"那是自然。"

"你得准点到。"

"甚至提前。"

"你要是喝酒,就得走人,明白吗?"

"明白。"

他看着这个新的三重唱。男人,孩子,狗。

"你明天开始上班。"

"如你所愿。"老师说。

回到家,弗兰基收拾起那几瓶葡萄酒和烧酒,放进盛废品的桶里。

"你这是干什么?"老师问。

"撒谎是不对的。"弗兰基答道,"你告诉他说不喝了。"

老师哀叹一声,但是没有阻止男孩,而是躺到长椅上,仿佛屈从于新的命运。他双手捧着脸,然后向前一探身,直到摸到吉他。弗兰基扔掉那些酒,心中暗自欢喜。他更喜欢老师不喝酒的样子。当老师开始弹一首塞戈维亚的曲子时,弗兰基把那几瓶酒搬到楼下,交给洗衣店的女人。作为交换,她会免费给他们洗几个月的衣服,而且答应当天晚上给他们做顿晚饭。

就这样,在他最新的乐队中,弗兰基·普雷斯托影响着他的盲人领衔乐手;而老师虽然曾经发誓再也不登台,却又重返舞台,演奏他美妙的音乐。

## 15

也许你想知道,那个心地单纯的可怜人巴法怎么样了。弗兰基也想知道。开始,他每天早上都会问老师,爸爸怎么样了,但是没有音信。我曾经提到对暴君的恐惧会如何窒息人类,那些年,连打听"失踪者"都会使你成为下一个失踪者。世界处于战争中,西班牙受军法统治,任何人冒犯大元帅的政治或宗教信念,都会遭受牢狱之灾,甚至死刑。老师告诉男孩,在家门之外谈论巴法太危险。渐渐地,弗兰基就不再问了。

但是沉默并非忘却。孩子从没有忘记爸爸。每天晚上,在爬进餐桌下睡觉之前,他都会打开那台偷来的留声机,把声音调得很轻很轻,听艾拉·菲茨杰拉德录制的《丢手绢》,那首关于丢失了一只棕黄色篮子的歌。

在歌中,艾拉渴望找回她的篮子,想知道它会在哪儿,乐队中的男声应和道:"我们也是!我们也是!"弗兰基对巴法的情感也是如此。我也是!我也是!他会在哪儿?这首歌给他安慰。这一点经常是你走近音乐的原因,对吧?为了让自己感觉并不孤单?

与此同时,白天,弗兰基跟刚戒酒的老师刻苦学习。这应该是男孩音乐成长中最丰饶的阶段。因为他不再去上学(这样的安排丝毫不让弗兰基烦恼),两人经常一连几小时弹吉他。弗兰基在九岁之前,就已经会演奏各种风格的乐曲,从爵士到弗拉门戈,指甲朝向掌心,以轮扫①技法弹奏。弹古典乐曲时,他能以极快的速度弹拨难度很大的琶音,弹出的声音仿佛一手弹低音旋律线,另一手弹出的音符则如瀑布飞溅。老师虽然看不见,却煞费苦心地教他认乐谱,通过描述,听音,再描述,再听音。哪怕弹错一个音,老师都听得出来,坚持要弗兰基查看乐谱,给他读出每一个出现点、线、升号、降号的地方。

尽管男孩双颊依然娇嫩,浓密的头发闪耀着青春的光泽,但他的音乐却已经展现出超出他年龄的敏锐。有时候你把这种情况称作"少年老成"。但是像我这样的才能,自创造之日起便在你心中。从这种意义上说,每个艺术家都很老成。

弗兰基甚至掌握了备受敬仰的海托尔·维拉－罗伯斯②的十二首练习曲,这些曲子在左手手指的伸展上要求难度极高。假如他抱怨这些曲子太难,老师就会告诉他:"罗伯斯先生为学习音乐,和巴西丛林中的食人族在一起生活。那才叫难。你做的这算不上难。"

"是真的吗,老师?"

"什么?"

"那个故事?"

"当然。"

"食人族?"

老师叹息一声。

"弗朗西斯科,人要为了艺术而遭受磨难。这一点你必须记住。有时候是食人族。有时候更糟糕。"

---

① 原文为安达卢西亚方言 rasgueo。
② Heitor Villa–Lobos (1887–1959),生于巴西,拉美最负盛名的古典乐作曲家,著名的指挥家和大提琴家。其音乐作品风格深受巴西民俗音乐影响,晚年创作大量吉他独奏曲。

尽管弗兰基多次要求,老师还是不准他陪自己去酒馆。"你得睡觉。"老师说。反而是一个叫阿尔伯托的留小胡子的康加鼓手每天晚上带盲人上班。

"Tu tío es un gran artista."阿尔伯托经常说。你叔叔是位了不起的艺术家。

"Yo sé."弗兰基回答。我知道。

有时候,男孩早上醒来,会闻到一缕淡淡的香水味。他想到壁橱里的连衣裙,好奇地想,是不是在他睡觉的时候,一位女士来过。这使他想起奥罗拉·约克粉红的面庞和白皙纤细的手指,还有在一切变故发生之前,他们共度的那个下午。

"老师?"一天,他们吃早饭的时候,弗兰基问,"人多大可以结婚?"

"你有什么事瞒着我吗,弗朗西斯科?"

"没有。"

"你遇到了一个女孩?"

"遇到一次。"

"你想和她结婚?"

"可能吧。"

"你在哪儿见到的?"

"在树林里。"

"她是不是仙女?"

"我觉得不是。"

"她有一双奇特的眼睛?"

"是的。"

"她心地善良,乐于助人?"

"是的。"

"你有没有再见到她?"

"没有。"

"她是仙女。一个安哈娜①。不要爱上仙女,弗朗西斯科。她们不是真人。"

"她是真人。"

"听上去像是仙女。"

"她不是仙女!"

"好吧。她不是仙女。"他咀嚼,咽下去,然后轻拍着桌子,找到咖啡杯,"如果她是真人,你还会见到她的。"

"什么时候?"

"该见的时候。"

他小口啜着咖啡。弗兰基沉着脸。

"壁橱里的裙子是谁的?"

他没有打算这样问。他心里有气,话就顺嘴溜出来。盲人放下杯子。

"把饭吃完,弗朗西斯科。"

⁂

每次失去,便会在你心中留下一个洞。你也许猜到了,老师早年遭受过重大损失,使他陷入酒徒的绝望深渊。他妻子死了,那个领他走下舞台,在他唇间留下一吻的美丽女子。她一走,这世界他便无所留恋。他任由自己沉沦——沉入忧郁,沉入酗酒,沉入鬼魂缠绕的不安的睡眠。假如他可以切断心灵的电源,关上记忆的明灯,他会那么做的。

---

① anjana,加勒比神话中的仙女。

但是，在与这个新的被保护人共度的几个月中，老师的伤痛已经得到极大疗愈。他走路稳多了，肚腩消了，头不那么疼了，气色也更好了。抛开酒精阴霾的笼罩，渐渐地，他的生活重新有了目标。他发现，早上醒来，闻到弗兰基烤面包片的香味，自己几乎是开心的。他喜欢那孩子表现出的对他的尊重，帮他拉开椅子，给他递上吉他。他喜欢听弗兰基在公寓各处哼着歌，那些歌曲是从两人偷偷分享的虫胶唱片中听来的。他甚至勉勉强强地接受了那条狗。有时候，那家伙将脑袋搁在老师的膝头，他就挠它的耳朵。

"他喜欢你呢。"弗兰基说。

"他有股臭水沟的味儿。"老师说。

内心深处，老师知道弗兰基仍然为他父亲伤心。他自己也越来越喜欢这孩子，只能想象巴法正在遭受什么痛苦。于是，一天夜里，在酒馆，老师找了个机会问老板，听众中有没有军人。

有，他得知，一群军人坐在靠近前面的座位上。

"替我介绍一下。"老师说。

一整个晚上，他弹了很多热门的弗拉门戈曲子——大元帅赞赏的那种音乐——而且，他将这些曲子献给"那些为领袖服务的勇士们"。人们欢呼鼓掌，老板喜笑颜开，士兵们赞赏感激。后来，他们邀请吉他手与他们同坐。他给他们买酒，给他们讲故事，买更多的酒，一反常态地开怀大笑。对老师而言，这令他内心深处极为痛苦。他与战争曾有不堪回首的过往，对士兵和将军也没什么好感。但是，就像练习音阶一样，出于某种原因，你不得不忍受某些东西。士兵们越喝越多时，他壮着胆子问了他们几个问题。

那一夜结束的时候，他打听到了一个名叫巴法·鲁维奥的沙丁鱼加工商的命运。

一九四五年八月三日，就是弗兰基永远离开祖国之前的两天，老师到与比利亚雷亚尔城相隔许多英里的监狱探视。做这件事需要撒谎，行贿，还要一个吉卜赛摩托车手协助才能实现。更多的细节对于这个故事并无必要。重要的是，那天下午，在一座红砖牢房后的空无一人的院子里，那个在河边发现婴儿的未婚男人和那个把他的宿命教给那孩子的盲人吉他手之间，发生了一场最后的对话。

他们交谈了二十四分钟，窃窃私语，快速，7/4拍——一种不平稳的、断断续续的节奏。巴法·鲁维奥，苍白，瘀青，比从前任何时候都消瘦得多，看到那个戴墨镜的男人，他浑身颤抖起来。他等待警卫走开。他最先说出的那句低低的话是："我儿子？"

"在我那里——"

"感谢上帝。"

泪水。喘息。沉默。

"他没事吧？"

"没事。"

"他有没有问起我？"

"当然。"

泪水。喘息。沉默。

"我是个不称职的父亲。我从来没有计划到自己会出现意外。"

"我在照看他，鲁维奥先生。"

"千万不要告诉别人，他是我的孩子。"

"为什么？"

"厂子里，三个工人——他们恨我——他们告诉警察，说我是社会主义分子，说其他人都是工会的人。我不承认，他们就说我撒谎。他们说那孩子就是证据。说一个好天主教徒是不会收留一个私生子的。说他妈妈是左翼分子——"

"慢着。他不是你的孩子?"

泪水。喘息。沉默。

"我没有做错什么。"

"当然没有。"

"我救了一条生命。"

"当然。"

"这些猪——"

"小点声,鲁维奥先生。"

"这个佛朗哥——"

"不要提他,鲁维奥先生。"

"我没有做错什么。"

"我明白。"

泪水。喘息。沉默。

"您在教他弹吉他吗?"

"每天。"

"他弹得怎么样?"

"出类拔萃。"

"真希望能听他弹啊。"

"他们要关您多久?"

"十二年零一天。"

"十二年?"

"这就是我的刑期。怎么会这样?等我出去,弗兰基就是大人了。"

"我很难过。"

"我得求您一件事。您会帮忙吗?"

"会。"

"把孩子送走。"

老师胃里陡然一紧。

"送走?"

"是的。"

"去哪儿?"

"去美国。我有个妹妹。"

"美国?"

"他在那儿会安全。"

"这么远的路。"

"这儿没有未来。"

"可我能照看他——"

"风险太大了。"

"他可以留在——"

"求您了,老师。会有人说闲话的。我听说过他们怎么对待叛徒的孩子。他们挨打,不给饭吃。"

"可您不是叛徒。"

"可我还是被关在这里。"

老师搓一搓脸。他现在冒汗了。

"我怎么做?"

"我有钱。藏好的。您会拿到。付给码头上的人。"

"哪些人?哪个码头?"

"那些钱足够您找到任何码头上的任何人。"

"可是怎么——"

"听着,我们没有多少时间。拿着。"

他抓住盲人的手,将从衬衣上撕下来的一块布塞进他手里。上面写了些字。

"这是一个美国的地址。是他必须去的地方。"

"好吧。"

"给孩子另取个名字吧。我的名字会害了他。"

"好。"

"告诉他,有朝一日我去找他。"

"好。"

"叫他别忘了我。"

"好。"

"说我爱他。"

"我会告诉他的,鲁维奥先生。"

泪水。哽咽。

"老师,我没有做错什么。您必须相信我。"

"我相信您。"

"他是我的一切。"

"我很难过。"

"按我的要求做。"

"我会的。"

"剩下的钱您留下。"

"我不要您的钱,鲁维奥先生。"

"我无意冒犯。您不可能知道放弃孩子是什么滋味。"

墨镜之下,泪水已经盈眶。

"是啊,"盲人说,"当然不知道。"

## 16

那天晚上,在酒馆演出结束后,老师和康加鼓手阿尔伯托潜入卡尔瓦里奥街上那栋房子(里面的财物已被洗劫搬运一空),找到藏在地板下的一只铁盒,正如巴法详细描述的那样。盒子里有一只丝绒袋,内装六十万比塞塔——那是沙丁鱼厂的利润——足够收买一小支军队的钱。两个男人从花园后门迅速离去,回到克丽丝塔·塞内加尔街的洗衣店。他们在烛光中坐下来,阿尔伯托将钱分开,每一万比塞塔一卷,每卷都用橡皮筋缠好,好让老师知道自己交出多少。

"你自己拿三卷。"老师对阿尔伯托说。

"老师,我不能——"

"没关系,你可以拿。拜托了。然后找几张纸。你必须把我说的写下来。"

他口述了八分钟。说完后,阿尔伯托吁了一口气,看着他列的单子,然后抓住吉他手的胳膊。

"老师,时间这么短,要办这么多事啊!"

"这孩子处境危险。"

"我会按您说的办。"

"谢谢你,阿尔伯托。"

阿尔伯托盯着那一丝绒袋子的钱。当然,老师不可能看到他的脸。

但我看得到。那种表情我看到过很多次,那是看到新财富唾手可得时的表情。眼睛变小。双唇紧缩。

"不用担心,老师。"阿尔伯托说,"上帝站在我们这边。"

那天夜里,老师没有睡好。早晨,弗兰基还没睡醒,他便穿好摆在盥洗台上的衣服(每天晚上,男孩都替他摆好),走到储藏室。他摸索着找到一个挂在衣架上的钱包,打开搭扣,伸手到里面摸索:一套新琴弦,盘成一圈。他在储藏室伫立了好几分钟,静如雕像。然后,他走出来,关上门,挪到厨房。

"弗朗西斯科,起来吧。"他说。

男孩睁开眼睛。无毛狗也抬起头。

"老师,我睡过头啦?"

"没有。"盲人握紧手中的琴弦,说,"但是今天有很多事要做。"

一九四五年八月五日剩下的几个小时,活动安排得满满当当,仿佛一个小号手正在吹出一串八分音符的三连音,以填满每一个小节。老师告诉弗兰基,收拾一个包,里面装进牙刷、梳子、肥皂,以及所有能放进去的衣服,尤其是内衣。

"我们去哪儿?"

"去探险。"

"老师,您的包呢?"

"我以后再拿。快点。"

他们离开公寓,盲人拉着男孩的手,让他领自己先到圣米格尔大街上的一家店,店里的墙上挂着吉他和小提琴,到处散发着木材和油的气味。弗兰基从没见过这样的地方。一个下颌蓄须的男人从里屋出来,朝老师走来，拥抱他。他们低声交谈，弗兰基听不清他们的对话。

"老师，是您吗？"

"老朋友，好久不见。"

"有什么可以为您效劳的？"

"今天我得带走你最好的吉他。一定要结实，经得住旅途颠簸。"

"我有一把依丝特拉克吉他。云杉木，玫瑰木，琴颈是黑檀木。"

"太好了。"

"但价格不菲啊。"

"现在就给我拿来。还要你最结实的盒子。"

"老师，您又开始弹琴了？"

"是给这孩子的。"

"那个孩子？"

"是的。还有一个要求，把制琴师的印章盖住。"

"可那会降低琴的价格。"

"他不必知道琴的价格。"

"那些他遇到的人也不必知道？"

"正是。"

"琴弦呢？"

"不要琴弦。"

"悉听尊便，老朋友。可我能问一句吗？"

"当然。"

"这么小的孩子，用这把吉他，是不是过分讲究了？"

"不过分。这吉他得陪他一辈子。"

"为什么？"

"因为我不能陪他。"

老师从上衣口袋中掏出一卷钞票，递过去，那人消失了几分钟。弗兰基走近前来，碰一碰老师的胳膊肘。

"老师，那些黑盒子是什么？"他仔细打量着一排小扩音器，问道。

"有旋钮吗？"

"有。"

"还有一根线？"

"对。"

"浪费时间的玩意儿。"

"干什么用的呢？"

"这些东西可以放大吉他的声音，让人从远处也听得到。"

"这不好吗，老师？"

盲人摸到弗兰基的肩膀。

"记着，弗朗西斯科，"他说，"音乐的秘诀不是使你的声音更大，而是让世界更安静。"

店主拿着一只吉他盒出现。他把老师叫过去。他们窃窃低语，又拥抱了一下，老师转过身，拿起新买的东西。他伸出左手。弗兰基领他出了门。

"老师，您买了把新吉他？"

"对。"

"您什么时候弹一弹？"

"向右走。"

他们又在三处地方停留过。在每一处，弗兰基都惊讶地看到，招呼老师的人都好像是他的老相识。以前，男孩几乎没有听老师同任何人说过话。实际上，这盲人唯一叫过名字的人是伊莎贝尔，楼下洗衣店的老板娘,她隔三差五会给他们做名为杏仁糖①的糖裹杏仁吃。

但在那一天,人们与盲人拥抱,仿佛在欢迎他回家。弗兰基不会知道,多年前,战争发生之前,老师曾是著名的吉他手,受大众欢迎的夜总会表演者,结识了某些喜欢深夜不归,听音乐、喝酒、追女人的男人。乐手经常与那些逗留到最后的听众成为朋友。当举世皆已入梦,唯独他们清醒的时候,他们建立起一小时的联系。这些人有的面目嶙峋,大腹便便,样子让弗兰基害怕。但是当老师将衣兜里的一卷钱递过去时,他们反应迅速。每次对话都以窃窃私语和握手结束。然后,老师转过身,伸手去找弗兰基,于是,他们上路。

在这些停留中间,老师给男孩买吃的。在面包房里,他告诉弗兰基多买些面包和小罐蜂蜜,放进包里。总而言之,对男孩来说,那是令人兴奋的一天。但他一直在等老师收拾自己的手提箱,他也注意到,那条无毛狗紧黏着他不放,有时候会撞在他的腿上。

傍晚时分,老师问:"太阳到哪儿了?"

"快落下去了。"弗兰基答道。

盲人让弗兰基送他到近处的餐馆。弗兰基和那条狗在外面等。弗兰基用手轻轻抚摸那只新买的吉他盒。他希望老师能带些吃的出来。他又饿了。

一小时过去。天快黑了。最后老师终于出现,什么都没有带。他的声音深沉缓慢。

"咱们走,弗朗西斯科。"

"老师,去哪儿?"

"去酒馆。"

"我可以看您表演?"

---

①原文为西班牙语。

"就这一次,可以。"

起初,弗兰基太兴奋,忘了肚子饿的事。但是老师并不像弗兰基那么兴奋。他吃力地喘息着,发出呻吟般的声音。抱着新吉他走的时候,他的腿有些打战。弗兰基意识到,老师在餐馆没有吃饭。他去喝酒了。

"孩子,你今天穿什么颜色的裤子?"

弗兰基皱了皱眉头。

"我问你话呢。"

"棕色,老师。"

"鞋子呢?"

"也是棕色。"

"你的头发呢?"

弗兰基不想回答。老师违背了诺言,他感到难过,仿佛坏事又要发生了。

"你的头发呢,孩子?"

"看起来是黑色。"

"你的眼睛呢?我甚至都不知道。"

"我的眼睛是蓝色的,老师。"

"啊,蓝色。"

他用鼻子深深地吸气。他下巴抵在胸前,口中喃喃地唱着什么。

"蓝色忧郁?……蓝色忧郁?……"

他咳嗽起来。

"是一首歌,孩子。有一天你也会学这首歌的。"

人喝酒是为寻找勇气,结果却不是得到勇气,而是失去恐惧。一个醉汉也许会跳下悬崖。但那算不上是勇敢,不过是粗心而已。

那天夜里,在酒馆的舞台上,老师忘掉他的国家强加于艺术家身上的种种限制。结果,那一夜成为他演艺生涯中最无畏的一场表演。歌曲之间几乎没有停顿,他演奏像《圣路易斯布鲁斯》和《老虎拉格泰姆舞曲》这样的美国乐曲。他演奏吉卜赛传奇人物强哥·莱因哈特专辑中的《香水①》。他以难以忘怀的方式演绎法国经典《对我说爱②》,还有舒曼、维瓦尔第、费尔迪南多·卡鲁里③的作品。他的吉他演奏听来充满力量和激情,我得承认,那一夜,我像喷泉一样在他心中奔涌。他的身体前后摇晃,感受到每个音符的跳动。人群如此沉默,有时仿佛房间空无一人。这样的音乐是政府禁止的。但是当演奏如此美妙时,我可以将观众催眠。在随后的两个小时内,没有人提出抗议。甚至连一个穿着厚重衣服坐在后排观察的人也没有作声。

将近结束时,老师抬手擦擦墨镜后的眼睛。然后,整个晚上第一次,他开口说话。

"同胞们,最后这一首歌,送给我平生教过的最出色的学生。"

他转向弗兰基的方向,早些时候,他让弗兰基坐在厨房附近的一把椅子上。

"来,孩子。咱们一起表演。"

他开始弹《阿瓦隆》的和弦,那是一首艾尔·乔森④的歌,弗兰基很爱在偷来的留声机上听。顾客左右张望。有人指着坐在角落里的孩子。

弗兰基感觉浑身发抖。他溜下椅子,紧张地走过去。他碰碰老师的肩膀,让他知道自己在那儿。

"来吧,"他弹着和弦说,"拿起另一把吉他,唱吧。"

---

① ② 原文为法语。
③ Ferdinando Carulli (1770–1841),意大利古典吉他作曲家。
④ Al Jolson (1886–1950),美国歌手,喜剧演员。

"可我不想唱。"

"为什么?"

"我害怕。"

"是啊,而且你以后还会害怕。一辈子都会。你必须战胜它。脸冲着他们,就当他们不存在。"

"老师——"

"你能行。你要永远记着,我说过你能行。"

弗兰基浑身僵硬,但他绝对相信老师。他拿起吉他,将带子挎在肩上,开始弹他和老师练过的和弦。最后,等引子结束后,他唱起对听众唱出的第一首歌曲。

"我在阿瓦隆找到我的爱
　在海湾之畔……"

观众左看看,右看看。他唱的是英语!

"我将我的爱留在阿瓦隆
　扬帆远航……"

我得承认,我很喜欢看他们的反应。弗兰基的声音如此圆润而真挚,他们禁不住赞叹不已(也就是说,他们在赞叹我)。他和老师的吉他合奏极为和谐,天衣无缝,弗兰基打节奏,老师则以活泼跳跃的旋律为之镶边,仿佛给一块小甜点撒上糖粉。整首歌曲,都令听众惊异。整首歌曲,艺术战胜政治,美战胜恐惧。

"我梦见她在阿瓦隆

从黄昏到黎明

所以我想，我要出发

奔赴阿瓦隆。"

弗兰基的声音如烈酒，让顾客暂时忘记恐惧。但是它也像酒一样，不能持久。一个身穿米黄色套装的男人首先发难，把玻璃杯往桌上狠狠一顿，以示抗议。砰，一下，接着，又一下。别人也学样。很快，整个酒馆都回荡着杯子或碗碟重重落在桌上的声音。恐惧拉下帷幕。弗兰基停住，泪水涌入眼中。他转身向着老师，而老师，仿佛料到如此，也停下手中的琴。

"扶我起来。"老师说。

他拉着弗兰基的手，站起身。在观众的一片嘘声中，老师靠向弗兰基，说："现在，我们鞠躬，像这样。"

他躬身行礼。弗兰基照做。讥笑声更响了。有人喊："叛徒！"

"永远要向观众致谢。"老师低声说。他捏捏弗兰基的手。

"现在领我从后门出去。"

其余的事，在弗兰基看来，都是一片模糊。他会记得阿尔伯托，那位康加鼓手坐在巷子中一辆汽车的方向盘后等待。他会记得驶过很长一段夜路。他会记得，想到惹得那些人那么生气，他哭了大半路。他会记得，老师膝间放着那只新吉他盒子，很少说话，直到他感到汽车的颠簸，问阿尔伯托："还要走多久？"阿尔伯托答道："二十分钟，我的朋友。"

他会记得老师递给他一只银壶，叫他喝点，说他们前面还有很远的路要走，弗兰基需要睡觉。他记得那液体甜甜的，但有刺激的味道。他会记得老师把吉他盒交给他。

"现在,这是你的了,孩子。这是件精美的乐器,琴身是玫瑰木和云杉木,琴颈是黑檀木。制琴师出身于制造吉他的古老家族。这很重要。无论你弹的是什么,其中都应该有历史。"

弗兰基想高兴。一把新吉他。但他胸中盘旋着太多的情感。

"为什么要我唱,老师?"

"有一天你会明白的。"

"可他们都摔杯子了。"

"而你表现出勇气。人生需要勇气。"

"我们去哪儿?"

盲人转开脸。

"你还记得你上的第一堂课吗?"

"记得,老师。"

"你当时怎么做的?"

"我听。"

"没错。你要去的地方,你也得听。听就是学习。记得这一点。在音乐中,在生活中,都要如此。"

"可是,老师——"

"当你开始弹琴的时候,第一次,你记得什么?"

"很痛。"

"是的。"盲人说,他的声音哽咽了,"这也会很痛。"他清了清嗓子。"但是你会结茧。然后,事情就容易了。"

车颠簸了一下。盲人搓了搓脸。

"弗朗西斯科。"

"什么,老师?"

"这个吉他盒子里有琴弦。你要把琴弦装在吉他上。"

"好的,老师。"

"这些琴弦对我有特殊意义。"

"为什么,老师?"

"那是我妻子送给我的。"

"您有妻子,老师?"

"已经不在了。"

"她去哪儿了?"

"去天国了。琴弦是礼物。我从来没有用过。"

"是因为她去世了?"

"是的,她还没来得及送给我。我是在她钱包里发现的。"

弗兰基努力想象那个女人的相貌。

"储藏室里的裙子是她的吗?"

"她的裙子。她的鞋子。一瓶她的香水。弗兰基,记住一个人,不需要太多东西。哪怕只有一件,也足够了。"

他探过身,拍拍男孩的膝盖。

"你有我给你的琴弦。这就足够了。"

弗兰基这时越发惊恐。

"我们要离开家吗,老师?"

"那不过是一间公寓。"

"您和我一起来吗?"

"在洗衣店上面。"

"您和我一起来吗?"

没有回答。

"我们去哪儿?"

盲人靠过来。"你看看外面有什么?"

弗兰基眯着眼,贴在窗玻璃上。一片漆黑。但是他们驶过一座山岗之后,阿尔伯托减慢车速。远处,地平线的上方,月亮钻石般的光芒闪闪烁烁。

"大海。"弗兰基小声说。

爵士号手迪兹·吉莱斯皮曾经说:"我用一生的时间学会不演奏什么。"他是我一个非同寻常的门徒。而且,他说的很对。沉默提升音乐。不演奏的声音,会使你演奏出的声音更加甜美动人。

但话语却并非如此,没有说出的话会像鬼魂一样挥之不去。老师是一位艺术家(毋庸置疑,他的灵魂是属于我的)。但他的直觉过于音乐化,无法适应今世。他像略去音符那样略去话语。

于是,那天夜里,坐在瓦伦西亚的港口,他让弗兰基睡去,没有把事情原原本本告诉这个孩子。一个小时以后,他们接到信号,他抱起孩子,跟在阿尔伯托身后,走向通往船上的坡道。阿尔伯托提着包和吉他,低声提醒着:"一直向前走,老师……注意跳板,老师……"好几次,盲人竖起孩子的脑袋,贴在自己的脸上,脸颊摩擦着弗兰基的鼻子和下巴,仿佛要记住他脸的轮廓。

那么多事他没有告诉他。没有告诉他,他们不会一起走。没有告诉他,男孩醒来后,会发现自己在这艘船的腹中,与他相伴的,将是一些收了贿赂、保证让他离开的人。没有告诉他,他会在吉他盒里发现一卷钱,旅行的文件,一块写着一个美国地址的布片,还有一封短信,上面是盲人歪歪扭扭的字迹:

弗朗西斯科:

到你离开的时候了。这里太危险。这是你爸爸的愿望。他爱你,而且总有一天会去找你。很遗憾我不能继续教你了，但你现在可以自学。到美国找到你的姑姑。没有钱的时候就弹琴。如果你想念我，就像我会想念你一样，闭上眼睛，弹起我送给你的琴弦。我会永远在你的音乐声中。

老师

别的，他什么都没有提——没有提探监的细节，没有告诉他巴法判了几年刑，没有回答弗兰基的许多问题中的任何一个，包括老师以前能不能看到东西。实情是，是的，他的老师曾经是明眼人。他是在国家发生内战时，为救妻子的弟弟，在战斗中失去了视力。妻子的弟弟早先跑去为共和政府军效力，他也跟内弟加入战斗。在一次激烈进攻中，他为那年轻人挡开一颗手榴弹，结果，那颗含芥末味毒气的手榴弹在老师附近爆炸。随后几天内，他的皮肤变得斑斑点点，视力渐渐消失，仿佛有一幅帘幕遮蔽了他的生活。

妻子的弟弟羞愧难当，逃离祖国。老师回到家乡，成了瞎子。

"我们到了，朋友。"阿尔伯托说。

"和我们联络的人在哪儿？"

"就在我们面前。"他答道。从船的机舱里走出两个胡子拉碴的水手，他冲他们点点头。

"他是瞎子？"一个水手问。

"他是位伟大的艺术家。"阿尔伯托答道。

"你知道该把这孩子怎么办吧？"老师问。

"是的，是的。英国，然后美国。快点。"

"阿尔伯托，能信得过他们吗？"

"信得过，老师。"

"这事我们干过好多次了。"水手说，"钱在哪儿？"

"在我口袋里。接着孩子。当心点。"

老师递过沉睡的弗兰基,感到怀中的重负释去。突然间,他喘不过气来。那将他吞噬的空虚感,令他猝不及防。

"等一等!他在哪儿?他在哪儿?"

"就在这儿,老天爷!"

"弗朗西斯科!"

"镇静!在我们这儿呢。瞧见没?"水手拉过老师的手,轻轻拍拍弗兰基的脸,"好了吧?小点声音。"

"好的,请原谅。"

"他会平安的。"

"好。"

"这对他很难。"阿尔伯托插话道。

"给钱,赶紧的。"水手厉声说,"他看不见又不是我的错。"

当然,倘若老师看得见,我们的故事将会不同,因为,假如他看得见,早在他在月光下交出男孩之前,就该认出男孩那黑葡萄色的头发,深邃的蓝眼睛和嘴角的曲线。他本应该在男孩的脸上看出妻子卡门西塔清晰无误的投影。无论如何,他都会意识到她是弗兰基的母亲,而丢弃在教堂里的那具烧焦的尸体,他以为是被谋害的母子二人,其实只是一个人。

当巴法向他坦陈,自己不是孩子的父亲时,他就该意识到,他,老师,才是孩子的生父。而多年来他教的这个孩子,正是他一直哀悼的孩子。

但是,这是命运选择略去的音符,使旋律忧伤,从而给它蒙上一层阴霾。结果,不明真相的盲人将他的独子交给机舱里的两个水手。他从上衣口袋中掏出丝绒袋,从中拿出十卷钞票,交给水手。他们接过男孩,他的包,还有吉他,吉他里装着他送给男孩的琴弦,还有由一个名叫卡洛斯·安德烈斯·普雷斯托的人签名的旅行文件,表格中,男孩不姓鲁维奥,而是叫弗朗西斯科·普雷斯托。

弗兰基失去了父亲，却重新得到自己的名字。

༄

几分钟后，船驶离港口。老师听到发动机发出的轰隆轰隆声，波浪拍打船身的哗哗声，所有脱离分开的声音。他兀立于坡道之上，高高站在水面之上，直到船愈行愈远，声音消失。他摘掉墨镜，用手背揉着眼睛。突然间，他的泪水奔涌而出，难以遏制。

"老师，您哭什么？"阿尔伯托问。

他无言以答，只觉得胸中如吉他音箱般空空荡荡。他伸出手，摸到康加鼓手的肩膀。

"朋友……谢谢你帮我。"

他看不到阿尔伯托毫无表情的脸。他看不到他眯细的眼睛，也看不到他咬紧的牙关。他只觉出，那人的手飞速滑进他的衣兜里，偷走盛钱的丝绒袋子。

"别客气，"阿尔伯托说，"再见。"

他一把将盲人推下山岩，盲人坠落二十英尺，跌入水中。在那里，他的泪水汇入海水，与之融为一体。

第二部

## 奈尔斯·斯坦戈

音乐史家，作家。

弗兰基·普雷斯托怯场。

这事你知道吗？是真的。他说这源自于童年时的一场演出，就在这儿，西班牙，被观众喝了倒彩。他一直没有克服。每次演出前，他都要跪在地上，深呼吸。许多伟大的艺术家都有这个毛病。史翠珊，阿黛尔，大卫·鲍伊，卡莉·西蒙[①]。他们冒汗。他们呕吐。

然而，一旦弗兰基·普雷斯托上了台，你是绝对看不出他紧张的。他可以唱歌，弹琴——还可以跳舞。真正的舞蹈。我会把他列入早期摇滚乐表演者的前五强。想知道哪五强吗？詹姆斯·布朗[②]，猫王，查克·贝里[③]，弗兰基·普雷斯托，小理查德[④]——这是我的排行榜。我做过很多排行榜。

我第一次见他？那是在布法罗市政礼堂。当时我大学刚毕业，开始给《生活杂志》写稿子，他们派我去写一篇关于"扭扭舞"的文章——没

---

[①] Carly Simon (1964– )，美国当代著名女歌手、词曲作家和儿童文学作家。
[②] James Brown (1933–2006)，美国歌手、词曲作家和舞蹈家，被誉为美国灵魂乐的教父，说唱、嘻哈和迪斯科等音乐类型的奠基人。
[③] Chuck Berry (1926–2017)，美国吉他演奏家、歌手和词曲作家，摇滚乐先驱之一。
[④] Little Richard (1932– )，本名理查德·韦恩·彭尼曼，美国当代歌手和词曲作家。

错，是查比·柴克①的舞蹈——于是我去布法罗采访查比。当时与他一同列在演出名单上的还有很多人，包括弗兰基·普雷斯托。我给你讲，普雷斯托占尽风头。他表演了四首歌曲，其中一首他只弹吉他，可是很明显，他是舞台上最出色的乐手。他以极快的速度弹起《我的女孩约瑟芬》的旋律，震惊四座。他猛推琴弦，对弱拍进行加强处理，我觉得他在曲中加入了几个爵士即兴装饰音。而整个过程中他还在跳舞，左滑右滑，还将吉他像舞剑似的挥舞得上下翻飞。我看到乐队里的人摇头赞叹，他们你看我，我看你，所以你知道，连乐队的人都感觉难以置信时，说明某人表演得确实精彩。

那天晚上在后台，我问到这一点。"你为什么不一直弹吉他呢？你弹得棒极了。"他只是笑笑说："哦，那把吉他我得小心着用。它威力无穷。"

现在我想起那个词，"威力无穷"，假如你不是在西班牙，而是在密西西比长大，才会那么说，对吧？但是正如我后来发现——正如我在第二本书《摇滚侧记》中写的那样——弗兰基·普雷斯托在很多地方度过了成长的岁月：英国，底特律，纳什维尔，路易斯安那，加利福尼亚。我怎么也搞不清楚他在西班牙那些年的真实经历。他会说："我不大记得西班牙的事了。"我一直认为他说谎。谁会什么事都不记得呢？

可你是想了解他的主打歌曲，对吧？这我也有个榜单。这是我列的前三甲：

第一首，当然是《我想爱你》。这张专辑卖出两百万张——当时就算天文数字了。那时候还没有谁会在唱片开头就纯用鼓点。但是普雷斯托就那么做了。那重重的节奏，吧–嘣–嘣。然后是尖叫般的吉他即兴装饰音。接着他唱："我——哦——想爱你……"观众为之疯狂。哦，是的。我把它列为我一九六〇年的摇滚歌曲榜之首。

---

① Chubby Checker (1941– )，美国歌手，以普及扭扭舞著称。

第二首，在我看来是《不，不，宝贝》，是他与艾比·科鲁兹合写的。一首腼腆的小歌，讲的是一个男人恳求一个女人不要离开他，尽管他表现不好。当然，歌曲结尾有短暂的女声，不清楚是谁唱的，女声唱道："是的，是的，宝贝。"允许他回来。直到今天，人们依然在猜那女声是谁。我认为是达琳·洛夫，听声音像她，但她不承认。不管怎么说，很清楚，《不，不，宝贝》我排在第二名。这首歌卖了几千张。

最后，第三首，我选《我们的秘密》。这首歌简洁。难以忘怀。在所有人中，偏偏是由伯特·巴卡拉克制作。他在普雷斯托的声音上加上混响，听起来确实如同幽灵。这一张不如另外两张卖得好，但依然是他最好的民谣。有一次，我问他《我们的秘密》灵感从哪儿来，他说："你不会认识她的。"

朋友？我们算不上是朋友。这些年他对我挺客气，但我们还是实话实说吧，记者的工作是打探消息，而弗兰基·普雷斯托有很多秘密，所以他并不是特别想见到我，尤其是我刚开始在《滚石》干的时候。有一次，他说："奈尔斯，我弹的，你写不了；你写的，我也弹不了。"

有关他父母的信息，他是怎么来美国的，甚至他在哪儿上的学——假如他上过学的话——我从没有找到过任何信息。他就像一个幽灵，忽然间摇身变为摇滚明星。我最后一次采访他，大概是四十年之前，六十年代末，在他长久失踪之前。同当时我们所有人一样，他沾上毒品。我们在纽约的某个俱乐部，他说了些奇怪的话。他说："奈尔斯，我还剩下三根琴弦。"我猜他是指自己的年龄……

我？七十二了，基本算退休吧。现在我在巴黎生活，正在写一本新书。当我听说普雷斯托死了——还有他的死法，凌空跃于人群之上，像飞一样，然后像马戏表演一样落下——于是，我跳上一架来巴塞罗那的飞机，驱车而至。我猜是老记者的本能作祟吧。我想给谁写篇稿子，《新闻周刊》或《时代》，比如《神秘歌星的生与死》之类，我和几个地方的人谈了谈，可大多数人只想知道普雷斯托是不是被谋杀的,并不关心他的事业。你们摄制组也是为这来的,对吧?死亡营销。音乐呢,没多少人在意。

但是我告诉你,这里面有故事,有些古怪的事。我一直在到处打听,有几个人告诉我,他们在普雷斯托死的那天早上看到过他,在弗朗西斯科·塔雷加的雕像附近,他带着吉他,有个人和他在一起。

真希望能再听到他演奏啊。他已经几十年没有出唱片了——除非你相信那张具有传奇色彩的"未发行"专辑,人们称之为《弗兰基·普雷斯托的魔弦》。谁知道是不是他的呢?谣言满天飞。有一次,一个作家问弗兰基,他平生最勇敢的演出是哪一次,他说,是他一个人在船底舱表演。我心想,"噢,是吗。"船底舱?他是干吗的?海盗?就像《音乐之声》中那首歌唱的,你怎么才能解决玛丽亚这样的问题?你怎么讲述像弗兰基·普雷斯托这样的故事?谁知道该相信哪些呢?

# 17

**1969 年**

"需要点什么?"柜台后的男人问。

"鸡蛋。"弗兰基嘟囔着说。

那男人把一根手指放在耳朵上。"伙计,听不见。"

弗兰基没有刮脸,潜水太阳镜后面的眼睛呆滞无神。他向前探过身子,长长的黑发耷拉到他棱角分明的颧骨上,几乎让人看不到他的脸。

"我需要买……鸡蛋。"

突然,一个头戴一顶软趴趴的绿帽子的少年,笑嘻嘻地挤到柜台前,顶开弗兰基的肩膀。

"嘿,哥们儿,卖啤酒吗?"

"鸡蛋在那边。"男人没理睬少年,指着一个冷藏货架说。货架前面挤着一群年轻人,有胡须纠结、头缠发箍的男人,还有身穿印花连衣裙或蓝色斜纹粗棉布短裤的女人,很多人光着脚,地板上踩满泥泞的脚印。

"鸡蛋六十美分。"男人往上推一推眼镜,"伙计,有六十美分吗?"

有人在尖叫:"我太嗨啦!"其他人发出一片闹嚷嚷的赞赏。一只吊扇在头顶上旋转。弗兰基将手伸进衣兜里,他脚下没根,身子前后打晃。他能觉出背上软盒里的吉他,却看不到面前的男人了。他感觉好像置身于一只气球内,被人从外面挤压着。

"给。"弗兰基嘟囔道,从手中一沓钱中捏出一张二十块的钞票。

"给我一张行吗?"少年问。

弗兰基又让一张钞票落下。

"我要二十瓶啤酒!"少年大声宣布。

弗兰基找到一盒鸡蛋,磕磕绊绊地离开。男人在他身后喊:"不要零钱啦?"但弗兰基推开纱门,走进夏天黏糊糊的空气中。

这是美国,日历上的年份是一九六九年,月份是八月,地点是纽约州,在为期三天的音乐节中——人称伍德斯托克音乐节——五十万人云集于一个面积为六百英亩的奶牛场。弗兰基如今已经三十三岁,高高瘦瘦,肩膀平直,一对深邃的蓝眼睛,一双修长的大手,两颊和下巴上冒出黑黑的胡茬。他人生中的这一确切时刻,用音乐术语来说,是 lontano,遥远,或来自远处。这样不稳定的拍号,让我以符号来表示是不可能的。这得怪他在音乐节后台喝的东西,或吞下的药。我说不清那是什么东西。我怀疑弗兰基自己也不清楚。

我马上就要解释,我们的故事为什么向前推进了那么远,为什么伍德斯托克之行会标志着他的人生、他的音乐,还有他与奥罗拉·约克——那个他在树林中遇到的女孩,他曾花费青春岁月的大半时间追求她——的爱情故事的转折点。

但是首先,我想谈谈迷幻状态是怎么回事,就像弗兰基现在的状态。它并不能使你离我更近。

它只会使我眩晕。

几世纪以来,音乐人一直企图在注射针头上或酒瓶底上找到我。这是错觉,而且结局往往很凄惨。

以我珍爱的俄罗斯门徒穆捷斯特·穆索尔斯基[①]为例。一八八一年,

---

[①] Modest Mussorgsky (1839–1881),俄罗斯作曲家,新俄罗斯乐派重要人物,创作过大量管弦乐和歌剧音乐。

他仆倒在圣彼得堡的一家酒馆中。此人曾创作过杰出的作品,《图画展览会》和《荒山之夜》(后来因为一个名为《幻想曲》的动画片而出名)。他以为酒精会让他成为艺术家,但他在那家酒吧地板上作不出任何曲子。他去世时,年仅四十二岁。

当时我在场,去收回他的才华。

当我心爱的比莉·霍莉黛①奄奄一息,躺在医院的病床上时,我也在场。她离世的时候只有四十四岁,肝脏因酗酒而损坏。当我杰出的爵士萨克斯演奏家查理·帕克②死在旅馆房间中的时候,我也在场。他死时只有三十四五岁,身体却被毒品严重损毁,验尸官还以为他已经六十多岁了。

汤米·道尔西③,乐队领队,在五十一岁时因吸毒过量醒不过来,在睡梦中窒息而亡。约翰尼·艾伦·亨德里克斯④(你们叫他吉米),吞下一把巴比妥酸盐,气绝身亡,终年二十七岁。

以为更纯粹的艺术在某种物质中等候你,这种想法并不新鲜,却十分幼稚。我的存在早于第一串葡萄发酵之前,早于最初的威士忌蒸馏之前。无论是鸦片还是苦艾酒,大麻还是海洛因,可卡因还是摇头丸,以及后来出现的任何东西,它们也许会让你陷入迷幻状态,但迷幻改变不了这一事实:我是音乐,我在你的心中。我干吗要躲在一种粉末或蒸汽后面?

你以为我会那么小家子气?

---

① Billie Holiday (1915–1959),本名埃莉诺·费根,美国著名黑人女歌手和词曲作家,被誉为爵士乐天后。
② Charlie Parker (1920–1955),美国黑人爵士萨克斯演奏家和作曲家。
③ Tommy Dorsey (1905–1956),美国爵士长号演奏家、作曲家,大乐队时代的乐队指挥和领队。
④ Johnny Allen Hendrix (1942–1970),即吉米·亨德里克斯,美国黑人摇滚吉他演奏家、歌手、词曲作家,流行乐史上最有影响的电吉他演奏家。

但是，我们还是回到弗兰基那次晕头转向的旅程吧。他背着吉他，提着一打鸡蛋，穿过泥泞的奶牛场。一个名为桑塔纳①的乐队正在远处看不到的舞台上表演，主唱的声音仿佛从天空传来：

> 你必须改邪归正……宝贝

弗兰基迷路了。就在日出之前，他吸了毒，而体内的化学物质引他游荡到远离乐手表演的舞台区域。他只记得：

他曾和奥罗拉·约克在一起，如今她是他的妻子，怀着他们的第一个孩子，睡在一条棉线毯上。他不想惊醒她，但她还是醒了。

"弗朗西斯科？"

"奥罗拉。"他轻声说。

"是黎明的意思。"

"我知道。"

"我饿了，弗朗西斯科。你要是爱我，就给我做早饭吧。"

她眯起眼睛，笑起来。弗兰基告诉她在那儿等着，他去买鸡蛋，给她炒鸡蛋吃。可是之后的事变得模糊了。如今，站在杂货店外面，他不确定那是多久之前的事了。

> "她是不是仙女？"
>
> "我想不是，老师。"
>
> "她有一双奇特的眼睛吗？"

---

① Santana，美国拉丁摇滚乐队，由墨西哥裔吉他手卡洛斯·桑塔纳于 1966 年在加州旧金山组建，融合了布鲁斯、摇滚和拉丁音乐元素。

"是的。"

"她心地善良,乐于助人吗?"

"是的。"

"她是仙女。"

他摇摇头,想甩掉老师的声音,那声音经常在他脑海中冒出来。他努力想确定他离开奥罗拉时身处的舞台区域,但是只能看到海洋般的观众,他们有的人动起来仿佛长着彗星尾巴。他笨拙地跨过睡袋和毯子。

一个男人的声音,从扩音器中爆炸般传过来。

"各位,我们要宣布几件事……好啦,这事太酷啦……纽约州高速公路已经关闭!伙计们,我们关闭了高速公路!"

一阵铺天盖地的欢呼声响起,弗兰基晃一晃头。一切都太吵。置身于鼓掌欢庆的人群中,他呆望着那盒鸡蛋,直到耳朵辨出音乐。

*天知道你必须改变……*

他跌跌撞撞地朝那声音走去,试图以我为罗盘,记起他应该什么时候——还有和哪个乐队一起——表演。

## 18

**1946 年**

"弹点什么。弹吧①。"

弗兰基抬起头。此时的他十岁,衣衫褴褛,身边放着敞开的吉他盒,坐在南安普顿码头。那是英格兰南海岸的一个港口,在伦敦以南,相隔两小时的距离。一个说法语、髭须稀疏的男人溜达过来。

"弹吧,"男人摇着手腕,又说,"抽水②。"

"先生,您说什么?"

"抽水。你的给塔。像则样。"

男人做了个抽水的动作,仿佛在挠自己的胸膛。天已经暗下来,弗兰基瞟一眼吉他盒里的两枚硬币,还不够买一颗土豆。从早上到现在,他只吃过一颗土豆。船已经进港过夜,这外国人是他最后的希望。

"求您了,先生,我饿。您给一个先令,我就弹首曲子。"

那男人叼着雪茄,从衣兜里掏出一枚硬币。

"弹吧,"他投下硬币,说,"弹个欢快的,好吗③?"

欢快的?就连这念头都让弗兰基感到陌生。他乘那艘船离开西班牙已经一年多。在底舱颠簸了三天之后,一天夜里,他被叫醒,要他钻到

---

①②③原文为法语。

一条肮脏的红毯子下面。

"这是为了保护你。"一个水手说。

"我老师呢?"

"他就来。"

"我的吉他——"

"你的东西我们带着呢。这游戏很好玩,对吧?"

"我要老师!"

"小点声!游戏该这么玩:你藏好,然后他会找到你。"

"可是——"

"安静!你要是说话,他就再也不来了!"

弗兰基深吸一口气,世界黑下来。他被包在毯子里,被两个人抬下船。他听到哗哗的水声,木头吱扭吱扭的响声,啪啦啪啦的风帆声,他自己越来越急促的呼吸声。他被放在一个坚硬的表面上,吉他盒无声地滑到毯子下面。他伸出一条胳膊抱住,紧紧搂着,仿佛它有可能保护他的安全。

"你老师很快就来,"一个水手低声说,"待在毯子底下,等听到他的声音再出来。"

当然,他的老师一直没有来,也没有别人来。水手们将他丢弃在这个英国港口。在过去的几个月中,小弗兰基·普雷斯托加入了一长列富有才华的先行者的行列,靠音乐乞讨,以此糊口。这样的情况可以追溯到什么时候?弗朗西斯科·科尔贝塔[①],我的意大利巴洛克吉他艺术大师,在十七世纪的佛罗伦萨街头,不得不靠卖艺为生。三百年后,在曼哈顿

---

① Francesco Corbetta (1615–1681),意大利吉他演奏大师和作曲家。

下东区,欧文·柏林①靠唱歌赚点小钱。你们这样对待我的孩子们,不比对乞食的狗更好,真该感到羞愧。

弗兰基带着他形影不离的吉他,很少离开码头。从那封短信中,他知道他该去找美国的姑姑。但是他的钱已经被蛇头偷走,如今找姑姑成了泡影。每一夜的梦中,他都看到老师由康加鼓手阿尔伯托领着走下船,弗兰基向老师跑去,拉住他的手,盲人会问:"弗朗西斯科,你坚持练琴了吗?"于是生活重新变得美好。就这样,男孩留下来,在这腥臭的港口为旅行者弹琴唱歌,如果人家要求,他还会跳舞。他从乐手变成艺人,饥一顿饱一顿,一天挨一天地熬日子。

此时,他将吉他在膝头放好,那膝盖已是骨瘦如柴。他的指甲也咬得高低不齐,为的是不让它们长得太长。欢快的。他选了一首题为"Billets Doux"的节奏欢快的曲子,作曲是比利时出生的强哥·莱因哈特,那位著名的吉卜赛人,被公认为欧洲最伟大的爵士吉他演奏家。(老师有一次提到他,说"他非属凡尘"。)

那首曲子欢快活泼,像一个孩子在蹦蹦跳跳,需要弗兰基全神贯注,所以他弹的时候,并没有注意到那法国人惊诧的表情,也没有看到雪茄从他口中掉落。

"这曲子,叫什么名字?"他问。

"*Billets Doux*。"

"谁写的?"

"强哥·莱因哈特。"

"他是谁?"

"一位伟大的吉他演奏家。"

"*Billets Doux*,是什么意思?"

---

① Irving Berlin (1888–1989),俄国出生的美国流行音乐家和作曲家。

"不知道,我只知道名字。"

"你弹得很美。"

"谢谢您,先生。"

"你妈妈在哪儿?"

"死了,先生。"

"你爸爸在哪儿?"

"不知道,先生。"

那男人又点了一根雪茄,望着水面。

"我出门,很远。"

"您很幸运,先生。"

"不想去。"

"为什么,先生?"

"有宝宝,男孩,像你一样。"

"那很好,先生。"

"宝宝死了。两个月以前。不想出门。"他一只手轻轻拍着栏杆,"什么都不想做。"

弗兰基不知说什么好。海水拍打着支撑码头的木桥墩。

"你会说法语吗?[①]"男人突然问。

"不会,先生。只会英语。"

"你不是英国人。"

"是,先生,我是。"

"说西班牙语吗?[②]"

弗兰基没有回答。

---

[①]原文为法语。
[②]原文为西班牙语。

"好吧①。"男人还是只管说下去,从那一刻起,他就在说断断续续的西班牙语。"你到底是哪儿人?"

弗兰基耸耸肩。

"西班牙,对吧?哪一地区?"

"我已经不是那里人了。"

男人用脚碰碰弗兰基的吉他盒。

"听我说。我要去个地方,需要有人说英语。我的英语很差。"

"所以呢?"

"你的英语好。你来吗?翻译我的话?那样我可能去。"

"不去,谢谢。"

"我付给你钱。"

"不去,谢谢。"

"给你床。"

"不去,谢谢。"

"给你吃的。"

"您为什么要去?"

"做音乐。"

"您是乐手?"

"是②。不如你那么好,可能。"

男人伸出右手,冲弗兰基的吉他比画着。

"让我试试。"

"别弄坏了。"

男人调节了一下拷在肩上的背带。他将左手放在琴颈上。直到此时,弗兰基才注意到,男人的手指受过重伤。两个指头已经残废了,只有食

---

①原文为西班牙语。
②原文为法语。

指和中指能并排按住琴弦。

"好吉他。"

"我知道。"

"你在哪儿搞到这种弦的?"

"我老师给的。"

"什么做的?"

"不知道。"

他满意地咕哝着,仿佛在抚摸丝绒。"非同一般①。"

"您真的会弹吗?"看着那两根手指,弗兰基不禁疑惑。

"我试试 *Billets Doux* 吧。"男人说。

他转一转下巴,深呼一口气,然后开始弹同一首曲子,但速度极快,弗兰基不禁屏住呼吸。男人的两根指头在品位间飞驰,按住一个音符,又跃向许多其他音符,八度和弦急奏流溢奔涌,如同油倒入漏斗。那两根指头弹出的音乐比任何五根指头都要多,最后,他用一个扫荡的和弦,使出他一直试图解释的"抽水"技法,一种使吉他发出类似火车发动机轰鸣声的切分音弹奏手法。

"*Billets Doux*,不是吗?"法国人说着,递还吉他,"它的意思是'情书'。"

"您是怎么知道的?"

"我写的。"

男人第一次露出笑容,小胡子翘起来。

"我是强哥。"

"您?"

"是。我刚说了。"

弗兰基接过吉他,感觉起了一身鸡皮疙瘩。

---

① 原文为法语。

"您的手怎么啦？"

"火灾。"

"您烧伤了？"

"我年轻的时候。"

"您用两根指头弹？"

"我用这个。"

他碰碰胸口，靠近心的位置。

弗兰基难以相信。他听过那么多次这个人的唱片，在洗衣店上面的公寓里，坐在老师身旁，两人都想象，那吉他手长着一双跨度大得惊人的有力大手。这时，我的孩子第一次意识到，一个人的身体可以和他能够演奏的音乐如此割裂。

"你是吉卜赛人吗？"强哥问弗兰基。

"不是。"

"我是吉卜赛人。和我一起来，我会教你像吉卜赛人一样演奏。"

弗兰基咬着下唇。他太饿了。而这人是强哥·莱因哈特！

"什么时候？"

"我们早晨离开。"

"明天早晨？"

"是啊。"

"干吗这么快？"

"我和一个乐队合作。他们在等我。"

"什么乐队？"

"艾灵顿公爵。"

"是那个艾灵顿公爵？"

"是。"

"在哪儿？"

"美国。"

弗兰基浑身一震。美国？他姑姑生活的地方？

强哥伸出手掌。

"你去,我去?"

"好吧。"弗兰基说。

他们握手。弗兰基看看他的吉他。

最下面的弦已经变成蓝色。

# 19

1969 年

"嘿、嗬!嘿、嗬!呼!"

日落时分,伍德斯托克,弗兰基经过一大群尖叫、舞蹈、擂鼓的观众。

"嘿、嗬!嘿、嗬!呼!"

有人穿着披风,有人光着膀子,一对金发男人,可能是兄弟俩,像围披肩一样在脖子上裹着绿毛巾。他们一边吟唱,一边传着一个瓶子,其中一个把瓶子递给弗兰基,示意他喝。

"哥们儿,嘿、嗬!"

弗兰基喝了一大口。

"嘿、嗬!"他说。

"来呀,弹一曲!"

男人指指弗兰基的吉他。

"来吧,哥们儿,让我们摇滚!"

"摇滚!摇滚!"人群开始反复呼喊。鼓声继续。

"嘿,我认识你!你是弗兰基·普雷斯托!"

"哇哦!"

"真的吗?"

"谁?"

"弗兰基·普雷斯托，伙计！摇摆，摇摆！记得吗？"

弗兰基，即使在迷雾蒙蒙的意识中，也感到一阵逃跑的冲动袭来。你是弗兰基·普雷斯托！有人这样说的时候，他该赶紧离开。

"摇摆，摇摆，弗兰基！摇摆，摇摆，弗兰基！"他们传递着瓶子，咚咚敲着鼓，这时所有人都在呼喊，叫他加入。"摇摆，摇摆，弗兰基！"他转身，跌跌撞撞地离开，听到"嘘——""不！""啊！""他害怕了。"他感到心脏狂跳。等终于安全离开，跑到一片停着黄色大巴车的地方，他扑倒在泥泞的地上。那些公交车身上都喷了五颜六色的话。他沉重地喘息着，吸进，呼出，让耳朵找寻天空中的音乐。此时是另一支乐队，他听得见，但是看不到，那支乐队叫罐装热力①，正在唱一首名为《去乡村》的歌。是笛子吗？弗兰基想。是的，笛子。

"嘿，伙计，"一个女人的声音说，"悠着点儿呀。"

他转过头，看到一位迷人的乌发女子，坐在一辆紫色旅行车内。她穿一件橙色无袖衫和一条斜纹粗棉布短裤，棕褐色皮肤，趾甲都染成不同颜色。她使他想起奥罗拉。他上次是在哪儿见到奥罗拉的？鸡蛋。他得给她带鸡蛋回去。你要是爱我，就给我做早饭吧。

"你叫什么名字？"女子问。

"弗兰基。"

"过来，弗兰基……"她说。

---

① Canned Heat，1965 年在洛杉矶组建的摇滚乐组合，致力阐释和推广布鲁斯音乐。

## 20

**1946 年**

"过来,弗朗西斯科。"强哥喊,"他们到了!"

弗兰基跑回法国人身边。法国人身穿蓝色运动外套,打着红色阔领带,站在纽约市那座名为中央车站的火车站大门口。刚才,弗兰基一直在火车站天窗倾泻下来的一道道阳光中蹦蹦跳跳。他从来没见过这么高的墙。弗兰基的世界,直到九岁为止,都是以比利亚雷亚尔的街道为边界。他的世界在南安普顿的码头扩展。但是,登陆美国之后,他的世界爆发式扩张。他看到的一切都比以前看到的更大,更气派。汽车。大楼。人们背的包。戴的帽子。

"看,弗朗西斯科。是他,对吧?"

在潮水般的人流中,弗兰基看到两个陌生人走来,其中一个是引人注目的高大男人,留着稀疏的髭须,梳着溜光的大背头。弗兰基在一张录音专辑上见过他的脸。那感觉就像看到纸人变成了活人。

"我想是强哥先生[①]吧?"艾灵顿公爵说着,伸过手来。

"公爵先生,十分荣幸。"

弗兰基惊讶得目瞪口呆。他记得那天夜里,老师让他一遍又一遍地

---

① 原文为法语。

播放艾灵顿公爵的唱片,直到最后,他说留声机可以留下来。

强哥碰碰弗兰基的肩膀,含糊地说了声"chavo"(吉卜赛语,意思是"男孩"),然后便是一连串叽里咕噜、混合着西班牙语和法语的嘟囔。弗兰基赶紧用英语翻译。

"强哥先生说,见到您,能与您的乐团演出,他很激动,很荣幸。"弗兰基说,"而且,他也想知道,能在哪儿听听迪兹·吉莱斯皮的演奏。"

"你呢,年轻的先生?"艾灵顿先生微笑着问道。

"啊?"

"你是他儿子吗?"

"不,我是……"弗兰基不知道自己算什么人,"我是替他说话的人。"

"很好,说话的人。告诉他,我们一小时以后出发,去克利夫兰。"

弗兰基遵命翻译,但他不懂"克利夫兰"这个词,于是还是说"克利夫兰"。与艾灵顿公爵同来的人说:"我可以帮莱因哈特先生拿吉他。"

"这是我的。"弗兰基说。

"莱因哈特先生的呢?"

"他没有带。"

"他没有带吉他?"

弗兰基翻译了。强哥表情尴尬,差不多要生气了。他叽里呱啦说了一串话。

"他说,他以为这里的人会送给他一把吉他呢。"

在去克利夫兰的火车上,弗兰基兴奋得坐也坐不住。此时,他穿着强哥在火车站商店里给他买的外套。而且,他在和音乐家们一起旅行!看到他们放在站台上的行李,他大为惊奇——小号,鼓,大贝司。有人打开盒子,为他吹了几个音符。

"你们演奏什么?"弗兰基问几个男人。

"萨克斯。"他们回答。

"你们都用一样的乐器吗?"

"次中音。"

"中音。"

"上低音。"

弗兰基佩服得五体投地。那些乐手甚至让弗兰基握一握不同的号,金色的,银色的,还有一只长号,上面带着可以前后滑动的活瓣。他感觉像是有人给他打开一只百宝箱。最棒的是,他还得到一份行程表,弗兰基在上面读到"底特律"这个词。就是这个城市!他的吉他盒里保存的那块布条上的城市!他会找到姑姑,而她会帮他回到西班牙,回到爸爸和老师身边。

他重新回到正轨上来了。

弗兰基容许自己感到飘飘然,感觉肚子里痒痒的,他迫不及待地盼望明天到来。那种感觉他自打离开比利亚雷亚尔后就再没有体验过。在卧铺车厢,他被分到下铺,但是站在一个结实的号手身边时,弗兰基脱口问道:"我能睡上铺吗?"

"嗨,行啊!"那人说,"那我就不用爬上爬下了。"

弗兰基麻利地爬上去,在床垫上弹着。他把手枕在脑袋下面。火车向前一晃,开始隆隆前行,他听到乐手们发出零零落落的笑声,有人哼起一首歌。他喜欢这些人之间的兄弟情谊,同西班牙男人相比,这些人更像男孩子。他们甚至还取了孩子气的名字,像"猫","塔夫特","小个子"。弗兰基躺在卧铺上,笑了。

他又加入了一支乐队,这次甚至都不需要他表演。

那天晚上,强哥过来看弗兰基安顿好没有。乐手们正在更衣,准备睡觉。强哥注意到他们都穿着鲜艳的花朵图案的平角内裤。

"Que están usando？"他大笑着说。

"他想知道，你们这是穿的什么。"弗兰基说。

那些人好像很惊讶。

"难道他以前没见过漂亮的男式内衣吗？"

"你疯了。"强哥脱口而出。

"他说你疯了。"

"我们听到了。"

"我们可不是带小不点翻译的人。"

"去告诉公爵。"

弗兰基跟强哥走到他和艾灵顿先生合用的车厢。他们进去时，乐队领队也在脱衣服。强哥惊诧地发现，他的内衣更花哨，上面印着由心形和花朵组成的艳丽图案。

"有问题吗？"公爵问。

"没有，没有。[①]"强哥答道。

他俯在弗兰基耳边，用西班牙语小声说："男孩，这是一个奇怪的国家。"

---

[①]原文为法语。

## 21

1969 年

"你要炒鸡蛋?"旅行车中的女子说。她涂着蓝色眼影和亮闪闪的唇彩,脖子上挂着三条项链。

"炒鸡蛋?"弗兰基看着鸡蛋盒,"是的。"

"在哪儿炒?"

他指一指音乐的方向——或者他以为是音乐的方向。

"回那边。"

"你从哪儿来的?"

"我?"

"对啊,帅哥。"她笑了,"你。"

一般情况下,有人这样问,弗兰基会回答加利福尼亚。这次他却说:"西班牙。"

"好远呀。"女人柔声说,"你是来听音乐的?"

"来演出。"

"在舞台上?"

"是的。"

"你离舞台很远呢。"

"我有这些鸡蛋。"

"你说过——"

"做早饭。"

"你真是西班牙人?"

"是的。"

"你真滑稽。"

他感到双膝发抖。他靠在车门上,稳住身体。

"你干吗不进来?"

"去哪儿?"

"挨着我。"

弗兰基走进车里。只待一小会儿,他心想。

"你怎么来这儿的?"她问。

"从商店走过来的。"

"不是,"她笑起来,"你说你是西班牙人。你是怎么来这里的?"她伸开双臂,"美国。"

弗兰基的脑袋倒在一只大绣花枕头上。他看她在卷一支烟卷。

"跟一支乐队来的。"他说。

## 22

1946 年

　　艾灵顿乐团巡演三个月。那段时间，弗兰基第一次见到奶牛（透过火车车窗），第一次看到现装的冰淇淋甜筒，第一次见到美国的电影院。他继续跟强哥学习吉卜赛吉他的演奏技法，完善他们一起打造的西班牙语和法语大杂烩。他还了解到，强哥的宝宝叫吉米，活了几周便夭折了。强哥选用巴赫、亨德尔和莫扎特作为葬礼弥撒的音乐，那小男孩被安葬在一个法国墓园里。这是他第二次听人说起像样的葬礼（第一次是奥罗拉·约克讲给他的），他想，等他们到达底特律，他会去看妈妈埋葬的地方。

　　他也了解到，强哥本打算取消这次美国之行——后来证明也是他唯一的一次——直到弗兰基答应陪他来。有个小男孩陪着他，使他在儿子死后出门的想法稍可忍受。我能看到所有的未来，我的天才们能够实现的，还有他们将要避开的（正如我能听到键盘上的所有旋律，那些弹奏的，和还没有弹奏的），而且我可以告诉你，假如弗兰基不去，强哥也绝对不会有他的美国之行，他的人生和艺术也就不会受到美国的影响了。

　　正是因此，当他们相遇时，弗兰基吉他最下面的琴弦变成了蓝色。

　　但我们还是言归正传吧。首先，开演那一夜。他们到达克利夫兰后，为了那场音乐会，强哥只得去买新吉他，这使他气急败坏。"这太滑稽了！"他一边调试新乐器，一边对弗兰基说，"他们为什么不给我一把吉他？就像我喜欢的，一把塞尔玛吉他？我是强哥，他们该送我一把金吉他才对。"

"你可以弹我的。"弗兰基说。

"是吗？"

他放下新吉他，拿过弗兰基手中那一把。弹了几个音符，他停下手。

"好极了。你已经调好弦了？"

"是的，先生。"

强哥仔细打量着弗兰基。"今天晚上我会弹你的吉他，好让他们知道我是谁。但我会还给你，你千万别让它再离开你。永远不要卖。绝对不要弄丢了。永远不要送给别人，还指望它会回来。不要放弃你的音乐，男孩。不然，你就会失去自己。"

"好的，强哥先生。"

那天夜晚，在克利夫兰音乐厅舞台侧翼，弗兰基体验到永生难忘的景象。管弦乐队震天动地的起式。号角部的切分音的冲击。单簧管与萨克斯管优雅的盘旋。长号与贝司牵动魂魄的力量。就连乐队的仪表——大家服装统一，清一色帅气的黑色燕尾服——都令人刮目相看。还有观众！将近两千人！他们雷鸣般的喝彩声是弗兰基从来想象不到的反应。欢呼声震撼着他，扩散并渗入他的血流之中。他不明白掌声的物理性质，但他知道，从那一刻起，他希望有朝一日也能听到人们为他欢呼。

强哥直到最后才出场，只有艾灵顿公爵的钢琴伴奏，还有一个拼命想跟上的贝司乐手。他们事先几乎没有排练。但是有人曾经这样评价莱因哈特："他是为音乐而生的人。"我接受这一恭维。他是我的珍宝之一。那天晚上，他弹起弗兰基那把颇有阅历的吉他，演奏极为新颖脱俗，就连乐队成员们都在喊："加油啊，大师！加油！"他弹了四首曲子，一首比一首给人印象更深刻。

第二天早上，在旅馆，强哥让弗兰基找份报纸来，读一读上面对他的评论。弗兰基翻着报纸，终于看到一个标题：法国吉他艺术家抢了公爵音乐会的风头。

"哼，"强哥啜着咖啡说，"就该这样。"

他们在一起的时间忙忙碌碌，过得飞快，以至于几年后，弗兰基感觉那更像是一场梦幻，而不是记忆。但是，一天夜里，在芝加哥，弗兰基看着乐队布置乐器，注意到低音鼓上贴着RCA维克多唱片公司的标签，上面是一幅画———条狗盯着留声机的喇叭。

弗兰基心中一沉。他想到那条无毛狗和老师公寓中的电唱机。他想到抛在身后的生活中的一切。突然之间，他感到深沉的悲哀。这次旅行激动人心，但是他还是孩子，而所有孩子最终都想回家。

当巡演到达底特律时，他准备要回家了。

## 23

1969 年

旅行车中的女人用舌头舔着牙齿。

"这故事太让人兴奋啦！"她说,"你那么小就走南闯北？和艾灵顿公爵一起？"

"是啊。"

"太酷了。"她猛吸一口卷烟，然后递给他。她靠在他腿上。

"我想看看这把吉他。"

她摁开搭扣，打开琴盒。

"当心。"弗兰基口齿不清地说。

"为什么要当心？"

"它会做出不同寻常的事。"

"比如说？"

"施魔法什么的。"

她咧嘴一笑。

"你真逗。"

"不是。"

"我觉得你是。"

弗兰基看看自己的手。手看起来十分大。烟呛得他直眨眼。女人贴得更近些。

"来粒儿这个。"

"这是什么?"

"柠檬。你不喜欢柠檬吗?"

她将一粒绿色的小药片放进他嘴里,然后自己也咽下一粒。她蜷起身子偎在他身边。

"干吗买鸡蛋?"

"我妻子。给我妻子买的。我有妻子。我们快有孩子了。"

"她在哪儿?"

"我不知道……"

"你不知道?"

"在舞台那边。"

她微微一笑。

"那她就不在这儿,对吧?"

她的脸朝他的脸贴过来。

"后来发生了什么?"

"后来?"

"那个故事。你离开乐队以后呢?"

"我不记得。"

"使劲想想。"

弗兰基闭上双眼。

"天很冷。"

## 24

1946 年

天很冷。下着雪。弗兰基裹紧强哥给他买的羊毛外套，坐在水泥门廊上，调整了一下大腿的姿势。到此时，他已在美国度过十月、十一月和十二月的大部分。他不知道这样的气候，人怎么活得下去。他又一次打开吉他盒，这已经是第一千次了，从中取出那片布，上面是巴法的字迹，写着一个地址，他妹妹的地址：密歇根州，底特律市，克拉雷特街467号。

弗兰基已经敲过门，敲过很多次。没人应答。他已经在台阶上等了大半个下午。强哥说要陪他一起来，可这时弗兰基已经很独立，胆子很大，他告诉那位吉他手，说他姑姑可能想听他讲讲巴法的一切，所以他会在那里多待一阵子。她很可能会要他和她一起住一段时间，直到能送他回西班牙。

"如果是那样，你一定得来告别，男孩。"强哥说，"我们明天离开，好吧？"

"好的。"弗兰基说。

他紧一紧外套。那栋红砖小房子和那个街区上的其他房子一样，每一栋都有条直直短短的车道，就像排列在吉他颈上的品丝，车道上停着积了雪的汽车。大大的车，长长的车。弗兰基觉得，好像每个美国人都有车，不像比利亚雷亚尔，还在用马车。

弗兰基闭上眼睛,想象在卡尔瓦里奥街上巴法的家里,坐在花园中,听着收音机,无毛狗趴在身边。在他记忆中,那段岁月温馨甜蜜。

"孩子,你迷路了吗?"

弗兰基睁开眼睛。面前站着一位穿蓝制服的邮递员,胸前挎着一只大皮包。雪花点缀在他的帽檐上。

"没有,先生。"

"你在干什么呢?"

"在等人。"

"在雪地里?"

"是的。"

"等谁?"

"我姑姑。"

弗兰基递过那块布条。

"哦,你找对房子了。她是你姑姑,嗯?"

"是的,先生。"

"你是怎么来的?"

"强哥先生出钱雇了车。"

"你是说出租车?"

"我想是的。"

"她知道你要来吗?"

"我来晚了。"

"你该上午到这儿?"

弗兰基在水泥台阶上挪动了一下。"还要晚。"

那人抿着嘴唇,打量着眼前的男孩。他递过几只信封。

"想把这些信交给他们吗?"

弗兰基接过信。

"别冻着,"那人说,"他们应该马上下班回家了。"

"他们"是谁?弗兰基想。他望着那人走完路线,在每个房子前停一下,直到他再也看不到为止。天黑下来。弗兰基想是不是得住在这里。

就在此时,一辆淡绿色雪佛兰亮着前灯拐到这条街上来。车子减速,弗兰基心跳加速。

停这儿,他默默地发出意念。停这儿。停这儿。

车停下来。弗兰基站起身。他并不真正明白"姑姑"是干什么的,他以前没有过。但自从在那艘船上读过老师的短信,他就一直期待见到她,希望她能解决问题,送他回家,让他与他原先的乐队重聚。

他看到的景象改变了一切。

他看到的是,车门打开,一个男人从一边下了车,一个浅色头发的丰腴女人从另一边下了车。她的脸,弗兰基以前见过,无数次,在一张照片中,她搂着巴法——一张他压在枕头下的照片。一个冰凉的激灵传遍他幼小的身体,铙钹咔啦一声在他脑袋中炸响。他丢下信,从门廊上一跃而起,就在那女人迷惑不解地张着嘴时,他高举着双臂,飞奔过撒满雪花的草地,尖声大叫:"妈妈!"

西方音乐中,事情会得到解决。一个挂四和弦会回到三度。一个减和弦会滑向它的主和弦。不协和音程解决到协和音程。我以这样的方式化解。

人类不遵守这些规则。于是,那天晚上,在克拉雷特街,丹扎·鲁维奥,那个从淡绿色雪佛兰中出来的女人,被这个冲她跑来的男孩吓了一跳。她与哥哥巴法已经多年没有联络,突然间冒出来的这个孩子让她心生怀疑。当弗兰基想拥抱她时,她一动不动。当他大喊:"我是你的儿子!"并把巴法给他讲的那番话(关于他的妻子,那辆车,在美国的车祸)讲给她听后,她气坏了,站在街上,当场就把真相告诉了他,如同打在军鼓边缘的一记记重重的敲击。

咔!

她不是他妈妈。

咔!

她不是巴法的妻子。

咔!

巴法从没娶过妻子。

咔!

他不可能娶到妻子。

咔!

他从来没有来过美国。

咔!

没有车祸。

咔!

没有墓地。

咔!

巴法是个撒谎精。

咔!

他已经多年不和她讲话了。

咔!

她以为他已经死了。

所有这一切,用了不到三分钟。每一记打击,都惊得弗兰基陷入更深的沉默。最后,丹扎的丈夫突然粗暴地插嘴说:"我说,小子,你要是来要钱的话,我们一个子儿都不会给你!"那蒙头转向的孩子感到自己的下巴在颤抖。他拼尽全身力气,抓起吉他,拔腿就跑。丹扎在他身后喊,他也不回头。泪水顺着他的脸颊流淌,他消失在一汪汪的路灯灯光中,消失在纷飞的雪花中。

我说过,音乐容许快速创造。但是与你们人类仅在一场谈话中毁掉的东西相比,那创造实在不值一提。

## 伯特·巴卡拉克

词曲作者，演员，作曲家，制作人。

　　弗兰基·普雷斯托热爱录音棚。要是录音棚里有床,他会住在里面的。

　　哦……当然……我叫伯特·巴卡拉克……美国……洛杉矶。但是我是在纽约遇到弗兰基的。早在一九六四年，我制作了他的歌曲《我们的秘密》。一首很棒的民谣。我在他的声音上加了混响，制造出诡异的效果。弦乐部分我们是半夜前后想到的。我开始打电话，找到几个小提琴手，他们凌晨三四点赶过来。我和弗兰基来自不同的世界，但是我俩有个共同之处：不做到尽善尽美，绝不离开录音棚。有些音乐人不喜欢这样。我留下他们录二十遍，三十遍。可要是做不好，搞艺术有什么意义呢?

　　知道吗? 弗兰基明白这道理。他善良而纯净——假如早知道他还在弹琴，哪怕飞越整个世界，我都会去听。之前我确实不知道他到哪儿去了，或者是否健在——直到几天前听说他去世。真的死在舞台上? ……天哪……太可怕了……

　　第一次听他演奏? ……是的，听过。实际上我们俩就是那么见面的，当时我在纽约的贝尔录音室，在为迪翁·沃里克①开始录音之前。我到得早，偌大的录音室空空荡荡，只有这么一个人，背对着我们。他头戴耳

---

① Dionne Warwick (1940– )，美国歌手、演员和电视节目主持人。

机，身体俯在一把电吉他上。我让录音师打开声音，但是还没来得及让那人走，我就被惊呆了。他的演奏美得难以置信。他在古典的即兴重复段和爵士乐曲《灵与肉》之间转换。我说："这人究竟是谁？"录音师说："你不会相信的，是弗兰基·普雷斯托。"我说："那个歌手？"他说："这歌手吉他弹得十分棒。"

我推测他在我们前面录唱片，别人都走了，可他又待了两三个小时，摆弄各种乐器，从鼓到钢琴到吉他。这会儿我的人快来了，于是我打开录音室的麦克风说："抱歉要打断天才了，轮到我们录了。"

他摘下耳机，抱歉地挥挥手。我用话筒说："弹得真棒，你应该弹得震天动地，让整个楼里的人都听得见。"他俯身对着麦克风说："瞎摆弄而已。"

他走出来，我做了自我介绍，他立即就知道我是谁，这让我吃惊，因为那时候我只写歌，还没有录音呢。但他说他十分喜欢我做的一些东西，谢利斯合唱团演唱的《宝贝，是你》，吉恩·皮特尼①演唱的《只有爱会让人心碎》。他谈到小号和粗管短号——对于一个搞摇滚的人来说，这很不寻常——于是我问："你在哪儿学到管乐的？"他说："和艾灵顿公爵一起巡演的时候。"我笑了，说："你是谁？给他端茶递水的小跟班？"我的意思是，在公爵的时代，他未免太小了。

他比我想象的要高，而且仪表非凡。乐队的人来到之后，连他们也盯着他看。他很有范儿，明白吧？他穿了件鲜红的运动外套，也并不觉得突兀。我告诉他，我们要录迪翁·沃里克的歌，他说他很喜欢她的声音，可不可以留下来听听。一般来说，我工作的时候不喜欢有外人打扰，可是你知道吗，弗兰基让人一见就心生好感。他音乐天赋极高，你能觉得出来。所以我说："你要是愿意，就在外间坐吧。"

---

① Gene Pitney (1940–2006)，美国歌手、词曲作家、录音师。

当时我们正在为一部名为《房子不是家》的电影录插曲。哈尔·戴维[1]写的词，我作的曲。说实话，电影原声已经由布鲁克·本顿[2]录过，可我想重录，让迪翁试试。我们已经录过很多遍，全场管弦乐队伴奏、弦乐部分、伴唱——就像我说的，这是我做事的风格——我几乎忘了弗兰基还在后面坐着。后来，有一次回放，我碰巧回了一下头，当时迪翁正在唱这一段：

> 可是房间不是房子
> 房子不是家
> 当你我各自分天涯
> 总有人心如刀扎

我看到弗兰基在流泪。
"你没事吧？"我说。
"没事。"他说。
但看得出，那首歌打动了他。他连泪水都不擦。直到很久以后，我才知道，他是孤儿，无父无母。《房子不是家》。也难怪，对吧？还有比这让他听了更心酸的吗？

---

[1] Hal David (1921–2012)，美国词作家。
[2] Brook Benton (1931–1988)，美国歌手、词曲作家、演员。

## 25

<u>1950 年</u>

"听到没有?"修女吼道,"我叫你们排队!"

孩子们排队。

"现在,齐步走!"

他们朝餐厅进发。一个高个儿男孩从背后推搡弗兰基。

"别推我。"弗兰基小声说。

"有本事动手啊!"高个儿男孩说。

故事讲到此处,弗兰基十三岁,或者十四岁。他无法断定。一旦弗兰基发现巴法不是亲爸爸,就不再理会人家告诉他的年龄,觉得年龄也是谎言。

"开始!"修女厉声道。

孩子们站在餐桌旁,大声背诵祈祷文。然后,他们坐下,修女们往他们的杯子里倒橘子汁,接着是一勺鳕鱼油。

"难吃死了。"一个男孩抱怨。

"有吃的就该感激。喝!"

弗兰基将橘子汁端到嘴边,橘子的甜味带回比利亚雷亚尔的记忆,街上辘辘驶过的运橘子的马车,但是这样的记忆如今只会让弗兰基愤怒。巴法根本不是他爸爸。照片上的女人也根本不是他妈妈。他唯一的身份证明上将他的名字写作"普雷斯托"——一个他根本不知道的名字。一切都是谎言。橘子再也吃不出一点甜味。

到此时,弗兰基的人生是死板的程式,4/4拍,一种最好描述为mosso(快速)——或叫焦虑不安——的速度。三年来,他一直住在大底特律区天主教孤儿院,同另外九个孩子挤在一间寝室。强哥和艾灵顿乐队乘火车去了下一站,他没有赶上火车。(当弗兰基终于赶到火车站时,他们都走了。他把胳膊枕在吉他盒上,哭了起来,直到一个穿蓝制服的人告诉他,他不能再在那儿坐着,应该"回家找妈妈"。)他只好睡在餐馆后面的小胡同里,后来被警察发现,送到孤儿院。

进孤儿院前,他又开始乞讨,在垃圾箱里找吃的。餐馆后面的垃圾箱里有最好的剩饭。警察找到他时,他其实还蛮惊讶的(他那时已经能很熟练地躲避官方了),但是修女告诉他,他会有自己的床,他还是很开心。他接受了她们发的蓝裤子、白衬衣和黑皮鞋。她们丢掉他的旧衣服时,他甚至并不介意。她们说,他的旧衣服,不同于他的灵魂,已经无可救药了。

弗兰基刚到的时候骨瘦如柴,但三年之后,他已经出落成一个身材瘦高的翩翩少年,一口炫目的洁白牙齿,一双修长的大手(对弹吉他大有帮助),还有一双深陷的蓝眼睛,能引来同班女生拘谨的微笑。

男生就是另一回事了。哪怕只有一丝偏心,孤儿院的孩子们也会留意到。弗兰基吉他弹得十分出色,于是修女们让他在圣诞节和复活节仪式上伴奏,这招来其他男生的仇视。还有每天晚上,他可以单独留在图书室里钻研音乐。他与众不同,于是他们想办法嘲弄他,比如笑话他说英语时仍会流露出的一丝口音。

"嘿,锁吧,"他们逗弄他,"不会锁这种语言?"

"嘿,椰子。你是棕色的还是白色的?"

"嘿,吉卜儿,再给我们讲讲你的吉卜赛朋友。"

一天晚上，那个名叫拉斐尔的高个子男生庆祝生日，之后分发纸杯蛋糕。他故意不分给弗兰基。

"你们小巷子里出来的人是不吃蛋糕的。"他嘀咕道。

"我才不要你的蛋糕呢，"弗兰基说，"免得吃了变得和你一样蠢。"

刹那间，两人扭打着滚到地上。别的男孩在旁边助威叫好。弗兰基一拳打在拉斐尔的眼睛上，拉斐尔嗷嗷大叫。他将弗兰基推倒在地，冲到弗兰基床边，伸手从床下拖出他的吉他。弗兰基扑到他身上，两人扭打起来，吉他在两人之间砰砰地甩来甩去。等他们俩最后被拉开时，弗兰基发现最下面的琴弦已经断了——正是在英国码头上变成蓝色的那一根。

弗兰基放声大哭，尖叫着："我要杀了你！我要杀了你！"他再次扭住拉斐尔，最后只得被餐厅里的女人控制住。那一夜，两个男孩被罚在地板上睡，拉斐尔在神父房间的地板上，弗兰基在厨房地板上。弗兰基盯着天花板，感到心中有种前所未有的空洞——但不是因为打架。

直到那一刻为止，他的琴弦从没断过。

这很不寻常，因为他看到，一般的吉他弦经常用上几个月就会断。弗兰基猜想，那是因为他弹得很当心，甚至轻柔，就像老师教过他那样。

"不要打击琴弦，弗朗西斯科。"

"好的，老师。"

"要哄它们。"

"好的，老师。"

"让它们渴望你的下一个音符。就像在生活中一样。"

"像生活中，老师？"

"当你想让别人倾听的时候，你会打他们吗？"

"不会的，老师。"

"对,不会的。你要让他们听出,你奉献的东西很美,那样他们自己就想要听。"

弗兰基想念那些课。他甚至想念替老师点烟,替他擦洒出来的酒。他珍视那把吉他,就像强哥说的,那是他最珍贵的财产。琴弦是他的老师留给他的唯一的东西。而如今,它被人弄断了。

那一夜,弗兰基难以入睡。他想到老师。他想到奥罗拉·约克,那个树林中的女孩,他想知道老师说的对不对,她真是仙女吗?好像过去那么久了。他自己不经常祈祷(因为修女们总是在什么地方领他们祈祷),但他闭上眼睛,恳求上帝,能否让他回到西班牙的家。他厌倦了美国。他爬到一条长桌下面,侧身躺下,嘴里哼着《主啊,您真伟大》。

几分钟后,他睁开眼睛,听到房子外面有抓挠的声音。他拖过一把椅子靠在墙上,爬到水槽上面的窗户边。看到外面小巷里的景象,他的脸色变了,迅速推开窗户,挤出身去,跌落在地上。

下面的事也许难以置信。我只能告诉你,这是真的。

弗兰基睁开眼睛,感到那条无毛狗湿湿的舌头,在舔他的脸颊。

# 26

我们应该谈谈那些琴弦。

你知道它们来自于卡门西塔,弗兰基美丽的乌发的母亲。

你知道她是打算送给她丈夫,也就是老师的,而他,其实就是弗兰基的父亲。

你知道这些弦放了九年,没有人用过——在老师储藏室的一只钱包里——直到弗兰基离开西班牙的那天,老师送给了他。

你不知道的是,卡门西塔从哪儿得到的琴弦。

以及从谁那儿得到的。

事情发生在她生命中最后一个早晨。她睡得很不踏实,未出生的孩子在腹中动来动去。卡门西塔黎明就起来,轻手轻脚地穿好衣服,唯恐惊醒丈夫。她裹上一条围巾,朝米哈雷斯河走去。迷雾笼罩大地,将一切颜色洗成朦胧的白色。雾气浓重,她几乎没有看到一家坐在河岸上的吉卜赛人。那男人头发稀疏,长着一对大耳朵。他身边的女人看起来年纪要大些。他们身后是个小女孩,留着长长的赤褐色发辫。她正在给马梳毛。

"上帝与您同在,夫人。"男人说。

这些话在战争岁月会招来祸端。但是卡门西塔答道:"上帝也与您同在。"

"您的宝宝快生啦。"女人说。

卡门西塔将手放在肚子上。

"我能送您一条围巾吗?"女人把手伸进一只放东西的木箱。

"我没有带钱。"卡门西塔说。

"这些东西我们是不卖的。"男人答道,"我们想送人。"

"我丈夫总想着别人——"

"这些东西,我们用不到了——"

"他是位先知——"

"我只是个贩马的——"

"夫人,他们要杀掉他!"

那女人哭起来。卡门西塔垂下搁在肚子上的手。她的国家有这么多这样的人,逃离这一方或那一方。战争荼毒生灵。她丈夫失去了双眼。她兄弟不知所踪。神父遭到追捕,像这样的家庭东躲西藏。她不知道自己的宝宝要生在一个什么样的世道。

"如果你们愿意,可以和我们一起住。"卡门西塔说。

吉卜赛夫妇面面相觑。

"住在哪儿?"

"住在我们家。我们地方不大,但是欢迎你们来。"

"可我们是陌生人。"

"告诉我你们的名字,就不是陌生人了。"

男人微微一笑。"名字会有那么大作用吗?"

"当然不会。"卡门西塔答道。她知道,战争期间,有时候不知道名字反而更好。

"谢谢您,善良的女人。"男人说,"但是我们不能那样做,会给您惹祸的。"

他拉起妻子的手,召唤女儿,女儿放下马刷。

"您的慷慨,我们无以为报。但是,也许可以给您唱首歌?"

孩子唱起来,一支轻柔的吉卜赛旋律。

"好美的声音啊!"卡门西塔说。

"您喜欢音乐?"男人问。

"我丈夫是吉他手。"

"我也是。或者说曾经是。我会为上帝演奏歌曲。不幸的是,我的吉他不在了。"

"被抢走了。"他妻子说。

"太遗憾了。"卡门西塔说。

"您丈夫,他会教您的孩子弹琴吗?"

"他整天这样说。"

"那您一定要收下这个。"

他将手伸进箱子里,拿出一套盘成一圈的琴弦,用一根黄皮筋缠着。看起来崭新,几乎闪闪发光。

"我不能要。"她推辞道。

"为您的善良。"

"没有必——"

"拜托。将父亲和孩子联系在一起。这是些特殊的琴弦。"他压低声音,"它们里面有生命。"

他妻子拍一下他的胳膊。"他的意思是,这些弦是丝制的,丝取自于蚕,蚕曾经是有生命的。"

她瞪了丈夫一眼。"说话别跟猜谜似的。"

他微微一笑,身子前后摇晃着。等他妻子转身去照料马的时候,他朝卡门西塔探过身来。

"我指的不是蚕。"他小声说。

他从衣兜里掏出一串玫瑰经念珠,用朴素的黑珠子和一只黑色小十字架串成。卡门西塔意识到,那串念珠也是用琴弦穿起来的,和他刚送给她的那套琴弦一样。当他拉起琴弦两端时,琴弦发出幽幽的蓝光,如同火焰中心。

"Le duy vas xalaven pe."他说。这句吉卜赛语翻译过来是"双手互相洗",意思是,大家彼此息息相关。

他妻子走近时,他又把念珠塞进衣兜里。他凝望着白蒙蒙的天空。

"夫人,您还是走吧。"

"您确定不来我家吗?"

"上帝会保护我们的。我也祈祷他会保护您。"

"我要去教堂,为您全家点一支蜡烛。"

"圣巴斯夸尔教堂?"

"您知道?"

男人的眼神变得遥远。

"我们去过那儿一次。还有我们的另一个女儿。小心,这世道,祈祷是很危险的。"

卡门西塔看着琴弦。

"可以请教您的名字吗?"她说,"就算这没什么要紧?"

"人家叫他埃尔·贝利。"他妻子说。

卡门西塔走入雾中。片刻之后,她转身回顾,而他们已经杳无踪影。

回家路上,卡门西塔将琴弦放进一只小钱包内,计划在他们的孩子出生时送给老师。那天夜里，暴风雨中，她身上带着那只钱包，去大教堂点燃蜡烛，不光为腹中的宝宝，还为她当天早上遇到的那家吉卜赛人。祷告过后，她痛苦地倒下，钱包落在地上，她再也没有见到它。她从没看到被袭击者掀翻的蜡烛架。从没看到她点燃的祷告蜡烛的火苗，与吞噬一切的更大的火焰融为一体。

第二天，比利亚雷亚尔的警察搜索大火后的废墟，发现了卡门西塔焚烧严重、化为焦炭的遗骸。因为她身上穿的是修女袍，袭击者以为她是修女，还亵渎过她的尸体。尸体惨不忍睹，无法辨认，她的遗骨被匆匆掩埋进一个无名的坟墓中。

两天后，一个十几岁的男孩在废墟中翻寻，找到一只小钱包，它竟从火灾中幸存，实在令人费解。钱包中有一张身份证。男孩按上面的地址归还了钱包，交给来应门的人。

一个双目失明的高大男子，名叫卡洛斯·安德烈斯·普雷斯托。

更为人熟知的称呼是，老师。

他抓过钱包，跟跄着走向一把椅子。他意识到这意味着什么——他的妻子为何三天没有回家。他把钱包中的东西倒在木桌上，摸到一圈盘在一起的东西。

"这是什么？"他问男孩。

"看起来像琴弦。"

"吉他上的？"

"是的。"

老师咬着嘴唇。

"让我静一会儿，马上！"

男孩赶紧离开。

手中攥着那份没有送出的礼物，妻子最后的爱意，老师崩溃了。他一直痛哭到傍晚，没有离开过椅子。之后，他将所有东西放回钱包中，藏在储藏室里。那些琴弦,连同其中的"生命",闲置多年,正如那个关于陌生人的善意的故事,一直没有人讲述。

几周后,当共和军士兵殴打一位神父时,一个人称"埃尔·贝利"的男人冲上去营救。士兵们逮捕那个男人,命令他交出念珠。他拒绝,一支行刑队向他开了枪。行凶者看到他的身体瘫倒在地,却并没有看到另一件事:那串玫瑰经念珠,在他殒命的刹那,变成燃烧般的蓝色。

几十年后,埃尔·贝利将会被天主教会追认为第一位吉卜赛圣人。人们仍在传颂他的勇敢和谦卑,当然,还有那串念珠。

他送出的那套琴弦,没有人提到。

那琴弦,将会讲述它们自己的故事。

# 27

**1969 年**

旅行车中的女人一路吻上来,吻到弗兰基的脖子。他感到浑身沉重,动弹不得。他呆望着她的身侧,那件橘黄色的棉布上衣;那条斜纹粗棉布短裤;棕褐色的双腿;涂了色的趾甲,红色,黑色,紫色。

"没有蓝色。"他喃喃道。

"嗯?"

"你没有蓝色。"

"蓝色趾甲?你真逗。"

"蓝色忧郁……"弗兰基半唱半念。

"我知道你是谁。"

"嗯?"

她又吻了他几下。

"你是那个歌手——"

"我妻子在等着——"

"弗兰基·普雷斯托。"

"吃早饭——"

"你真要上台表演吗?"

"我要去炒鸡蛋。"

"你还没有讲完故事呢。你逃走之后。"

"我弹吉他。"

"你那时还是孩子呢。"

"我弹得很好。"

"有多好？"

"我救了她的命。"

"谁？"

"奥罗拉。"

"奥罗拉是谁？"

弗兰基的眼睛变得呆滞。

"继续唱给我听……"女人说。

但弗兰基混乱的思绪飘向蓝色琴弦和奥罗拉·约克，还有他丢下她的地方，她怀着身孕，睡在毯子上。他知道他得回去，他不想让她失望，不想不负责任，正如他以前很多夜晚经常表现的那样。

"我得走——"他突然说。

他手一撑，一骨碌爬起来，女人猝不及防，从他身上滑下，砰地跌在车厢地板上。他抓起东西，趔趄着出了推拉门。门被他推开时，发出一声狮吼般的狞叫。

"喂，搞什么鬼？！"她在他身后叫道。

## 28

**1951年**

"搞什么鬼?!"一个男人打开汽车后备厢,尖叫起来。

他叫汉普顿·贝尔格雷夫,正瞪着蜷在后备厢里的十几岁的弗兰基和狗。

"我可以解释。"弗兰基眨眨眼睛,说。

"你差点害得我犯心脏病!"

"这是不是田纳西?"

"这是不是我的车?"

"是的,先生。"

"那就让我来问!"

"好的,先生。"

"你到底是谁?"

"弗兰基,先生。"

"姓什么?"

"普雷斯托,先生。"

"这是谁的狗?"

"是我的,先生。"

"你为什么在我后备厢里?"

"马库斯·贝尔格雷夫,先生。"

"我堂弟马库斯?"

"是的,先生。"

"乐手马库斯?"

"是的,先生。"

"是他把你放进后备厢的?"

"不是,先生。"

"那你为什么在里面?"

"想去田纳西,先生。"

"干吗不坐火车?"

"买不起票。"

"那就坐汽车。"

"也买不起票。"

"所以你就藏进我的后备厢?"

"是的,先生。"

"带着那条该死的狗?"

"对不起,先生。"

"你在里面多长时间了?"

"从底特律进去的,先生。"

"我是昨天离开底特律的!"

"是的,先生。"

"从那时候起你就没吃过饭?"

"没有,先生。"

"没喝过水?"

"没有,先生。"

"没撒过尿?"

"没有,先生。"

"你以为我会关心?"

"不关心吗,先生?"

"没错,我不关心!你这偷渡客——"

"不是的,先生——"

"——想去田纳西!"

"是的,先生——"

"小子,你最好别尿在我的后备厢里!"

"不会的,先生。"

"那条狗最好也别尿!"

"不会的,先生——"

"你怎么知道我要去哪里?"

"我们到了吗,先生?"

"我还没说我们到哪里了。但我储物箱里有把枪——"

"是马库斯告诉我的,先生!"

"马库斯怎么会知道?"

"你是他堂哥啊!你叫汉普顿!你告诉他你要开车回田纳西!"

"马库斯干吗告诉你这事?"

"我跟着他干活。"

"白人小子跟着马库斯干活?得了吧。你是干什么的?"

"我演奏音乐。"

"说实话。"

"在他的乐队里。"

"你和马库斯一起表演?"

"是的,先生。"

"你只是个毛孩子!"

"我差不多十五岁了,先生。"

"差不多?"

"不太确定,先生。"

"你演奏什么?"

"吉他。就在这里,先生。"

"等一下……"

"您瞧见了?"

"把帽子摘掉!"

"为什么——"

"你是那小子!那个弹得飞快的!"

"是的,先生。"

"我当时在!我看到了!你把那个拿刀子的家伙催眠了!"

"是的,先生——"

"你是魔鬼!"

"不是,先生!"

"在我后备厢里!"

"求您了——"

"藏在我后备厢的魔鬼!"

"不是——"

"还有他的妖狗!"

"我不过是弹琴——"

"凡人不会那样弹的——"

"当时她处境危险,先生——"

"魔鬼,你想拿我怎样?"

"我不是魔鬼!"

"你发誓!"

"我发誓!"

"向耶稣发誓!"

"我向耶稣发誓!"

"那你为什么来这里,小子?"

"来哪里?"

"田纳西啊。"

"我们到了?"

"该死,别打岔!"

"为那个女孩,先生。"

"哪个女孩?"

"和那个男人一起的女孩。"

"差点儿被人割断脖子的女孩?"

"是的,先生。"

"她怎么啦?"

"她住在这里。"

"谁说的?"

"那男人说的。"

"拿刀子的那人?"

"是的,先生。"

"那又怎么样?"

"我认识她。"

"那个女孩?"

"是的,先生。"

"你认识那个女孩?"

"她叫奥罗拉。"

"奥罗拉。"

"我认为是。"

"你认为是?"

"有段时间没见她了。"

"多长时间?"

"我们那时候还小。"

"噢,上帝啊——"

"在另一个国家——"

"出来。"

"真的,先生?"

"你不是魔鬼。"

"不是,先生——"

"只是个傻子。"

"不是,先生——"

"最糟糕的一种傻子——"

"不是,先生——"

"恋爱的傻子。"

"不是,先生,我——"

"到那边树林里撒个尿。还有那条该死的狗!回来以后坐前面。我们要开车进城,给你找点吃的。"

"谢谢您,先生,太感谢了!"

"小子,干吗谢我?你竟然在后备厢里憋了两天——为了一个女孩。"

他吃吃笑着说:"你要真是魔鬼,混得会比现在舒服。"

## 29

**1952 年**

现在,我们得紧赶一下了。(或叫"弱起",即一首歌中的一组冲向第一个强拍的音符,就像《祝你生日快乐》中的"祝你"。)

与无毛狗重新团聚之后,弗兰基逃离孤儿院。在随后几个月中,他在底特律的黑洞区找了份工作,虽然年纪小,却跟几支爵士乐队搭班表演夜场,为自己和无毛狗换来几盘吃的,还有地下室的一张床垫。就是在那里,他结识了小号手马库斯·贝尔格雷夫,与他的四重奏乐队一起表演,而且一天晚上,他以令人瞠目的吉他演奏速度,分散攻击者的注意力,从对方手中救下一个金发女孩。

而且,尽管金发女孩如今看起来长大了很多,可弗兰基还是相信,她就是奥罗拉·约克,树林中的女孩。拿刀子的男人已经承认,他也刚遇到她,说她是从田纳西来这里的。正是为她,弗兰基才藏进一辆去南方的车里。

接下来他知道的是,他睡到了马库斯的堂哥汉普顿·贝尔格雷夫的沙发上。

每个人此生都会加入乐队。

有些是出于偶然。

钻进后备厢六个月之后,弗兰基得到第一个单独表演的机会,希望能借此机会把奥罗拉吸引到他身边:在纳什维尔的一家汽车专卖店前演唱。

车,车,车,
我们有车,车,车……

拉特兰·瓦因斯,瓦因斯精品凯迪拉克汽车店的老板,是一位秃顶、双下巴的商人,喜欢用手指勾着吊带裤的带子。在他的机修工汉普顿·贝尔格雷夫(就是他无意间将男孩运到田纳西的)的推荐下,他雇了弗兰基,希望能招徕顾客。

"我的凯迪拉克和施美汽车行的凯迪拉克没什么区别,"拉特兰说,"唯一的区别,我以为,就在于我提供的用户体验,明白吗?"

弗兰基并不真正明白。但汉普顿说那人会付给他钱,这一点他是明白的。

"就弹那种悦耳的教会音乐,唱点福音歌曲,像瑞德·佛利[1]那样的,但也来些像田纳西·欧尼·福特[2]那样的山地摇摆[3],也许再来点酒吧音乐[4]。"拉特兰指点道,"逗他们开心,明白吗?"

弗兰基点点头。

"而且你得打扮像样。给自己搞条漂亮的领带。头上来点发蜡。你

---

[1] Red Foley (1910–1968),美国歌手、音乐家,对二战后乡村音乐的发展做出重要贡献。
[2] Tennessee Ernie Ford (1919–1991),美国乡村歌手和福音歌手、演员。
[3] Hillybilly boogie,融汇乡村音乐与黑人音乐特色而成的一种流行歌曲。
[4] Honky-tonk,是指在酒吧演奏的乡村音乐。

头发太多,乱蓬蓬的。听见了吗?"

那天晚上,回到汉普顿的家,汉普顿在炖猪肉玉米洋葱汤,弗兰基则一动不动地坐在收音机旁。汉普顿已经给堂弟马库斯打过电话,对方确认,弗兰基的的确确不是魔鬼,此后几个月,两人就在一起住。

汉普顿身材矮胖,短脖子,粗臂肘,喜欢吃甜蛋糕,戴圆顶礼帽,听布鲁斯。虽然他靠修车谋生,可一直梦想搞音乐。他会吹点口琴(他出生时,从我这儿拿走了点儿才华)。晚上,他放唱片,弗兰基则跟着弹。

"小子,你耳朵真好,"他对弗兰基说,"听到就会弹。"

那天晚上,弗兰基打开收音机,从一个台调到另一个台,自学各种乡村音乐快歌。播音员所谓的"酒馆音乐"或"山地音乐",大多很简单,三四个和弦,挑选低音音符,随手弹就是了。但那些歌手不好模仿,他们唱出抑扬婉转的颤音,或者拖着长腔以南方口音演唱歌词。可是弗兰基依然喜欢这样的音乐,因为歌中有故事,关于忧伤,关于爱情,关于借酒浇愁。而且,比起老师过去让他练习的海托尔·维拉-罗伯斯的十二首练习曲来说,要简单多了。

"约德尔—哩—咦—嘿—吼。"弗兰基唱着,努力模仿埃尔顿·布里特[①]创作的名为《铃声响》的歌曲中的约德尔式[②]发音,"约德尔—哩—咦—嘿—呵——"

汉普顿拎着一把大汤勺冲进来,啪的一声关掉收音机。

"别唱了!你要把我逼疯了!"他摇着头,"孩子,穿上衣服。我要带你去个地方,让你见识见识真正的音乐。"

无毛狗站起身。

"不能带狗。"汉普顿说。

那狗又坐回去。

---

[①] Elton Britt (1913–1972),美国歌手、乡村音乐吉他手和词曲作家。
[②] Yodel,瑞士民间小调的一种真假嗓音反复交替的演唱方式。

"约德尔唱法,"汉普顿嘟囔着,"上帝保佑这个世界吧。"

那天晚上,汉普顿领着弗兰基走过纳什维尔的一条条街道。他们经过一栋叫莱曼礼堂的红砖建筑。"这是录《奥普利乡村大剧院》的地方。"汉普顿说,"这里的节目全国各地都在听。这地方能让你家喻户晓。"

"我能在这儿演出吗?"

"我想你行,只要让人看到你弹得有多快就行。"

汉普顿揉一揉下巴。

"你想在这儿演出?"

"当然啦。"

"那好吧。说不定你会呢。"

他领弗兰基走到印刷工巷,那是夜总会聚集的地段,演出特色为乡村音乐。门开处,他们听到小提琴与吉他和大贝司交汇的声音。

"听到那声音了吗?"汉普顿问。

"我们能进去吗?"

"你可以。有色人种的夜总会得过了那街区才到。"

汉普顿经常说起"有色人种"的规矩,弗兰基不太明白,但知道那不公平,他连美国人都算不上,可他能进的地方,汉普顿竟然不能进。

"那我们还是去别的夜总会吧。"弗兰基说。

汉普顿笑了。"好吧,孩子。但是你在那儿听到的音乐,可不能在汽车店演奏。不然拉特兰会把你扔出去,摔你个屁股蹲儿的。"

那一夜,汉普顿带着弗兰基,从杰斐逊街一头走到另一头,去了名叫"夜总会巨头""戴尔摩洛哥""马塞奥""糖山"和"皮威"的地方。那些音乐,听得男孩眼珠子都快瞪出来了:散漫的吉他和贝司,咆哮般的演唱，十指仿佛且跑且走的钢琴手。有欢笑，有哭号，人们从座位上站起身，摇晃着屁股，或者吼着："来，来，来！"弗兰基喜欢极了。那感觉就像音乐和观众共聚同一个舞台上。就连头戴圆顶礼帽的汉普顿也上去跳了一会儿舞，回来时满头大汗，像摇扇子那样摆着手。

"喂，我说汉普顿，这孩子是谁？"一个男人端着酒溜达过来，问道，"你给自己找了个白人儿子？"

汉普顿哈哈大笑。"皮蒂，就算把这城里大多数乐手都捆在一起，都不是这孩子的对手。我要做他的经纪人，让他进奥普利。"

"做他的经纪人？"

"没错。"

"你可是汽车维修工啊。"

"暂时是。"

"你懂音乐？"

"懂得够多了。"

"你什么时候开始给他做经纪人？"

"等他找到他要找的东西。"

"他要找什么？"

"他这年龄的孩子都在找什么？"

他们发出一阵爆笑。弗兰基感到脸上发烫。

当然，弗兰基没有忘记他来纳什维尔的原因：寻找奥罗拉·约克。他确信她就是底特律夜总会里的那个女孩。可他没想到，这个城市会有这么大。对弗兰基而言，世界正不停地扩大，其中的每个人也变得越来越难找。

每个工作日上午,他都会沿着纳什维尔的商业街走来走去,在每家商店停下,打听一个叫奥罗拉的女孩。许多人问他有没有照片。

"没有。"他答道,"但她说话怪怪的,有英国口音。"

"孩子,你说话也怪怪的呀。"他们会回答。但是仍然没有人想起她。不久,商店他都打听遍了,他便开始敲人家的门,询问做母亲的或老太太们,见没见过一个和他年龄相仿的金发女孩。他接下凯迪拉克经销店的工作,告诉每个人,他来自西班牙,希望有人能捎个话给奥罗拉。当然,她也一定会对来自西班牙的吉他手感兴趣的。

天热起来,弗兰基注意到,别的十几岁的男孩坐着敞篷车,驶向游乐园或湖边。他感到寂寞的煎熬。汉普顿人很好,但他老了,妻子已经过世,儿女星散各地。上班的地方也没有人真正同他说说话。只有那条无毛狗给他希望,相信美好的日子终会到来。弗兰基整天和那条狗一起玩耍,在地上打滚,挠它的耳后。

当然,当他真的很难过时,他就弹吉他。一小时又一小时。一天又一天。练习,演奏,再练习,磨砺他在杰斐逊街的夜总会听到的布鲁斯旋律。对我的门徒而言,地图很简单。所有孤寂的道路都指回音乐。我拥抱你。我宽恕你。

我永远不会离开你。

人类能说这样的话吗?

一天,弗兰基站在汽车专卖店门前,演唱拉特兰特别喜欢的一首福音歌曲,题为《终有一天》。

　　诱惑,隐藏的罗网,

常在不知不觉间将我们捕获，

我们心痛滴血，

为无心的言行，

不明白，当我们竭尽全力，

为何还要面临考验，

但是终有一天，我们会更加明白。

一辆车停下来，从副驾驶一边走出一个戴牛仔帽的瘦高男人。他从一只长颈瓶中喝了一口，然后抬起胳膊抹一抹嘴。弗兰基注意到他的耳朵向外支棱着，双唇线条薄得奇怪，仿佛是从脸的一侧画到另一侧的。

那男人把胳膊搭在汽车引擎盖上，随着弗兰基的歌声点着头。

"你不来吗？"司机问他。

"你先进去，看他们有什么车。"男人说，"我在这儿听音乐。"

那朋友走进去，和拉特兰说话。弗兰基唱完，男人鼓掌。

"在车行唱，这活儿不怎么样啊。"

"是啊，先生。"

"能点歌吗？"

弗兰基左右看看，没有别的顾客。

"可以，先生，要是我会的话。"

"给我弹一首你会的最忧伤的歌。"

弗兰基犹豫着。天很热，他感觉汗水顺着太阳穴流下来。

"您为什么想听忧伤的歌呢？"

男人又从长颈瓶里喝了一口。"忧伤的歌比欢快的歌更真诚，你不觉得吗？"

"欢快的歌也可以真诚，要是你快乐的话。"

男人从鼻子里笑出来。"孩子，你是从哪儿来的？"

"西班牙。"他答道,想到奥罗拉。他瞧了一眼,看拉特兰有没有看他。"这一首是我家乡的忧伤的曲子。"

于是他弹起 *Lágrima*,那位与他同名的作曲家弗朗西斯科·塔雷加的曲子,那首他妈妈哼过的曲子,那首他听塞戈维亚演奏过的曲子,那首塔雷加因思念家乡而创作的曲子。

那首名为"泪"的曲子。

高个子陌生人聚精会神地听着,他盯着沥青地面,仿佛上面有个可以看穿的洞。

弗兰基弹罢,陌生人挠着眼睛上面。

"我说孩子,不错,很不错。"他抬起头,"你确实明白,你在这儿干挺屈才的,对吧?"

"您可别告诉拉特兰先生,我弹了那一首。"弗兰基恳求道。

高个子男人诡秘地一笑:"我会替你保密的。"他走近弗兰基,"我能试试那把吉他吗?"弗兰基朝店里瞟了一眼。

"没关系,孩子。"男人说,"你老板不会介意的。"

弗兰基递给他。

"很结实的乐器。"男人边检查边说。

"是的,先生。"

"木质好。琴颈牢固。但是商标盖起来了。为什么会这样?"

"不知道,我拿到的时候就是这样。"

男人耸耸肩。"那好吧。这是我知道的最忧伤的曲子。"

他唱起一首歌,歌名叫《我孤独得快要哭了》。歌中唱到火车的汽笛声,漫长的黑夜,哭泣的鸟儿,躲在云后的月亮。每一段都以歌手诉说他多么孤独而结束,听到最后,弗兰基觉得自己也快哭了。

"感觉如何?"一个和弦落下,男人问弗兰基。

"这歌是您写的吗?"

"那当然。"

"好忧伤啊。"

"跟你说过了嘛。"

"是写给谁的?"

"我妻子。但她已经不是我妻子了。"他咳嗽起来,"你有女朋友吗?"

"我正在等她。"

"在这儿?"

"是的。"

"你可能得等一阵子呢。"

"您真是位出色的歌手。"

男人咯咯笑起来。"孩子,你不知道我是谁,是吧?"

"不知道,先生。您是谁?"

男人朝店里瞅一眼,冲同伴挥挥手,然后回头看看弗兰基,咧开嘴笑了。

"卢克。"他说着,伸出手,"漫游者卢克是我录唱片时用的名字。"

"您录唱片?"

"偶尔。"

弗兰基握着他的手。"我是弗兰基·普雷斯托。"

"想帮我挑辆车吗,弗兰基·普雷斯托?"

突然间,拉特兰从店里冲出来,弗兰基从没见过他笑得如此灿烂。弗兰基觉得,他看起来像个小孩子,粗短的双腿又蹦又跳地冲他们跑来。

"您好——啊!"他呼喊着,抓住那男人的手,"我不敢相信!威廉姆斯先生,太荣幸啦!我是说,我是您的信徒——您音乐的忠诚信徒。您是我们这时代最伟大的唱片艺术家!是的,先生!噢,天哪!噢,老天哪!汉克·威廉姆斯!"

高个子男人转头冲弗兰基眨眨眼。

"我太激动了——太荣幸了——我已经说过了,是吧?——但这是真的。"拉特兰滔滔不绝,"我很荣幸能卖给您车,先生!一辆凯迪拉克,当然啦!我们最好的!"

男人调整了一下帽子。"蓝色的你有吗?"

于是,他们沿一排排车走过去。拉特兰一刻不停地说着,问起这首歌或那首歌,《嘿,美人》《再向前》《冷冷的心》,还有一首歌,叫《我看到了光》,拉特兰说他们教堂合唱队以前唱过。

"旋律美妙,汉克,而且充满圣灵!"

戴帽子的男人手指滑过每辆车的引擎盖,直到看到一辆浅蓝色的车子才停下。

"喔,我说,这车漂亮。"他说。

"这辆可以考虑。"他的同伴说。

"没有比这更好的啦,汉克。"拉特兰赶紧附和。

"你觉得怎么样,弗兰基·普雷斯托?"男人问。

弗兰基感觉大家都在看他。他把吉他转到背后,一只手放在引擎盖上。一阵冰冷骇人的感觉袭来,他脸色一沉,感觉仿佛被震了一下,立即抽回手。

"怎么啦,孩子?"卢克——或者说汉克——问他。

"别买这辆车。"弗兰基咕哝道。

"怎么啦?"

"别买这辆车。有种不祥的感觉。"

"噢,天哪,他懂什么,他只是个笨孩子。"拉特兰说着,狠狠地剜了弗兰基一眼。"不管怎么说,今天是他上班的最后一天。小子,回你岗位上去。"他挤出一团微笑,"太抱歉了,汉克。我肯定我们可以做一笔极好的交易。这是一辆很棒的车。凯迪拉克。只有最好。"

戴牛仔帽的男人冲弗兰基耸耸肩,弗兰基背着吉他,慢慢走开。

一小时后,他们办完手续,两个人从办公室出来,回到他们车上。弗兰基独自站在太阳下,随手弹着和弦,强忍着不哭出来。他不想失去这份工作。究竟怎样奥罗拉才会看到他呢?

"我们这就上路了,弗兰基·普雷斯托。"男人说。

"您买那辆车了?"

"买了。"

弗兰基垂下眼睛。

"一辆车而已。你老板给了个好价钱。好价钱不常有。省下的那笔钱我可能不缺,但是我欠了人情的那个人肯定缺。"

男人为自己的玩笑轻声笑起来。弗兰基没吭声。男人伸手从衣兜里掏出一个小药瓶。他放进嘴里一片,用长颈瓶里的东西冲下去。然后,他滑进副驾驶座位上,关上车门,胳膊搭在车窗外。

"先生?"弗兰基说。

"嗯?"

"您到底是谁?"

男人挠一挠鼻子。"孩子,你想靠音乐谋生,就得有多重身份。有的身份你会喜欢,有的就不那么喜欢。"

他冲着商店朝后一摆头:"走之前,别忘了去拿老板给你的信封。"

车开走了,尾气管喷出一小缕烟雾。突然间,一片寂静。太阳炙烤着大地,没有一朵云彩缓和阳光的炽热。弗兰基又弹了一会儿。六点钟的时候,他走进办公室,拉特兰显然还在生他的气,他递给弗兰基一只信封,告诉他别再回来了。

"我根本都不该给你这个。"他说,"你差点搞砸了我这单生意。你要是还想在任何地方干的话,最好学点礼貌。"

走回汉普顿家的路上,弗兰基停下来,坐在路边。他心里难受。他害怕听到汉普顿知道他被炒掉后会说什么。他一开始就不该跟汉克或卢克说话。

撕开信封,他张大了嘴巴。信封里装着一百零七美元,那是卖出那辆凯迪拉克的佣金,汉克·威廉姆斯坚持要付给弗兰基一个人,而不是别人。弗兰基长这么大,从没见过这么多钱,比他在车店上半年班挣的都要多。

他还发现一张纸,上面潦草地写着一段歌词:

向日葵只等待阳光。
紫罗兰只等待露珠。
蜜蜂只等待花蜜。
甜蜜爱人,我只等待着你!

下面是一句话"祝你能等到女友",签名是"汉克·威廉姆斯"。

六个月之后,在一九五三年新年的凌晨时分,汉克·威廉姆斯在那辆淡蓝色凯迪拉克汽车的后座上静静死去,血液中含有吗啡。司机要送他去参加一场演出,在加油站停车时,发现那位歌手躺在一条毯子下面,浑身冰冷,没有反应,死时年仅二十九岁。

弗兰基在那辆车的引擎盖上感到的,就是我的预言,我想让他传达,死神在等待,那位歌手要改掉劣习,放慢速度,戒酒禁药。你觉得我多管闲事?为什么?我告诉过你,我爱我的门徒。我告诉过你,最令我伤心的,就是那些为时过早的拜访。我告诉过你,我可以看到所有的未来。偶尔展示一下这样的法力,难道出格吗?难道我就该一直袖手旁观,任由音乐死去吗?

## 30

1969年

此时,天已经黑下来,弗兰基跌跌撞撞地穿过伍德斯托克的人群,直到再也看不到那女人的紫色旅行车。天下过雨,他的脚在泥中蹚着。他挪了挪背上吉他的位置。舞台。他得走到舞台。舞台在哪儿?他怎么会迷路得这么厉害?他听到一阵狂笑,转过身,看到一群年轻人正滑进泥潭,泥浆溅到身上时,他们便发出尖叫。

"我是泥巴王!"一个青年喊道。

弗兰基吃力地走着,经过一个分发红肠三明治的男人,一群共用一只水壶喝水的人。飞舞的蠓虫淹没了他的脑袋,他抡起鸡蛋盒拍打它们,身体左旋右转,仿佛在一个陌生而崎岖的行星上航行,路过一顶顶临时搭起的帐篷,一排排睡袋,一个在池塘里赤裸着身子给两个孩子洗澡的母亲。

他的脑子依然混沌,看到一长队人,便排在队尾,估摸前面的人会为他引导方向。

"哥们儿,你要打给谁?"

"嗯?"

一个满脸雀斑的男人咧着嘴冲他笑。他光着膀子,胸毛浓密,牛仔裤的腰带把他松弛的腰勒得涌出一圈肉。

"这是排队打电话的,伙计。你要打给谁?"

"排队打电话?"

"是啊,他们让我们免费打电话。我给我家老婆子打。我本该昨天回家的。"

弗兰基感到脸上冒汗。他转了转下巴。不知那女人给他吃的绿药片是什么,现在开始发挥效力了。他的骨头仿佛一根根脱了节。

"哥们儿,你也想回家?"

"舞台。"

"你要表演?"

"嗯哼。"

"远着呢,远着呢!"

那人眯起眼。弗兰基也眯起眼看他。

"嘿,哥们儿?"

"嗯?"

他朝弗兰基身后指指。

"舞台在那边。"

## 31

1953 年

"舞台就在这门后面。"汉普顿小声说。

弗兰基点点头。

"你进去,只管弹就是。你弹那么快,他们不会拒绝你的。"

那是炎热的一天,以轻快的 2/4 拍,速度为 vivace(活泼地)——生机勃勃,但是 sostenuto(持续地),延长地。汉普顿和弗兰基站在奥普利大剧院外,等待试音。此时,弗兰基十七岁。自从来到纳什维尔,他已经学了很多乡村音乐,还长高了两英寸,现在看起来更像男人,而不是男孩。汉普顿告诉他:"我觉得你已经准备好,可以登上最大的舞台了。"

为了这次试音,他给弗兰基戴上一顶灰色牛仔帽,穿上一件镶花边的白色运动外套。这些行头花去汉普顿一周的薪水。我应该提一句,这位修理工要求做弗兰基的经纪人,虽说弗兰基不大明白这职位是干什么的,他还是痛快地答应了。他喜欢汉普顿,而汉普顿给他饭吃,让他听自己的收音机,弗兰基也确实无法拒绝。

"就像你在底特律那次那样弹。他们不可能拒绝的。"

"好。"

"你是世人见过的弹得最快的。"

"好吧。"

汉普顿好像很紧张。又一个小时过去。弗兰基想敲门，但是汉普顿不让。"我们不要显得太莽撞。他们会来叫我们的。"

最后，太阳开始西沉，一个穿西装的男人从前门出来。弗兰基跑上前，说："打扰一下。"他问那人，是不是很快会有人出来招呼他们。

"试音是在南门等。"那人说，"转过墙角。但是他们现在都走了，你得下周再来。"

弗兰基瞥一眼汉普顿，汉普顿张大嘴巴。弗兰基转回身，对西装男人说：

"先生……能否给我点什么，好证明我们来过这里？为下一次试音？这样我们也许可以排第一号。"

那人上下打量他一番，咧开嘴笑了。他伸手去掏衣兜，拿出一张名片。

"我只有这个，小伙子。"

那人走了。汉普顿咒骂着，摇着头。等错门了？

"没关系，汉普顿。"弗兰基说，"咱们下周再来试。"

但是老人一直咕哝着，懊恼自己出了差错。他不停地出汗，回家路上，摇了好几次方向盘。后来，在红绿灯拐弯的时候，他抓着自己的胳膊，向车门倒过去，车子歪斜着，冲向路肩。

"汉普顿！"弗兰基尖叫着，抓住方向盘，拼命要控制住方向。"怎么啦？汉普顿！嘿！"他抬腿跨过汉普顿的腿，吱的一声踩住刹车。

"哦，不，不，不，不！"弗兰基恳求着。他拉开汉普顿的衣领。汉普顿的眼睛朝后翻去。他呻吟着。弗兰基冲窗外大叫："救命！医院在哪儿？"

几分钟后，他揽着汉普顿的胸膛，拖着老人穿过一个双开门。他不停地喊："你会没事的，会没事的。"但是进了门，他又大叫起来："救命！"一个护士跑出来帮他，但是一个留寸头、胸脯粗壮如桶的医生举起手。

"慢着，"他说，"你得送他去有色人种医院。"

"拜托!"弗兰基喊道。

医生摇摇头。"有色人种医院会照顾他的。"

"可他情况很危急!"

"那你最好赶紧去。"

弗兰基呼吸加快。他使劲闭上眼睛,感觉心中什么东西绷断了。也许是由于巴法,也许是由于老师,或是由于从来没有找到的母亲,或是他一生中所有被剥夺的珍贵的东西,他感到一种力量在鼓胀,双耳之间响起一个声音,如同一声愤怒的滑奏,从键盘一头驰向另一头。

他不会再失去汉普顿。

"现在你听着,"他说着,冲上去,离医生只有几英寸,"我是刚从奥普利大剧院来的。他也是。他是个很重要的人。"

医生扑哧笑了。"你们从奥普利大剧院来?"

弗兰基从兜里掏出名片,拍到医生手中。

"没错。我星期六晚上在那里演出。如果你马上给这人看病,我会免费送你四张前排的票。"

这样说的时候,弗兰基感觉像在听别人说话。这些话他是从哪儿找到的?

医生看着名片,抽动着鼻子。那是一位主办高端活动的经纪人的名片。

"你真要在奥普利演出?"

"你瞧我的服装。"弗兰基说。

医生努了努嘴,冲护士点点头。

"去后面。"他说。

几小时后,弗兰基坐在床边,轻轻拨着琴弦,浑然天成的节奏,一段布鲁斯旋律氤氲而成。

"接着弹,孩子。我听着好受些。"

汉普顿·贝尔格雷夫,在七十七岁的年纪心脏病发作,好在他得到及时治疗,病情已经稳定。他会活下去的。

"你真答应给医生票了?"汉普顿压低声音说。

弗兰基点点头。

"去看一场没有你表演的演出?"

"是啊。"

汉普顿笑了,摇着头。

"你比我在后备厢里发现你的时候机灵多了。"

弗兰基弹出一个和弦。汉普顿哽咽了。

"要不是你,天知道我会怎样呢?"

"你会没事的,汉普顿。"

"多亏了你。"

"哪里。"

"现在我睡一会儿,也许祷告一下。"

那位老维修工闭上眼睛,所以下面发生的事他没有看到:弗兰基吉他上的 D 弦变成火焰般的蓝色。弗兰基盯着它,感到一阵寒战流过双臂和双腿。你一直想知道我这孩子的故事的关键段落吧?这是其中之一:

在寂静的病房中,听着老人的呼吸,弗兰基·普雷斯托终于明白,不知何故,通过这些琴弦,他将生命握在手中。

༺

两周后,汉普顿体重轻了八磅,出院回家。他让弗兰基坐下,对他说,给一个乐手当经纪人,对自己而言,显然太吃力。"也许你该找个脑子更好使,能应付这些事的。"

弗兰基很难过。他喜欢汉普顿,他希望能看看奥普利大剧院里面是什么样子。可实际上,他并不喜欢那身牛仔装扮。再者,他一直没有在纳什维尔找到奥罗拉·约克,而这是他来这里的初衷。他打听到的最接近的消息是,在哈维百货商店的化妆品柜台,一位中年妇女记得,有个带英国口音的金发姑娘说,她要搬到新奥尔良去。

这不是多大进展。

可也算点进展吧。

于是,在奥普利那件事过去几个月后,一天早上,弗兰基从汉克·威廉姆斯给的信封中取出二十美元,把剩下的藏进汉普顿的抽屉里,以此感谢汉普顿对他的照顾。然后,他戴上墨镜,给老人一个拥抱,离开了——背着吉他,提着手提箱,带着那条无毛狗——去了灰狗长途汽车站,买了一张去新奥尔良的单程车票。

他上车时,司机说:"禁止带狗上车,盲人除外。"弗兰基急中生智,向前伸着手,说:"你以为我干吗要戴这副眼镜?"他和那狗被允许上车。汽车开动。坐在对面的一位老太太轻轻拍拍他的胳膊,将一张十美元的钞票塞进他手里。"愿上帝助你度过苦难。"她说。

弗兰基向那女人表示感谢。他听到那狗呜咽一声。他奇怪,为什么在他人生中最不寻常的时刻,人们总要提到上帝呢。

## 32

**1954 年**

关于那条狗。

弗兰基如今已经十八岁,这就意味着,他那位四条腿的伙伴年纪更大。对于犬类的生命而言,这很罕见。但它是一只不同寻常的动物,它的寿数明显是由需求,而不是由年龄来决定的。那条狗在河边出现,是为把弗兰基从河里拖上来。它在沙丁鱼厂出现,是为分散士兵的注意力。它在巴法被捕后出现,是为给弗兰基做伴。而在底特律,不管它是怎样出现在孤儿院外的,是因为那时弗兰基迫切需要一个朋友。

到新奥尔良后,弗兰基晚上与嘟喔普①乐队和爵士四重奏合作,挣钱谋生,那条狗就在旅馆房间里等他。白天,它跟弗兰基走街串巷,弗兰基进商店打听奥罗拉,它就在店门外等。每次那孩子打听不到消息,垂头丧气地出来,那条狗便站起身,耷拉着舌头喘息着,陪他走向下一站。

但是,接近一九五四年年尾的时候,弗兰基注意到他的伙伴行动迟缓下来。在大街上穿行,或在横跨密西西比河的修伊·朗大桥下的高草中逡巡时,它用的时间越来越长。在那座桥下,伴着头顶上呼啸来去的火车声,弗兰基每天练三个小时的琴。他对节奏与布鲁斯技巧的掌握已

---

① Doo-wop,一种流行于 20 世纪 40 年代至 60 年代的重唱形式,经常是四至五人组成重唱小组,由一人担任领唱,其他人以密集和声作伴唱。

经相当娴熟，伴着车轮与车轨相接处的空隙相撞时发出的节奏，信手而弹。无毛狗听到火车的声音，则会抬头看。

"嚓库嘀、嚓库嘀。"弗兰基唱着。

但是最近几周，无论弗兰基弹什么，都无法让那条狗把脑袋从爪子上抬起来，甚至连模仿年轻猫王的高亢颤音，或模仿他在新唱片《没关系（妈妈）》中擦洗般的节奏，也无济于事。

"你真是难伺候的听众。"弗兰基说。

狗打了个喷嚏。

"你想听什么？"

狗眨眨眼睛，直盯着他。

"嗯？好听的慢歌？"

弗兰基靠在一棵树上，轻轻拨动琴弦，开始练习 II–V 级和弦变奏。空气暖洋洋的，太阳躲在一片白云后面。弗兰基记忆飘荡，不知不觉间，他弹起《你会记得吗？》，那支他为纪念埋葬于西班牙泥土中的死难者弹过的曲子。这曲子他已经很多年没有弹过，却惊讶地发现，它竟如此轻易地回到他脑海中。那简单的旋律抚慰人心。无毛狗打了个大大的无声的哈欠。

弗兰基弹完，狗走向他，弗兰基挠挠它的耳后。狗舔舔他的手指。

"谢谢啦，"弗兰基笑着说，"你舔得我到处黏糊糊的。"

狗转回身，向河边走去。浑浊的河水流得很急。

"嘿，当心！"弗兰基叫了一声，往前一探身。然而，破天荒第一次，那狗转过头，冲他咆哮，弗兰基往后一退，大惑不解。

有些曲子，需要你重新从头开始演奏；有些曲子，你从来就没弹对。可一旦一曲结束，你便无能为力。

那条无毛狗纵身跃入河中，游走了。

弗兰基无力地呆望着，但不知为何，他明白，不应当跟上去，只得眼睁睁看他最初三重奏中的最后一员，在密西西比河中顺流而下，渐渐消失。

片刻之后，他听到身后的高草窸窸窣窣地响起来。他转过头，迎着阳光眯起眼睛。他看到一个人影笼罩过来，微笑着。

"我听说，你一直在找我。"奥罗拉·约克说。

第三部

## 塞西尔·(约克·)彼得森

奥罗拉·约克的姐姐,伦敦经济学院退休数学家。

我们的父亲是间谍。

我们就是因此才到西班牙来的,亲爱的。他在二战时期就当间谍,认为在这儿比在英国安全。我想,考虑到伦敦大轰炸,他说得倒也没错。父亲曾为英国情报处的坚韧行动[①]效力。实际上,这项行动十分有名。他们佯装盟军正计划对其他地区进行更大规模的袭击,以分散德军进攻诺曼底的兵力。哦,是的,亲爱的。关于这件事他们写过很多书,你可以去查查。

父亲和一个受德国人信任的西班牙双面间谍合作。一切行动都卓有成效——可对我们家不是。父亲将我们留在瓦伦西亚附近的一座小房子里:母亲、奥罗拉和我。后来他永远抛下了我们。一九四五年,诺曼底登陆八个月之后,父亲被人暗杀。他们在巴塞罗那一家旅馆的房间里发现了他的尸体,是用电线勒死的。我猜想他是被出卖了。这事永远搞不清楚,过去父亲常说:"保密是我们选择的生活的一部分。"

妹妹和我很不一样。奥罗拉生性不羁。她打扮怪异,衣服混搭;早上起来一睁眼就爱满屋子跳舞;喜欢爬树,在雨中奔跑,往脸上抹番茄酱,

---

[①] Operation Fortitude,1944年盟军谍报机关为实现诺曼底登陆而精心策划的声东击西的诈攻行动的代号。

诸如此类吧。我呢，学习更用功，规规矩矩，喜欢衣服干干爽爽的。我想是随我妈妈吧。我痴迷数字，数学，科学。我更喜欢井井有条。奥罗拉喜欢乱七八糟。

你可以那样描述奥罗拉和弗兰基。乱七八糟。

准确地说，在见到他几年之前，我就听说了"弗朗西斯科"这名字。我妹妹很小的时候遇见他，在这里，西班牙的树林里。我不知道那天下午他们说了什么，做了什么，但不管是什么吧，从此她张口闭口全是他。她会说："有一天，等我和弗朗西斯科结了婚……"或者，"等我和弗朗西斯科有了房子……"说实话，那时候我以为弗朗西斯科是她想象出来的。当时她才七八岁，而你知道小女孩是什么样。总之，作为间谍的女儿，在我们家里，真实和谎言经常难以分辨。

直到她在美国离家出走，我才意识到，"弗朗西斯科"是个真人。那时候奥罗拉十几岁，那年夏天，她跟我母亲和新继父去田纳西参加一场医学会议。继父是医生，苏格兰人，脾气极坏。他和奥罗拉老打架——她十分讨厌母亲用别人取代父亲——那次旅行，他们俩吵得天翻地覆。她有只黄色的手提箱，等母亲回到旅馆房间时，箱子不见了，奥罗拉也没了踪影。他们在那里找了几星期，但最后还是放弃，回家去了。

我依然记得他们进门的时候，是两个人，而不是三个人。我深感被欺骗，仿佛他们开车带走我的一切，回来时却两手空空。我和妹妹仅剩的童年被继父夺走了。为此我永远不能原谅他。或许我也一直没有原谅奥罗拉丢下我和妈妈，让我们独自面对那个男人。

之后几个月，我们收到她寄的明信片，说她很好，但是细节却少得可怜，只说她相信"弗朗西斯科"也在美国的什么地方，她能感觉得到。这话我没在意，以为又是我那疯疯癫癫的妹妹胡言乱语。老实说，我真不知道她是怎么活下来的。

后来，一九五五年的一天，她打电话到我们在伦敦的公寓。那年我肯定是二十三岁,所以,她应该是多大,十八或十九岁吧?电话是我接的,只听她说:"塞西尔,你得来一趟。我要结婚啦!"连声问候都没有。听到她的声音,我愣住了,说:"奥罗拉?真的是你吗?"她说:"塞西尔,他终于找到我了。"我说:"谁找到你了?"她说:"当然是弗朗西斯科呀!"

他们俩就是这样。长时间没有见面——然后是疯狂的炽热的恋爱。我确实相信,她和弗兰基是天生一对,虽说聚少离多。仿佛有什么秘密将两人捆在一起,这使他们大多数时候极为开心,其他时间则非常疯狂。

但是不是相爱呢?哦,是的,亲爱的。弗兰基和奥罗拉比我见到的任何两个人都爱得更深,包括我自己的婚姻,我已经结婚四十二年了。我记得弗兰基练琴或作曲的时候,奥罗拉会从他身后亲亲他的耳朵——总是亲他的耳朵——他就会说:"奥罗拉的意思是黎明。"然后他们哈哈大笑起来,也不知道笑的是什么。他们俩偶尔唱二重唱。有一首关于火车的西班牙歌曲。火车——叮-当-啦-啦-啦,啦-啦-啦-啦-啦①。你知道这首歌吗?……我还以为,这是在西班牙……哦,好吧。

弗兰基快出名的那段时间,是他们俩最幸福的时光,那时候他们举行了婚礼。他们住在新奥尔良。我订了船票,去给奥罗拉当伴娘。我继父不准我母亲去。你能相信吗?他说:"这小贱人给我们惹的麻烦够多了。"说实话,那男人真让人恶心。

于是我一个人去美国,但是等我到了新奥尔良,才发现弗兰基和奥罗拉两个人都没有正式的身份文件,没法合法结婚。

这也挡不住他们。他们自己举行了婚礼——在法国区的一家夜总会……不,想不起叫什么名字了。但我记得婚礼是凌晨两点开始——在夜总会关门之后。有很多乐手在场。法兹·多米诺弹钢琴,他是弗兰基的朋友。还有好几位爵士乐手。

---

①原文为西班牙语。

那是我第一次听弗兰基表演。他才华横溢,真的,我明白妹妹为什么会迷恋他了。他的歌声像夜莺,魅力难以抗拒。当时,他和一群——是叫"嘟喔普"音乐吧——乐手合作。是的……正是……他们每个人唱不同的声部,一个极低,一个极高,一个中音。他们为我妹妹合唱了一首名为《大地天使》的歌曲。当歌中问道"你是否愿意属于我?"时,弗兰基当真单膝跪地。当他把一枚戒指戴在她手上时,奥罗拉哭起来。我真心为她高兴,她终归是我妹妹啊。奥罗拉快乐的时候,谁也比不上她快乐。她会抓住你的手,摇着你的胳膊,说:"好棒呀!"就像小女孩一样。

也许这正是她和弗兰基相互吸引的原因。他们小的时候,几乎不允许他们当孩了,所以等他们长大后,做事便经常,怎么说呢,就像孩子。我们还是明说吧。晚睡晚起。约好的事会错过。犯了错总是一笑了之,靠道歉应付了事。可他们不是孩子,对吧?问题就出在这里。

当她要长时间离开他时,我会训她,可她总有借口,说他需要忙他的音乐,或者她需要处理什么事。他给她寄钱,她会把钱退回去。他打电话,她会挂他的电话。她知道他有别的女人,但她并不为这担心。我会说:"如果他是你丈夫,你们就该在一起。"她会说:"哦,塞西尔,我们是在一起,只是分开住。"

他们守着很多秘密,这一点爸爸会赞赏的。但是很多事让我蒙在鼓里——包括那次惨烈的分手,到底为的是什么,到现在我也说不明白。我想他和那位女演员的婚姻更使他们的关系雪上加霜。这事让我很恼火,我连她的名字都不想提。我不知道弗兰基当时是怎么想的。你见过我妹妹年轻时候的照片吗?比任何女演员都漂亮,亲爱的。只要奥罗拉愿意,任何男人她都可以得到。她选了弗兰基。就是这样,真的。

你知道伦敦经济学院的拉丁语格言吗? Rerum cognoscere causas。意思是"了解万物的起因"。但是有关弗兰基和奥罗拉,有那么多事我不了解，所以对你的报道我帮不了多大忙。我只能证实，他是她许多快乐的原因——也是她许多痛苦的原因。也许因此，他以为我不喜欢他。每次他们来访，他都会拥抱我，说："塞西尔，让我给你弹支曲子吧。"我会说："算了，还是不用了。"我不会让他的音乐迷住我。艺术家相信艺术使所有行为都可以接受。我不同意。而且我也对他这样说过。

现在回过头想想，那样做也许很苛刻。但我一直是个实际的人。奥罗拉明白这一点。她以前经常笑着说："塞西尔，他还是不给你演奏音乐的好。你只要给那孩子和他的吉他几分钟，他就会改变你的一生。"

## 33

弗兰基和奥罗拉，本身就是一首交响乐。

我前面谈到过爱情和音乐，这对纠缠不休的二重奏。简单说来，在他所有的风流韵事中，无论和哪个女人在一起，弗兰基几乎都会感到空虚。

罪责在我①。

事实是，我不善于与人分享。我希望你们百分之百属于我。而你们，我心爱的侍从们，也想要我——哪怕牺牲别人。你们追随我进入孤独的琴房，遥远的舞台，深夜中烟雾缭绕的录音室，你们疲惫的十指敲击着琴键，困乏的双唇衔着吹口，不停演奏，离弃那些爱你们而你们也该回报以爱的人。他们会诱惑你们，而我对你们的诱惑更大。这是我索要的代价，也是你们要付出的代价。

弗兰基很早就看透了这一点。一天晚上，他和艾灵顿公爵在一起，那位著名的乐队领队让两位迷人的女郎在一辆很长的黑车中等待。

"你喜欢那些漂亮的女士吗，弗朗西斯科？"

弗兰基咧嘴一笑。

"我同意。她们很可爱。可音乐才是我的情人。你知道这意味着什

---

①原文为拉丁语。

么吗?"

弗兰基摇摇头。

"这意味着,明天早上,那些女士会离开,但我的钢琴还要留下。"

小时候,弗兰基不明白。成为男人之后,他完全明白了。几十年来,无论弗兰基与谁同床共枕,我才是他的情人。而且,我可以从任何人身边将他偷回来。

任何人。

除了奥罗拉·约克。

弗兰基还是孩子时,就爱上了奥罗拉·约克,从此再也不会像爱她那样爱一个人。就这么简单。他惦念她,追求她,而每次失去她,他就会再次追求。从西班牙树林中相识的第一天,到伍德斯托克决定性的那一夜,他们俩的爱,就是你们人类所谓的真正的爱情故事。

但所有的爱情故事都是交响乐。

而且,同交响乐一样,这些故事分为四个乐章:

- 快板,快速而活泼的开始
- 柔板,缓慢的转折
- 小步舞曲/谐谑曲,3/4拍的小步舞
- 回旋曲,重复的主题,插入变化多姿的段落

我一直清楚弗兰基和奥罗拉要往何处去。考虑到他的音乐天赋,他们怎么会不照程式来呢?

## 34

<u>1955 年</u>

第一乐章。快板。快速,活泼。它由西班牙开始,在路易斯安那加快速度。他们找了个住处,在新奥尔良一家杂货店上面租了套一室一厅的公寓。奥罗拉睡一张单人床,弗兰基则在另一个房间的长沙发上睡。在谈情说爱这事上,他还很腼腆,而且谨记奥罗拉的警告:"在此之前的统统不算。我们从头开始。"

每天晚上,桌上摆着红豆米饭,弗兰基对奥罗拉讲述他的历险,离开西班牙的航行,与强哥在码头上的邂逅,孤儿院,汉克·威廉姆斯和奥普利大剧院。她双手托腮,身体前倾,为他见识过的各种地方而惊叹。对于自己的旅行,她却很少谈起,弗兰基也不打听底特律那个大胡子男人,或者她可能交往过的其他男人。但是偶尔,在他早上练琴时,她会望着他,轻声哭起来。有一次,他问:"怎么啦?"她说:"为什么你不早点找到我?"他说:"那天晚上我追过你。"她说:"我那时没脸见你。"他说:"那挡不住我。"他便讲起他曾在不同城市,带着那条无毛狗,挨家挨户寻找她。

"谢谢你。"她说。

"谢什么?"

"谢谢你没有放弃。"

"我为什么要放弃?"

夜晚,他们有时沿密西西比河漫步,从一个纸袋内分吃油炸面饼。听到法国区夜总会传出音乐声,弗兰基会跟着唱,或者唱起从前比利亚雷亚尔的孩子们在城里追着火车跑时常唱的那首歌。

火车叮 – 当 – 啦 – 啦 – 啦
火车叮 – 当 – 啦 – 啦 – 啦

每当此时,奥罗拉就会开心地笑起来,头靠在他的肩上。弗兰基记起和吉他老师的一番对话:

"老师,怎么才知道自己恋爱了呢?"
"你要是这么问,就是没有恋爱。"
"您恋爱过吗,老师?"
"是谁创作的《阿尔罕布拉宫的回忆①》?"
"弗朗西斯科·塔雷加。"
"弹那首曲子必须用什么技法?"
"震音②技法。"
"这些才是你该问的问题。不要问关于爱情的问题。"
"震音是从哪儿来的,老师?"
"从'震颤'这个词来的。"
"震颤是什么意思?"
"发抖,颤抖。害怕或紧张。"
"什么时候会这样呢?"

---

① 原文为西班牙语。
② Tremolo,弗拉门戈吉他的一种演奏技法,也称轮指。

老师顿了一下。"当你恋爱的时候。"

⁓

弗兰基在新奥尔良创作了大量音乐，我注入那个城市的音乐比大多数城市都要多。他在布鲁斯乐队中客串演出，在露珠客栈演奏爵士乐。奥罗拉陪他去小酒吧和露天舞台，甚至还陪他去法国区一个电器商店后面的录音室。弗兰基在吉他演奏上多才多艺，在那里最受欢迎，录音室的老板会告诉他的顾客："无论你需要什么——presto!——这孩子都会弹！这就是为什么大家叫他普雷斯托！"

一个夏天的晚上，弗兰基正在录音室，一个瘦高结实、头发高耸、胡子稀疏的黑人来录几首歌。主要是布鲁斯歌曲，弗兰基很容易跟上，但是看得出，制作人对结果并不满意。录了几个小时后，他们中途休息。

这位名叫理查德·彭尼曼的歌手走进录音室后面的小巷，找人擦鞋。他好像很沮丧，弗兰基跟他出来。擦鞋的男孩六岁，叫艾利斯，十分喜欢弗兰基，因为弗兰基教他怎样在吉他上弹和弦。

"想把鞋擦得亮亮的吗，普雷斯托先生？"艾利斯问，但弗兰基告诉他，先给新来的人擦。

"谢谢。"理查德·彭尼曼说。

"别客气。"

"里面的是你女朋友吧？那个金发姑娘？"

"是的。"

"哇哦——"

弗兰基微微一笑。

"你自己也很帅哟。"那人说，"你演出吗？"

"主要弹吉他。"

"嗯——哼——"

"怎么？"

"没有谁是靠弹吉他出名的。要想成为大牌，最好是唱歌。站到台前。独立演出。"

奥罗拉走出来，说要去买冰淇淋。她问他们想不想要。

"来个图提芙露提甜筒怎么样？"那人问。

弗兰基笑起来。

"有啥好笑的？"

"图提芙露提。这是意大利语。"

"指的什么？"

"什锦水果。"

"嘿，以前知道就好了。"

"什么以前？"

"写我的歌以前啊。"

"什么歌？"

"《图提芙露提》。"

"关于水果的？"

"不是关于水果的！是关于，你懂的……"

他轻轻晃了晃脑袋，动了动屁股。

"想听听吗？"

就在那里，在擦鞋摊上，他唱了一段——响亮而快速的布吉伍吉①旋律。弗兰基点着头，眼睛瞪得大大的，连擦鞋童小艾利斯也咧开嘴笑起来。

弗兰基提议："也许，你该录这一首。"

---

① boogie-woogie，布鲁斯音乐的一种，流行于20世纪20年代，40年代再次复兴，其特色为左手平稳地重复弹奏8个音符的变格。

几分钟后,他就录起来。歌曲飞速拼凑而成,录音室里充溢着清晰可触的热情,理查德·彭尼曼高叫一声"啊——",来提醒萨克斯管乐手该独奏了。大家认为歌词太猥亵,于是录音室的一个女人飞速编出几段新词。十五分钟后,最后一首歌搞定。(快速创作,记得吗?我赋予你的天赋?)

《图提芙露提》(其中有弗兰基弹的一段即兴装饰音,但他没有署名)成为一张极为成功的唱片,造就了那位小胡子男人的事业,后来他以小理查德这名字为人熟知。

没有人注意到奥罗拉买冰淇淋回来了。

"我错过什么啦?"她问。

快板继续。就在圣诞节前,弗兰基靠音乐打工攒够钱,买了一枚小小的戒指,由一颗钻石将两颗心连接起来。第二天晚上,他和奥罗拉沿运河街漫步,经过梅森布兰奇百货商店。在那儿的橱窗里,按每年的传统,摆了一个用混凝纸浆做成的巨大雪人,名叫冰果先生,作为圣诞老人的助手。奥罗拉喜欢这个戴一顶小帽子、有一对圆圆黑眼睛的怪里怪气的作品。

"没有冰果先生,圣诞老人什么也做不成。"她脸贴在玻璃窗上,大声说。

弗兰基打开戒指盒。

"没有你,我也是什么都做不成。嫁给我,好吗?"

奥罗拉吃惊地吸了口气,泪水顺着她的脸颊流下来。我敏锐地意识到缺少音乐,但弗兰基永远那么可靠,他轻声唱起《大地天使》中的歌词,于是,这一刻圆满了。

大地天使，大地天使，
你是否愿意属于我？

"圣诞老人和冰果先生永远在一起。"奥罗拉轻声说。
"永远。"弗兰基说。
"无论顺境逆境。"
"无论顺境逆境。"
"好的，我嫁给你。"
他们甜蜜地亲吻着，她戴上戒指，弗兰基歪一歪想象中那顶混凝纸浆雪人的帽子，逗得奥罗拉哈哈大笑。

✧

他们安排在附近的教堂举行婚礼，但是直到距婚礼还有一周的时候，他们才意识到自己没有身份证件。弗兰基和奥罗拉都生存于社会边缘，两人都没驾照，挣的钱基本都是现金，而就我了解的情况（这类细节让我不耐烦），按程序申请证件要拖很久。

于是，他们取消了教堂的安排，借用一个朋友的夜总会，请一个上过神学院的小提琴手在凌晨三点零七分为他们的结合祝福。奥罗拉的姐姐塞西尔是她的伴娘，小艾利斯，那个擦鞋小童，做弗兰基的伴郎。有食物，有饮料，法兹·多米诺弹钢琴，理查德·彭尼曼演唱他疯狂的歌曲，汉普顿·贝尔格雷夫从纳什维尔赶来，吹口琴伴奏。

那天清晨，大家都回家了，弗兰基和奥罗拉依然穿着结婚礼服，在河畔漫步。

"还记得我们相遇的那一天吗？"奥罗拉问。

"在树林里。"弗兰基说。

"你当时吓坏了。"

"不,我没有。"

"是,你就是嘛。"

她脱下鞋子。一群鸟儿从河面上飞过。

"那一天,你最后一次见到你父亲。"

"他不是我父亲。"

"我很遗憾他不在这里。"

"你母亲也不在这里呀。"

"说的是,她也不在。"

她拉着他的手。他们默默地走着。远处,一个系围裙的男人将一桶水泼到人行道上,开始清扫昨夜的欢宴。

"弗朗西斯科?"

"嗯?"

"现在咱们俩都有家了。"

"你和我?"

"永远在一起。"

弗兰基唱起《永远》的第一句,那是墨水点乐队①和弗兰克·辛纳特拉录制的一首流行歌曲。奥罗拉拉过弗兰基的胳膊,揽住自己拢着薄绸的肩头。

"并非一切都是歌。"

"是,就是。"

"好吧,一切都是歌。"

当太阳在新奥尔良东方升起时,他们爬上楼梯,回到杂货店上面的

---

① Ink Spots,美国流行声乐组合,20世纪30年代至40年代获得国际声誉,从他们独特的演唱风格发展出节奏布鲁斯、摇滚乐等音乐门类。

公寓里,并肩躺下,枕着同一个枕头。后来,弗兰基睡着了,鼻子依偎在奥罗拉的金发中,胳膊揽着她的腰。他曾经加入过很多乐队。这一支,是他的最爱。

## 35

1969年

伍德斯托克的黑暗中,音乐声更响了,弗兰基听到,高天上传来名叫珍妮丝·贾普林①的布鲁斯歌手粗粝的嗓音。即使意识处于混沌状态,他依然分辨出那首题为《我的一片心》的歌曲的和弦进阶模式为Ⅰ级–Ⅳ级–Ⅴ级,还有在嘶吼的合唱声中,歌手尖叫着要她的恋人拿走,拿走,再拿走一小片她的心。

"舞台呢?"弗兰基冲一群人喊。

"那边!"有人指点着喊。

"舞台呢?"一分钟后,他又大喊。

"那边!"

他有一个方向。他有这些鸡蛋。他对双腿下达前进的命令,但由于绿色药片的作用,他得靠大脑通过膝关节操纵双腿,仿佛他是一只提线木偶。提膝,伸腿,落脚。提膝,伸腿,落脚——

"先生,我能试试你的吉他吗?"

弗兰基低头一看,是个淡黄色头发的男孩,穿着条纹衬衣和白色内裤,光着脚,六岁左右。他旁边是个小女孩,年纪更小,也穿着内衣。

---

① Janis Joplin (1943–1970),美国摇滚歌手和词曲作家。

两人都在泥浆里玩耍。

"他试完我能试吗?"女孩问。

弗兰基转一转脖子,试图弄明白。孩子。夜晚。在泥浆里玩耍。他得继续走。可不知为什么,他跪下来,伸手到背后。

"这个吗?"他问。

"是啊。"男孩说。

"你知道怎么弹吗?"

"当然啦。"

"我也会。"女孩跟着说。

"我妈妈的男朋友弹吉他。"

"你妈妈在哪儿?"

"在那边。"

男孩指着一圈人,他们披着毯子,传递着烟斗。弗兰基想猜出哪个是他们的妈妈。他抓了抓脑袋。继续走,他告诉自己。

"你想要泥巴吗?"男孩问。

"啊?"

"你可以拿一些。"

"好吧。"

男孩把一坨泥巴放进弗兰基手中。

"谢谢你。"

"现在我可以弹你的吉他吗?"

"你太小了。"

"不,我不小。"

弗兰基想起在比利亚雷亚尔的音乐学校,巴法·鲁维奥和校长的争论。

"是的,你不小。"弗兰基喃喃道,"你说得对。"

他想到毯子上的奥罗拉。他在这儿干什么?他为什么没有和她在一起？这些孩子是谁？他听到的这首歌的歌词是什么？拿走？拿走？舞台。继续走。

"去找妈妈吧。"他嘟囔着。

"可我们想要吉他。"

弗兰基将手上的泥巴抹回男孩手中，站起身。他跌跌撞撞地朝音乐的方向走去，又一小片心被拿走了。

## 36

1956 年

弗兰基和奥罗拉的第二乐章。柔板。

缓慢地转折。

由于弗兰基才华卓著,到处都需要他:现场演出,录音室录音。据我计算,从一九五五年到一九五八年间,他曾与四十六支乐队合作。最初这不是问题(最初这从来不是问题)。无论去哪儿,只要奥罗拉能去,她都会陪他去。没有演出的时候,她会窝在他们的小公寓里。那套公寓的特色是有个带铁栏杆的阳台,贴着浅色瓷砖的厨房中有古老的木制橱柜。

奥罗拉在那里过得很幸福。她为弗兰基剪头发,帮他挑选衣服。在音乐会上,她开始注意到,那些来为吉米·克兰顿[①]或萨姆·库克[②]欢呼尖叫的姑娘们,也会冲她的丈夫,那位留着黑葡萄色飞机头的撩人的吉他手抛媚眼。她并不为此烦恼。演出结束后,她等着弗兰基,而他也总是拉着她的手,步行穿过这座城市,凌晨时分回到家,听唱片,蜷缩在

---

① Jimmy Clanton (1938– ),美国歌手,沼泽流行(swamp pop,一种融合新奥尔良风格的节奏与布鲁斯、乡村与西部音乐、路易斯安那地区传统的法国音乐影响的音乐)与节奏布鲁斯音乐的青少年偶像。
② Sam Cooke (1931–1964),美国歌手和词曲作家,人称"灵歌之王"。

一起,直到沉入梦乡。艳阳高照时,奥罗拉醒来,沏好茶,轻轻推醒他,说:"起来啦,瞌睡虫。你得练琴了。"

大约在这一时期,弗兰基对奥罗拉讲起他的琴弦。一天夜里,他们倚靠在床垫上,他把他的吉他拿给她看,讲述了那三件事:与强哥在码头,与汉普顿在医院,当然,还有那天晚上,奥罗拉被人持刀威胁,直到弗兰基分散袭击者的注意力。

"你救了我的命。"

"我猜是。"

"我本来会没命的。"

"别这么说。"

"琴弦变蓝了吗?"

"是啊。"

"蓝了多久?"

"几秒钟。"

"为什么变蓝色呢?"

"不知道。"

"你能预测什么时候发生吗?"

弗兰基摇摇头。

"这意味着什么呢?"

"我猜,意味着我可以产生影响。"

"你想什么时候影响都可以吗?"

"不是,只是……"

"什么?"

"我猜是在重要关头。"

"这么说,我很重要?"

弗兰基微微一笑。奥罗拉靠得更近些。

"我认为是别的原因,弗朗西斯科。"

"什么原因?"

"琴弦是哪儿来的?"

"我老师给的。"

"之前呢?"

"他妻子给他的。"

"她从哪儿得到的呢?"

"那谁知道?"

"你的答案就在这儿。"

"其中三根已经断了。"

"变蓝的那三根?"

弗兰基点点头。

"也许是因为它们已被耗尽。也许你有六次机会。"她挪开视线,"六个灵魂。"

"你说什么呢?"

"在树林里,还记得吗?你把琴弦做成花?我们把它们放在坟上?"

"所以呢?"

"你为陌生人做了好事。对六个陌生人表达了善意。也许是来报答你的。"

"我很怀疑。"他耸耸肩,"我不过是个吉他手而已。"

奥罗拉盯着他的眼睛。

"不,不是。"

# 37

**1957 年**

　　随着柔板继续,弗兰基和奥罗拉对同一件事的看法越来越不一样。一天,他接到一个电话,邀请他到新奥尔良附近的庞恰特雷恩湖滨游乐园演出。根据安排,猫王埃尔维斯·普雷斯利要表演,乐队希望有个候补吉他手,因为埃尔维斯虽然挎着吉他,却很少弹。奥罗拉去看了那场演出。尖叫声震耳欲聋。最后一曲结束,她试图走到后台,可是有太多疯狂的女孩子,她只好作罢,回家去了。

　　那天夜里,弗兰基回到家,见到她后才如释重负。"你去哪儿啦?我到处找你。"

　　"太挤了。"她说。

　　"你喜欢那些音乐吗?"

　　"我听不见。"

　　"他们希望我接更多活儿。"

　　"在湖滨?"

　　"在什里夫波特。"

　　"那可有点远啊。"

　　"还行吧。"

　　"演出怎么样?"

"很疯狂!"

"埃尔维斯人好吗?"

"他不太说话。他说他喜欢我的发型。"

奥罗拉笑了。"那是自然。"

在最简单的和声中,音符同时上下移动,保持同样的距离,就像火车轨道的两个边。

更复杂的和声是对位,其中两条音乐线彼此独立移动,但依然保持和声的均衡,却不再像是附于一条轴线上。

婚礼之后的三年中,弗兰基和奥罗拉从和声转为对位,就像柔板完成它缓慢的转弯。弗兰基去了趟纽约,奥罗拉在花店找了份工作;弗兰基在温哥华秘密代替埃尔维斯演出,奥罗拉加入一个教堂;弗兰基去洛杉矶与经纪人泰皮·菲诗曼见面,签了一份合约,奥罗拉学做小龙虾。

弗兰基回到家,说:"我有个重要消息。我们要搬到加利福尼亚。"

接下来是两周的争执,这在人类夫妻中很常见,一个想去哪儿,另一个不想去。最后,到月底,他们把杂货店上面公寓里的家当收拾装箱,表情冷峻、一言不发地把东西搬进一辆二手普利茅斯贝尔维迪车中,那是弗兰基在泰皮·菲诗曼给他搞到驾照后买的。

当他们驱车离开新奥尔良的时候,只有奥罗拉恋恋回顾。

以前,他们在车上都是手拉着手。但是这次,车里塞满乐器、衣服和两种对未来截然不同的想法。他们开了三天,从美国南部到美国西部,等他们终于到达海边时,天近黄昏,弗兰基注意到,夕阳宛如一只巨大的橙子。

# 38

**1958 年**

"你不弹吉他吗?"奥罗拉问。

"莱纳德不想让我弹。"弗兰基说。

圣诞将近,在洛杉矶一条没有树的街上,一套没有装饰的公寓里。

"他为什么不想让你弹?"

"因为那会影响我跳舞。"

"可你是吉他手啊。"

"我也唱歌,奥罗拉。"

"你唱得很棒。可是……"

弗兰基伸出双手。

"什么?"

"我喜欢你弹吉他的样子。"

"我在乐队里的时候就会弹吉他。"

"你不在乐队里了?"

"乐队在我后面。"

"在你后面?"

"就像在加拿大。那天晚上我唱了好几首歌,没弹吉他。"

"所以呢?"

"那感觉很不一样。我喜欢。"

"在加拿大的时候你不是你自己。那就是为什么感觉不一样。你不是他,这你是知道的。"

"我知道。"

"你不是埃尔维斯·普雷斯利。"

"我知道。"

"可你感觉自己是。"

"你为什么这么说?"

"因为这是真话,弗朗西斯科。"

他皱起眉头。"弗兰基。"

"弗兰基。又是莱纳德的主意,或者叫泰皮。管他叫什么鬼名字。"奥罗拉抓起包,在里面摸索。"为什么人们需要不止一个名字?"

"他是在帮我。"

"你老师叫你什么?"

"通常叫我'孩子'。"

"你爸爸叫你什么?"

"他不是我爸爸。"

奥罗拉找出一包烟。

"你爱怎样就怎样吧。"她说。

"这不是你想要的吗?"

"我想要什么重要吗?"

"是的。"

"那我说,这不是我想要的。"

弗兰基的脚飞快地点着地。

"我不会忘记怎么弹吉他的。"

她扑通一声跳到地上。

"对,我想你也忘不了。"

"莱纳德已经预定了十场演出。很多人参加。漫游者。埃弗利兄弟。有很多观众的大型演出。我弹不弹吉他,他们不会在乎的。他们想听我唱歌。我快要录唱片了,而且……"

"好吧。"

"一张唱片会造成很大影——"

"我说了,好吧。"

奥罗拉的声音柔和下来。

"好吗?"弗兰基问。

"你爱怎样就怎样吧。"

"你确定?"

"我们能不能不谈这事了?"

弗兰基勉强笑了笑。

"你瞧吧,会好的。很棒的[①]。"

"这次巡演要多长时间?"

"说不定我会出名——"

"多长时间?"

"一两个月吧。"

奥罗拉点了一支烟。"你是指三个月吧。"

"你为什么抽烟?"

"我想念新奥尔良。"

"这公寓很好啊。"

"太新了。我喜欢老的东西。"

弗兰基走到房间另一边,打开盒子。

---

[①]原文为西班牙语。

"瞧啊，吉他！"他说，试图开玩笑。

"Parlez–Moi d'Amour。"奥罗拉说。

"这的确很老。"

"拜托。弹给我听。"

"好吧。"

弗兰基将吉他挎到脖子上，轻轻拨动琴弦。然后，他跪下来，唱起奥罗拉要他唱的那首歌，那是将近三十年前一位法国作曲家写的。

"Parlez–Moi d'Amour。"歌曲题目这样说，"对我说爱。"但是说爱，就如同将话语贴在风中。奥罗拉等待着最后一段，一小颗泪珠涌入眼中。

> Du Coeur on guérit la blessure
> Par un serment qui le rassure

意思是："我们以重申的誓言，疗愈受伤的心灵。"

弗兰基保证，他们到第一站，他就打电话。

但奥罗拉清楚，到那时，她已经走了。

## 39

**1969 年**

终于,弗兰基看到伍德斯托克的舞台。舞台上灯火通明,仿佛黑暗中的广场,照亮一大片观众。

"嘿,伙计,当心点儿——"

"哈?——"

"悠着点儿,哥们儿——"

"抱歉——"

此时,绿色药片的效力使他东摇西晃,撞到人身上,他眼前模糊一阵,清晰一阵。他感到吉他打着他的后背。弗兰基做学生的时候,老师教他排除干扰的办法,就是一边弹吉他,一边哼着旋律,这样可以心手合一。

此时,他沿着漫长的斜坡吃力地往下挪动,经过帐篷,公共厕所,盘腿而坐或相拥而卧的人时,嘴里重复着三个词:"奥罗拉……宝宝……早饭。"

他加快速度,决心扭转错误。

"奥罗拉……宝宝……早饭……"

"哎哟——"

"奥罗拉——"

"当心点儿。"

"宝宝——"

"慢点儿——"

"早饭——"

突然间,他跑了起来,或者感觉像跑了起来,灯越来越大,音乐越来越响,他向前走,议论声从他耳边飘过。

"你怎么回事!"

"奥罗拉——"

"你瞧见那家伙了吗?"

"宝宝——"

"哪个家伙?"

"早饭——"

"背吉他的那个。那是……叫什么来着!普雷斯托!弗兰基·普雷斯托!就是他!"

# 40

离比利亚雷亚尔的那座教堂不远的地方,有一座纪念弗朗西斯科·塔雷加的小博物馆。里面展出很多照片,几把他弹过的吉他——还有一尊巨大的塔雷加石膏胸像。那胸像曾是卡斯特里翁省一个叫圣菲力克斯的贫困居民区的珍藏。此区因强悍的劳工阶层而别名"火药区"。这些居民对塔雷加极为崇敬,以至于在一九二四年,在他去世十五年后,把他奉为他们的守护圣人。

每年十月,当其他城市竖立起传统的天主教圣像时,圣菲力克斯的居民抬着塔雷加的胸像,按宗教仪式在大街上游行,胸像周围跟着年轻女郎、骑手和满满一车的鲜花。据说那尊胸像富有神力。有人甚至会把它抬到患病的邻居家,为他们疗治病痛。

别的城市的人对此不以为然。一个吉他手怎么会成神成圣呢?他们问。但是这和今天人们对待名声有什么不同?你们的世界中充满着被神化的艺术家,他们一露面便会引发崇拜的尖叫。

一旦奥罗拉在他的生活中消失,弗兰基·普雷斯托自己便经历了这样一个阶段。从一九五九年八月到一九六四年十月,他售出三百多万张唱片,录制五张专辑,有四首歌打进音乐排行榜前十名,其中两首冲到峰顶。《我想爱你》和《摇摆,摇摆》,这两首都是弗兰基创作的。他演唱会的观众从几百增加到几千,到几万。他在《美国音乐台》《艾德·沙利文秀》和《克拉夫特音乐厅》演出。他的面孔出现在杂志和广告牌上，穿着鲜艳的套装和与之搭配的鞋子，乌黑浓密的高耸发型往后梳成波浪。唱歌时，偶尔会有几绺头发垂到额头，随着他的舞步甩动，引得女孩子们尖叫："弗兰基！弗兰基！"

全美国各地的唱片店，歌迷们高举他的专辑，只为能一睹他英俊的面庞。其中一张专辑，《弗兰基·普雷斯托想爱你》，封面是弗兰基坐在敞篷车中，外穿褐色运动外套，内穿粉红领的衬衣，身体探出车外，在一位留着一头深棕色秀发的欣喜若狂的女郎手上签名。貌似是弗兰基某次演唱会外面出现的情景，实则是由专业摄影师摆拍的。那位棕发女郎是得克萨斯州的一位模特，身材姣好，杏核眼，是泰皮·菲诗曼亲自挑选的。

她的名字叫德洛丽丝·雷。

在我看来，她和与弗兰基交往的许多女人没有什么区别，不会威胁到他的心灵。说到对弗兰基的吸引力，只有奥罗拉·约克能与我抗衡。但是，正如我前面提到的，那些年奥罗拉离开了，当弗兰基回到他在加州的公寓时，她的黄色手提箱已经不见了。

起初，他很愤怒，很受伤。他借酒浇愁，希望能忘记她。随后泰皮又安排他巡演，两年没让他停下。奥罗拉的消失和弗兰基的成名平行发生，看似偶然，但我可以肯定，两者之间有联系。现在她知道，她和别人共享弗兰基的心，不仅有我（这一点她可以忍受），而且还有野心（这点她无法忍受）。我很佩服她离开他的远见卓识，明白成功会像海浪一样将弗兰基淹没，而它的潜流也将会把他拖走。

于是她提前离开。

与此同时，多少是由于那张专辑封面的缘故，德洛丽丝·雷参演了一部名为《迪迪历险记》的电视剧，由泰皮·菲诗曼指导她的事业，不久她也名声大噪。她在几部电影中担任主角，同不止一位男演员传出绯闻。但她最强烈的激情还是留给了弗兰基，就在拍专辑封面的当天晚上，她吻了他，称他为"我见过的最富异国风情的人儿"。她好像迷上了我的宠儿（想想我赋予他的那些才华，她怎能不迷恋呢），虽说弗兰基不爱她，可她确实性感迷人。泰皮·菲诗曼鼓励他们俩来往，他清楚公众总是对有魅力的明星成双配对很感兴趣。他甚至出钱让他俩去酒店进餐，给摄影师打电话，透露两人的行踪。

最后，他提议他们结婚。

那是一九六四年底，弗兰基的名气已经开始衰退。他的唱片销量越来越少。公众的口味就像孩子的注意力一样变幻无常，而此时，一波新音乐占领市场，这次是来自英国。弗兰基不再创作自己的乐曲，而是被迫录制别人写的歌。要是他反对，泰皮便提醒他，这是他和唱片公司签订的大合约中的一部分，唱片公司把他定位为"青少年偶像"，这称号就像听起来一样转瞬即逝。

那他的吉他呢？他很少问津。魔弦被冷落，吉他本身已被锁入一座崭新豪宅的一间阴暗的储藏室里。那座豪宅，我精确地数过，有五间卧室、两个游泳池和十六面镜子。

我想告诉你，当星光黯淡时，弗兰基并不在乎，对他而言，排行榜冠军与亚军相同，唱片卖一百万张与五十万张无异，只有一件事重要，那就是我，音乐，我声音的释放。可是出名会上瘾。人生中没有指引的力量，没有老师，巴法，汉普顿，或奥罗拉·约克，弗兰基便随波逐流。

曾经，在河面上漂流时，他抓住一条无毛狗的皮带。这一次，他伸手去抓别的东西。

"婚礼？"

"夏威夷，沙滩上！"泰皮说，"我出钱。算我送给这对幸福伴侣的礼物。"

"可是，莱纳德——"

"什么？"

"我已经和奥罗拉结过婚了。"

"谁说的？有结婚证吗？你自己告诉过我，你搞不到身份文件。再说了，你上次见到她是什么时候？四年前？五年前？算了吧，弗兰基，她不会回来了。"

"别这么说。"

"你又没当和尚，孩子。"

"莱纳德——"

"嘿，我不做评判。但是德洛丽丝爱你爱得发疯。大家都知道你俩有意思。"

"谁说她想和我结婚？"

"相信我，向她求婚。"

"我连戒指都没有。"

"我已经在一家珠宝店安排好了。这周什么时候去都行。你愿意的话，今天就去。"

泰皮没有说的是，在他看来，弗兰基从这场婚礼中的受益要大于德洛丽丝。他担心他的歌手渐成明日黄花，那些曾经崇拜他的人会推倒他的雕像，不再尖叫他的名字。弗兰基·普雷斯托日薄西山，而德洛丽丝·雷旭日东升。她的光芒会替他增加些光彩。

"我不知道，莱纳德——"

"要知道什么？每天晚上回家见到这个女人，你还有意见？"

"不是这回事——"

"要我还巴不得呢。"

"她没问题,但是——"

"弗兰基,听我说。"他把手放在弗兰基的肩头,"这对你的事业有好处。"

我不知道是谁发明了那个短语。我不知道谁发明了那个词。我只能告诉你,自从人类出现,我就已经在地球上,在生命挂毯的每一个针脚中发出声音,那些唤起觉醒、痛苦、爱与四季的声音。但在我无数的创造之中,从来没有一种声音表示"事业"。

为什么你们让它这样影响我?

他们结了婚,按泰皮的意愿上了头条。新婚夫妇在夏威夷度蜜月,每天都派摄影记者去跟拍。果然,弗兰基唱片销量回升,但也只是暂时。德洛丽丝出演了另一部重要影片。她搬进弗兰基的豪宅,将他的吉他放进一间更小的储藏室。弗兰基亲眼看着她这样做。他想起奥罗拉。他又开始喝酒,把酒瓶带到露台或游泳池去喝。

一九六五年夏季的一天,泰皮打电话叫弗兰基到办公室。办公室里有个他从没见过的人。

"过来,孩子。"泰皮说。弗兰基走过去,泰皮伸手把他的头发一搅和,结果刘海都耷拉到脑门上。

"你觉得如何?"泰皮问那人。

那人点点头:"他该留这样的发型。"

"这位是艾伦·埃德加斯。他是导演。弗兰基,我们要让你演部电影。怎么样?"

弗兰基耸耸肩。他不喜欢人家乱摸他的头发。

"和德洛丽丝一起。你和她搭档。言情片男女主人公。这比干活儿强吧,啊?"

导演哈哈大笑。

"最棒的一点是,我们要在伦敦拍摄。这是艾伦的主意。让那些英国人侵的废话见鬼去吧。我们也要入侵他们!怎么样?你去过英国吗,弗兰基?"

弗兰基垂下眼。他想起乘船离开西班牙的那次航行。他记得自己被包在毯子里,放在一堆货物上,一路漂荡到南安普顿的码头,在那里,人家叫他"别出声"。他在那里待了几个小时,听着自己的呼吸,吓得一动不敢动。最后,他感觉有什么东西在肚子上移动。他掀开毯子,一只海鸥拍打着翅膀擦着他的脸飞过。他尖叫起来,海鸥腾空飞起,飞上飘满云朵的白色天空。

"没有,"弗兰基说,"我从没去过英国。"

"我们三周后出发。"

"我还有歌要录呢。"

"拍完电影后再录。"

"下一张专辑呢?"

泰皮看看导演。他转回头看着弗兰基。

"孩子,我们先拍电影。这对你有好处。新鲜。"

弗兰基没有说话,但感觉胃里一阵灼热。他从裤子后兜掏出梳子,想把头发梳好。

"就这样吧。"泰皮说,"这样更好看。"

弗兰基收起梳子,胃里更加火烧火燎。

## 罗杰·麦吉恩

飞鸟乐队①的吉他手,歌手,主创成员;入选摇滚名人堂。

我关于弗兰基·普雷斯托的最好的故事?好吧。我介绍他认识披头士②。那故事挺不错。

那是一九六五年夏天。飞鸟乐队第一次在伦敦巡演,弗兰基在那里拍电影。他看过我们的一场演出。演出结束后,他来到后台,问起我的锐肯拜克牌十二弦吉他。我上高中时看过他的音乐会,觉得他发型很酷。我还不知道他的吉他弹得那么棒。但我很快就会发现的。

飞鸟乐队在一九六五年很火。我们的唱片《铃鼓先生》在英国排行榜上排名第一,正是因为这个,我们去伦敦巡演。但那次巡演效果不是特别好。他们把我们宣传为"美国对披头士的回答",我们很难满足这样的期望,于是便成了媒体的众矢之的。

不管怎么说,弗兰基去后台的第二天,真正的披头士来看我们演出了。我们的公关德里克·泰勒曾经是他们的公关,所以整个活动是由他安排的,后来,我们所有人都要到俱乐部楼上的一个房间见面。

---

① The Byrds,美国摇滚乐队,于1964年在洛杉矶组建,1973年解散。
② The Beatles,英国著名摇滚乐队,有史以来最畅销的乐队,1960年在英国利物浦市成立,由约翰·列侬、保罗·麦卡特尼、乔治·哈里森和林戈·斯塔尔四名成员组成。1988年入选摇滚名人堂。其音乐风格源自20世纪50年代的摇滚乐,并开拓迷幻摇滚、流行摇滚等曲风。

我们太紧张了,贝司手竟然在演出中弹断了一根弦——这种情况几乎从来不会发生。他准是弹得太卖力,自己都没有意识到。

总之,我们走进房间,约翰·列侬和乔治·哈里森在里面,约翰说:"演出很棒。"我觉得自己需要道歉似的,说,不,不太好。他稍微模仿了我一下。然后他说:"你这小眼镜是怎么回事?"指的是我的圆片眼镜。他试了试。众所周知,他也开始戴那样的眼镜,而且使之颇为流行。

说话间,我提到前一晚弗兰基·普雷斯托来过,约翰便唱了《我们的秘密》中的一小段,说那是他听过的最酷的民谣之一。他还说,弗兰基·普雷斯托此后便没有出过好唱片。

第二天晚上,我在一个私人俱乐部见到保罗·麦卡特尼,他开着新买的阿斯顿·马丁DB5跑车,带我在伦敦城里兜风,我对保罗提到弗兰基,他十分兴奋,说有人告诉他,弗兰基曾在猫王的乐队待过。那周稍晚的时候,在某位摇滚乐手的家里要举办一场聚会——当时,英国所有的主要乐队都在一起玩——保罗说,我应该带弗兰基来,他好问问弗兰基那件事是不是真的。人人敬重披头士,可披头士依然敬重猫王。

于是第二天,我弄清楚弗兰基拍电影的地方,顺便去了一趟。那是在卡纳比街边的一座仓库里,那时候我们在那条街上买衣服——你知道弹力牛仔裤和黑色拉链靴吧?我发现弗兰基一个人坐在一把帆布折叠椅上,半睡半醒的样子。看到我,他打起精神。他把我介绍给他妻子,德洛丽丝·雷,她在美国是大牌电视明星。

我把保罗·麦卡特尼的话告诉弗兰基,德洛丽丝好像十分惊讶。"你什么时候和猫王一起演出过?"她问。他说那只是愚蠢的谣言。当我邀请他参加聚会时,德洛丽丝兴奋极了。她说:"披头士加上滚石乐队[①]?我们去!"但是后来,当她去拍一场戏时,弗兰基说,他觉得这主意不

---

[①] The Rolling Stones,英国著名摇滚乐队,1962年在伦敦组建,1989年入选摇滚名人堂,一直活跃至今。

太好。我感觉他妻子让他觉得没面子。

我们又聊了会儿吉他,我问他想不想那天晚上去宾馆参加即兴演奏。他提前半小时就到了,提着一只很旧的盒子,从里面拿出一只破旧的乐器——我甚至说不上它的牌子,因为商标被盖住了。我们开始演奏,我注意到他的手十分大。许多伟大的演奏家手都很大,你知道吧,像吉米·亨德里克斯,那种拇指能够盖住琴颈的。这让你有很强的控制力。

总之,到那一刻之前,我还一直自以为是个不错的吉他手。但是二十分钟后,我都不想弹了。弗兰基弹起几段旋律,创造出与众不同的声音效果。当我问他:"这是什么曲子?"他提到某个古典作曲家——朱利亚尼[1],海顿——后来我问:"那是什么曲子?"这次是安东尼奥·卡洛斯·乔宾或韦斯·蒙哥马利[2]。而且他不是卖弄。他就是这么出色,藏都藏不住。

我们演奏了些即兴表演常弹的曲子,像《特殊的午夜》和吉米·里德[3]的《你让我眩晕》。我们还演奏了一些披头士的歌曲。他对他们的编曲烂熟于心。其间,他开始微笑。我说:"笑什么呢?"他说:"没什么,就是很久没弹吉他了。"再一次,我想找个洞钻进去,因为,他很久不弹就能弹到这水平,你明白吗?但是我有种印象,他感觉自己被荒废了。我敢说很多早期摇滚歌手都有同感,因为那时候,所有人都要你唱同样的歌,一遍又一遍。

弗兰基说,他很怀念在乐队演出,我开玩笑说,他可以加入飞鸟乐队,只要保证披头士去听的时候不断弦。他看着自己的老吉他说:"罗杰,你知道最上面这三根弦有多老吗?"我说不知道。"二十年了。"他说。不可能,我说。没断过吗?怎么可能。他摇摇头说:"我知道,但这是真的。"

---

[1] 即莫罗·朱利亚尼 (Mauro Giuliani, 1781–1829),著名意大利吉他演奏家和作曲家。
[2] Wes Montgomery (1923–1968),美国著名爵士吉他演奏家。
[3] Jimmy Reed (1925–1976),美国布鲁斯音乐家,词曲作家。

哦，好吧……披头士的故事。聚会在滚石乐队的一个成员家里举行，可能是基斯·理查兹家，那种气派的褐石房屋，三层楼。我记得他们告诉我们，男仆会为他们卷大麻香烟，早上给他们放在台阶上。那次聚会上有很多毒品——那时候，任何聚会上都有毒品。

聚会开始一小时后，弗兰基出现了。我说："我以为你来不了呢。"他说："我不能久留。"于是我把他介绍给周围的人，大家都表现得挺客气。我记得，我、弗兰基、乔治·哈里森和埃里克·克莱普顿讨论起莱德贝利①，那位老布鲁斯乐手，弗兰基对他了如指掌，因为他在路易斯安那州生活过。他说，莱德贝利太出色了，甚至连监狱长听他演唱之后，都两次免了他的罪——其中一次入狱还是因为杀人呢！我们哄堂大笑，说万一我们被抓，不妨试试这一招。

我记得弗兰基与保罗和林戈见面，他们聊得不错，虽说弗兰基否认他和猫王一起演出过，让保罗感到失望。但是当弗兰基见到约翰的时候，约翰评论他的发型，他留的像是拖把头。约翰笑着说："伟大的弗兰基·普雷斯托，你现在也想模仿我们吗？"我想他没别的意思，可你知道吗，这话惹恼了弗兰基。不一会儿，他就走了。

几天后我见到他，他依然耿耿于怀。我对他说，约翰说的话别往心里去，他就那样。我说他确实该重拾吉他，他弹得那么棒，假如他真想在我们的唱片中演奏，我们会感到十分荣幸。

那一周我们回了美国。我不知道弗兰基拍的电影怎么了。我听说他退出了。我也听说他和经纪人闹翻了。再次见到他，也是我最后一次见到他，大概是四年后，在格林威治村的一家夜总会。他和一个摇滚乐队合作，只是站在后面，弹节奏，不演唱。他戴着墨镜。我甚至不能确定是不是他，直到演唱结束后。我走上前去，问："是弗兰基吗？"开始他

---

① Leadbelly（1889–1949），即休迪·威廉·莱德贝特，美国民谣与布鲁斯乐手，以有力的嗓音、高超的十二弦吉他技巧而著称。

见到我，好像很高兴，但是聊了几分钟后，想起那次聚会，他便缄口不语了。我问他想不想偶尔过来伴奏，可他说他很忙，去不了，他妻子快生孩子了。也许他为在这样下等的酒吧演奏感到难堪。我真的不知道。他问我，飞鸟乐队去不去伍德斯托克音乐节上演出，我告诉他不去，我们那段时间参加的音乐节够多了。之后，他说要去卫生间，走了就没再回来。

听到他去世的时候，我感到很难过。当时我正在法国巡演。我感觉欠他的情，应该出席他的葬礼，因为他使我成为更好的吉他手。的确如此。我们第一次一起演奏的那天晚上，我意识到自己还差得很远。从某种意义上说，音乐可以具有竞争性。就像俗话讲的，铁磨铁，更锋利。

有人说他还是去了伍德斯托克音乐节，但我一直没搞清楚……现在我们应该知道了，对吧？

# 41

请允许我回答一下麦吉恩先生的问题。弗兰基确实去了伍德斯托克。他甚至要演出,但不是以人们想象得到的方式。他没有收到邀请,没有人请他去。他去,是抱着妄想,希望能重温曾经的辉煌,听大批观众为他的音乐而欢呼。但是没有一个乐队需要他,而且,正如你很快要听到的,情况变得无可救药。他的出场成为一个迷途者悲惨的篇章——是他与奥罗拉·约克的交响曲主要乐章的终结。

这一阶段是小步舞曲/谐谑曲,以3/4拍指挥。假如你用手指打拍子——1-2-3,1-2-3,1-2-3,1-2-3——你会感觉到几乎让人眼花缭乱的节奏。确实,谐谑(scherzo)这个词翻译出来,就是"玩笑"。

这正是弗兰基六十年代中期开始用在自己身上的一个词。"一个可悲的玩笑"(还有比这两个词更刺耳的对位吗?),他感到再没有人把他的音乐当回事。他感到没有人倾听他的愿望。他在泰皮·菲诗曼办公室感到的那种灼热越发剧烈,而约翰·列侬评价他模仿,更是火上浇油,让他怒火中烧。伴随着愤怒的泡沫,弗兰基·普雷斯托在一九六五年余下的几个月中做了以下几件事:

他退出在伦敦拍摄的电影。这毁掉了他拍电影的机会。

他离开泰皮·菲诗曼。这毁掉了他的商业机遇。

他离开德洛丽丝·雷。这毁掉了他的婚姻,并使他陷入复杂的法律与经济纠葛，对此他基本不理不睬，任这件事给自己造成损失。

他剪掉了长发。

如同拔倒柱子将自己压在瓦砾堆中的力士参孙一样，弗兰基打碎附着在他身上的一切，企图摆脱它们。然后，在随后几年中，他在这片瓦砾堆中迷失。他沉溺于药物，就像我前面哀叹过的，相信可以在药物中发现我更加真实的力量。

他在纽约找了个住处，格林威治村西十二街，一所光线幽暗的一楼公寓。他作息紊乱，睡眠很差。他不断练琴，不练的时候，便经常处于迷幻状态。哪个乐队给他钱他就给谁干，哪个录音时段用他他就给谁弹，他收现钱，为的是不让自己的名字出现在版税报表上，如果他们没有现钱，他就收药丸、烟卷、酒。

他不觉回忆起童年时代。

"您为什么喝这么多酒，老师？"

"这不是音乐问题。"

"您伤心吗，老师？"

"又一次，不是音乐问题。"

"我有时候很伤心，老师。"

"多练琴，少说话。你就会开心了。"

"好的，老师。"

每个人此生都会加入乐队。

有时候，你加入的乐队是错误的。

# 42

**1968 年**

然而，还是回到爱情故事吧。小步舞曲。一小段舞蹈。

十二月的一天，格林威治村，弗兰基去应门。他衣衫不整，睡眼惺忪，面前站着她，奥罗拉·约克，围着围巾，戴着手套，金发掖进帽子里。

"你和那位女演员结束了？"她问。

"是的。"

"文件都搞定了？"

"是的。"

"现在我们可以结婚了？"

"如果你愿意。"

"按正当程序？"

"按正当程序。"

"我就是来确认一下。"

"你会留下来吗？"

"不。"

他又有几周没有见到她。一个星期四下午，她又来敲门。

"你在练琴吗？"

"是的。"

"你在演出?"

"有机会的话。"

"你还嗑药喝酒吗?"

"有时候。"

"你得戒掉。"

"我知道。"

"那就戒吧。"

"你会留下来吗?"

"不。"

下一个月,她又来了。这次她待了几个小时。再下个月,她来了,住了一夜。

她重复这样的模式,短短的舞蹈——典型的小步舞——整个冬天,直到春天,直到在一个风雨交加的星期一上午,她又一次出现。这一次,她一手撑着雨伞,一手拎着黄色手提箱。

弗兰基笑了。

"你会留下来吗?"

"我怀孕了。"她说。

## 43

**1969 年**

我们该结束伍德斯托克之行了。弗兰基终于到达后台区域。此时，音乐节已经陷入群体混乱。直升机将表演者运送到降落区，他们从那里经过一座木桥，到达舞台，但是他们被晾在那里等了很久，很多人不知道该何时上场。雨水肆虐，损坏了电路。扩音器嘶嘶作响。物资已耗光。星期天凌晨的黑暗时段，音乐会呈现出迟迟不散的聚会气象，那种不会再有真正散场的聚会，只有一大群人和瞌睡做斗争，尽量不被淋湿。

有一种说法，后台的酒水都是掺入迷幻药的。这一点我无法证实。但我确实知道，弗兰基最后到达的时候，已经焦渴难耐，一看到折叠桌上摆着的纸杯，拿起来便喝。他脸上尽是一道道泥痕，白衬衣已经肮脏不堪，脑袋左右摇晃。

"奥罗拉……宝宝……早饭。"他不停地念叨着。

他瞪着其他乐手，他们或哂笑着瞧他，或转开头。一卷纸巾旁放着一大桶水。弗兰基往脸上撩了些水，擦掉泥浆。

最后，一个叫斯莱和斯通一家①的乐队演唱一首名为《站好！》的歌曲，伴着震耳欲聋的音乐，弗兰基扭动身体，开始最后的小步舞曲。

---

① Sly & the Family Stone，美国旧金山的一个音乐组合，活跃于 1966 年至 1983 年期间，在放克、灵魂、摇滚和迷幻等类型的音乐发展中起过关键作用。

"奥罗拉!"

他转着圈吼叫。他踉跄着吼叫。他举起那盒鸡蛋。

"奥罗拉!我回来啦!奥罗拉!"

他脚下一滑。他又站起身。他的尖叫被音乐声淹没,当歌声突然迸发,或吉他发出刺耳的尖啸时,你根本听不到他的声音。

"站好!……"

"奥罗拉!"

"站好!……"

"奥罗拉!"

"站好!"

到处不见她的踪影。

最后,当乐队唱完,欢声雷动——已是凌晨四点零五分——舞台上的灯熄灭了。一片漆黑。

弗兰基决定弹吉他。

好把奥罗拉引到他身边。

他想要改变他们的命运。

接下来发生的事,说来并不令人愉快;而且,替我的爱徒辩护一句,他此时并不正常。他的身体、头脑和心灵分属三处。他踉跄着走上坡道,走近那巨大的舞台。没有人拦他,因为他脖子上挂着吉他,举止也像一位知道该往哪儿走的乐手。几个工人已经开始布置下面的演出(知名的英国组合谁人乐队①),但是天很晚了,工人们疲惫不堪,没有注意到那

---

① The Who,组建于 1964 年的英国摇滚乐组合,20 世纪最有影响力的摇滚乐队之一。

位长发乐手正目标坚定地走向那一排墙一般的扩音器。

弗兰基喃喃自语着,捡起一根灰色电缆插头,砰一声插入吉他的外放,吉他已装上电拾器。他没法提着鸡蛋演奏,便把鸡蛋盒放下。盒盖弹开。黯淡的月光下,他可以看到所有鸡蛋都已经破了。

泪水涌入他的眼中。

你不会知道的是——谁都不知道的是——几周前发生的事,就是罗杰·麦吉恩在纽约见到弗兰基的那一夜。身怀六甲的奥罗拉已经搬进他的公寓。根据严格的协议,弗兰基要改掉恶习,演出结束立即回家,为他们的宝宝做个好父亲。不准吸毒。不准喝酒。不准有别的女人。她已经怀孕五个月,他们的协议也奏效了一段时间。但是弗兰基见到麦吉恩后,想起伦敦,一九六五年,披头士,那次聚会,以及他从他曾经的国际声誉沦落到如今的境地——在这个潮湿的臭烘烘的夜总会伴奏——他的自尊心受到严重挫伤,心情抑郁,在俱乐部的地下室又喝又抽,在外面一直待到黎明。

太阳刚出来时,他摇摇晃晃地回到公寓,为自己的退步而羞愧,准备迎接一场冲突。但房间里还很暗,他悄没声地进了卧室,趁奥罗拉还睡着,钻进毯子底下。他的动作稍稍把她碰醒。她翻过身,一条胳膊搂住他。

"弗朗西斯科。"她喃喃叫道。

"奥罗拉。"他轻声叫道。

"意思是黎明。"

"我知道。"

"我饿了。要是你爱我,就给我做早饭吧。"

他长舒了一口气。他安全了。她不知道。他再也不这样了。他在心里发誓。

"我去买鸡蛋。"他许诺。

他只需要醒着就可以。

但他闭上了眼睛。

那一夜,他已经筋疲力尽。

∽

一小时后,奥罗拉醒来,发现弗兰基还趴在枕头上呼呼大睡,决定自己做早饭,顺便也给他做点。他的冰箱里空无一物,于是她套上一件短上衣,拎起手提包离开公寓。她在一家杂货店买了一盒鸡蛋和一颗洋葱。回来的路上,离家还有一个街区,突然,从巷子里冒出三个小混混,上来调戏她,推搡她,夺她的包。包的带子挂在她胳膊上,她往回一拽,身子打了个转,恰好撞向其中一个袭击者。那人飞起一脚,狠狠踢在她的肚子上。她一下跪倒,包仍然挂在肩上。那人又踢了她一脚,扯走了手提包。另外两个骂着那人跑开,那人也转身跑掉了。

一辆出租车吱一声停下。一个男人从车上跳下来。奥罗拉口中发出低低的咯咯声,随后倒在人行道上,颤抖起来。

∽

医院打来的第一通电话,弗兰基睡着了,没听见。第二通电话,他还在睡。等他终于见到妻子时,一个死胎已经产下,包在毯子里,交给母亲抱了片刻,随后又拿走。弗兰基进来时,奥罗拉呆呆盯着窗外。她浑身瘀青,好几处包扎起来。她转过头,弗兰基像雕像一般呆立着。他感到每个毛孔都是愧疚。

"谁干的？"他喃喃地问。

她摇头。

"他们怎么……"

她摇头。

"为什么……"

他说不出话来。

"你到哪儿去了？"她低声问。

从那一刻起，到他开始在伍德斯托克表演，中间几周是一片模糊。虽然弗兰基几乎什么都不记得，但我可以做证，这段时间，他没有哪怕一天是清醒的。他无法面对她。他无法面对任何事情。他从医院摇摇晃晃地走回家，抓起吉他，没有再回去。他搭顺风车去纽约州，服用能搞到的任何毒品，为的是避免想起发生过的事情。可他备受折磨的头脑无法忘记。相反，他每天都在以各种形式想象奥罗拉，直到现实和幻想失去分别。最后，在伍德斯托克，他想象她就睡在那个山坡上，（"要是你爱我，就给我做早饭吧。"）便开始了一场毫无意义的寻找鸡蛋的旅程。

此时，在舞台的黑暗中，他只想再见她一次，尝试他能想到的最后一件可以扭转已经发生过的事的东西。

他从破碎的蛋壳边走开，愤然一拧吉他拾音器的音量旋钮。他听到那巨大的扩音器发出嗡的一声。扩音器上放着一只空啤酒瓶。在他模糊的记忆的某一处，弗兰基想起汉普顿·贝尔格雷夫给他看过的一个窍门。他把啤酒瓶在扩音器边上一磕，将之磕成整齐的两段，然后拿起那段瓶颈，将无名指从瓶口套进去，造出一个玻璃"滑片"———一种布鲁斯乐手用来影响琴弦音高和颤音的装置。弗兰基感到皮肤上湿湿的，很舒服，他左脚点了两点，把滑片沿琴颈滑上去，猛然弹出一声尖叫般的 B7 和弦，仿佛要把音乐劈碎击散。

后台上，乐手们抬起头，因为那和弦骤然间响起，如此清澈明净。但他们看到的只是黑暗。弗兰基开始演奏，仿佛鬼魅一般，一团琶音，先是越弹越快，然后顺琴颈飞滑而下，如同坠毁的火箭。他用脚边的踏板创造出变音、模糊音、哇音。他按住高音 D，手摇晃着，仿佛要将吉他指板上所有的气息都扼住，随后飞速弹出一个烈焰熊熊的布鲁斯音阶，上去，下来，又上去。没有其他乐器演奏，没有鼓，没有贝司。大多数独奏者会按一条旋律线演奏，或者在节奏组的乐器伴奏下演奏。但这是一场奇特的吉他表演，弗兰基即兴演奏的旋律愈发使之不同凡响。他是一个逆着汹涌激流游泳的人，在他心中，在所有与我同在的时间中，我不记得还有比这更加惊心动魄的搏斗。我在那曲独奏中扑啦啦拍打翅膀，宛如风暴中的床单。片片断断的音乐，莱德贝利、莫扎特、切特·阿特金斯①、塞戈维亚。弗兰基召唤出他所知道的每一种影响过他的音乐，以如此丰沛的情感释放出那些音符，泪水沿他的双颊蜿蜒流下，滴落在手指上。

与此同时，他盯着琴弦，大叫着："变！……变！"

他想要它们变成蓝色。

在他混乱的头脑中，他相信自己可以逆转那个可怕的夜晚，救活自己的孩子，让奥罗拉回到自己身边。难道他没有这样的力量吗？假如现在不施展这种魔力，这些琴弦又有何意义？

"变！"他十指飞舞。旋律从扩音器中翻滚而出。

"变！"

最后一串音符喷涌而出，一个来自维瓦尔第的主题，一个查克·贝里的装饰音；他的吉他声几乎哽咽，情感毫无掩饰，无穷无尽。平台旁边，一个舞台工作人员咕哝道："我去把这家伙弄下来。"可当他经过谁人乐

---

① Chet Atkins (1924–2001)，美国音乐家、词曲作家，人称"纳什维尔之声"的乡村音乐风格缔造者之一。

队时，乐队吉他手皮特·汤申德一把揪住他，压低声音说："你敢！"

弗兰基总共演奏了二分十七秒。结束时，他甩动右手，宛如扇动翅膀的蝴蝶，沿琴颈滑下，弹出几个和弦，其声如巨大的引擎正在熄火，然后他将玻璃滑片飞速上下滑动，铿然拨出一个咆哮的低音和三个和谐泛音，随后便是终曲。

嘣 – 嘣 – 嘣。

咚～～～～～～～～～～～～～

琴弦依旧没有变化。他瘫倒在地。

因为没有灯光，没有人看到他演奏。而且，当时已将近凌晨五点，许多观众已经睡着。伴随稀稀落落的掌声，几声零星的喝彩，还有黑暗中一个男人的喊声："让谁人乐队上台！"弗兰基意识到，他人生中的一切都不会有转机。周围一团漆黑，只有他，孤零零一个人。

于是，我心爱的孩子跪倒在地，已经是祈祷的姿势，他俯身向前，伸出左手，正如他一直被教导的，手掌伸直，张开，仿佛在向上帝求助。

接着，想起老师的话（"傻孩子！上帝什么都不会给你的！"），他将瓶颈参差的断口向自己的手掌戳下去，一下，一下，又一下，将他那只赖以为生的手划开，直到血流如注，看不清自己的手指。

第四部

## 保罗·桑斯

国家警察总督察①。

现在我给你说。

只能很短,好吗?我英语不太好。

我是保罗·桑斯,总督察。我负责调查弗朗西斯科·普雷斯托的死因。

呃?……还没有。我们只知道他是从市剧院很高的地方摔下来死的。是纪念塔雷加的节日。我们每年举办。从没出过事。以前没有。

呃?……是,这也是我们的问题。他是怎么升上去的?为什么跌下来?也许是有人推他?可能有人想让他死?

我们没有发现伤口。手上有疤痕,但没有伤口。没有 balas,你们叫什么……子弹?没有人向他开枪。

我们必须问问题。我们知道这是教堂。我们尊重。但这是警察的工作,有人被杀了,对吧?必须问问题。

呃?……没有嫌疑人。还没有。但有人说,他们早上看到他和一个人在一起,这人穿了很多衣服,蒙着脸。这人害了他?有可能,不是吗?

在我看,案子很简单。是谋杀。一定是。

人是不会飞的。

---

①原文为西班牙语。

# 44

**1981年**

渡船驶入海湾，三个年轻人仰头凝望青翠的悬崖。

"真像梦幻岛①。"其中一人说。

"小飞侠彼得·潘故事里的？"

"说不定我们就是迷途男孩呢。"

"做乐队的名字挺好。"

"我是虎克船长。"

"你是小叮当。"

"你们真神经。"

"闭嘴。"

日历翻到一九八一年一月，地点是新西兰豪拉基海湾一个名为激流岛的一小块陆地上。三个年轻人，大学刚毕业，是一个乡村歌曲乐队的成员，分别叫莱尔、艾迪和克拉克。他们身着宽松棉布衬衫和牛仔裤，头发浓密，身材瘦削。莱尔比另外两个还要高一些。他们下了船，往山上走，莱尔和艾迪背着吉他盒子。

"你们好，孩子们！"

---

①英国作家詹姆斯·巴里的童话《彼得·潘》中的地名，后面的小叮当、迷途男孩和虎克船长都是其中的人物。

一辆旧吉普中坐着一个大块头男人,健康的红脸膛,银色的短发,前臂纹了刺青。他一手搁在方向盘上,微微一笑,露出几颗金牙。

"找车?"

"是的,先生。"

"上来吧。"

他们挤进后座里。

"我叫莱尔,这是艾迪,他是克拉克。"

"克拉克①?哈哈——"那人笑起来。

"人人都是批评家。"克拉克咕哝道。

"你叫什么名字?"艾迪问。

"剋依文。"

"剋文?"

"K–e–v–i–n。"

"哦,凯文。好吧。"

"美国来的,对吧?"

"得克萨斯州。"

"不错。走喽。"

片刻之间,他们就颠簸在岛上的一条主路上,经过大片大片波涛般起伏的草地和细浪拍岸、布满岩石的小海湾。他们注意到凯文冲路过的每辆车和每个行人挥手。

"那边有两个小屁孩。"他朝两个小孩子挥挥手,大声说。

"哦,伙计们,那些是下力的。"他指着在田里袒露胸膛干活的人说。

"这人说的啥?"艾迪悄声问。

"搞不懂。"莱尔说。

---

①英文为 Cluck,也指鸡咯咯叫,因而惹司机发笑。

"这么说,去过澳子了?"

"什么?"

"澳大利亚呀。"

"哦,去过了,先生。我们在那儿着陆,然后又飞到这里。"

"你知道他们有种说法。澳大利亚是幸运的国家,但新西兰是上帝自己的国度。"

"真的吗?"

"是真的,伙计。风景如画。瞧这水,多美,是不是?"

炽热的空气从敞开的车窗吹进来,道路蜿蜒曲折,经过一个又一个旖旎的小湾。没有红绿灯,凯文几乎不需要踩刹车。

"上帝自己的国度。"他自言自语地重复道。

"你知道哪儿有便宜的旅馆吗?"

"哦,有的是,伙计。来度假的吧,你们?"

"大学刚毕业。"

"不错啊!什么风把你们吹到这岛上的?"

"我们来找人。"

莱尔拍一下艾迪的胳膊。

"找谁?"凯文问。

"一个吉他手。"

"也是歌手。"

"是几维人[①]?"

男孩们面面相觑。

"他是美国人。哦,曾经是西班牙人。您认识这岛上的很多人吗?"

凯文笑了,脸上的皱纹像窗户的百叶窗一样拉上去。"我觉得是。"

---

① Kiwi,新西兰人的外号。

他指着窗外。"那个水果摊是柯蒂斯·莫尔蒙的。他人很逗……上面那座蓝房子？那是个爱尔兰人的，是为温暖的天气来的。叫马利根。米利根。我们叫他雷德……那边那个海边小屋，那个小小的？是我伙计的，蒂姆。我们叫他'讨厌鬼'蒂姆，但是他只有喝醉的时候才那样。"

吉普沿着起伏的田野盘旋，颠簸下降着向海边驶去。每转一个弯，便展现出一片新的景色绮丽的海湾。

"这吉他手叫什么名字？"

莱尔看看克拉克，克拉克看看艾迪。

"普雷斯托。弗兰基·普雷斯托。"

那人挠一挠眉头。

"没有，伙计。不认识这个人。"

他朝后视镜瞟了一眼。

"这么说，你们几个小伙子也是乐手，嗯？"

"我们是一个乐队。"

"哦，不错啊。你们演奏什么？"

克拉克拍一下座椅后背。"鼓。"

"吉他。"莱尔说。

"贝司。"艾迪说。

凯文减速。"我说，伙计们。我有个主意，我们何不在这栋房子停一下？见见我太太。她人很好。我们吃点饭，然后送你赶路。没啥好的。就是些泡泡和吱吱。"

"那是啥？"克拉克紧张地问。

"剩饭剩菜。"凯文说。

"你用不着为我们这么费心。"莱尔说。

"别担心,伙计。二战中要不是你们美国佬,我们现在都在说日语呢。"

"离你家多远？"

"激流岛上没有远地方。"

"要多少钱?"

凯文摇摇头,笑了。

"哦,伙计,我不是开出租的。我就在这儿住。"

几小时后,月悬水上,从凯文家的露台上可以看到无数繁星。莱尔、艾迪和克拉克肚子里填满鸡肉、橄榄、奶酪和西红柿。还有葡萄酒。很多葡萄酒。本打算只待几分钟,可新西兰式的热情好客让他们放松下来,一直待到日落。湿润的微风仿佛拖缓了他们的步子,他们的皮肤上隐隐闪着汗水。

他们向凯文和他太太罗比坦言,此行是来找寻弗兰基·普雷斯托的下落。他们希望能见见他,也许能听他弹琴。

"他算得上传奇人物。"艾迪说。

确实,此时是伍德斯托克事件十二年后,围绕我深爱的门徒已经发展出一个小小的神话。一位评论家写了本畅销书,称弗兰基为"早期摇滚乐中最具天赋的吉他演奏家",而且在一部纪录片中,飞鸟乐队的罗杰·麦吉恩讲述他和弗兰基一起演奏,惊诧于他高超的琴艺。尽管他在伍德斯托克黑暗中那次揪心的吉他演奏没有官方录音,可当时后台有个录音机在运转。那两分十七秒的盗版成为藏家收藏的对象,人们对于艺术家的身份有许多猜测,包括吉米·亨德里克斯、杰里·加西亚[①]、皮特·汤申德和卡洛斯·桑塔纳,他们都出席了音乐节,但都否认自己是演奏者。近来,弗兰基的名字成为一种假设,但因为他已在公众视野中消失,没

---

[①] Jerry Garcia (1942–1995),美国歌手、词曲作家和吉他演奏家,曾担任感恩而死乐队的主唱和主音吉他手。

有人可以证实。一个谜团越是无法解决,你们人类便越好奇。

莱尔、艾迪和克拉克为弗兰基·普雷斯托之谜而着迷。他们甚至对他的下落做出一个推论:艾迪的表哥在一家音乐专利授权公司上班,他追踪到歌曲《我想爱你》的一张版权支票的转递地址是新西兰激流岛的一个邮箱。艾迪、莱尔和克拉克组了一支名叫"聪明呼喊"的乐队,作为毕业探险,他们安排这次旅行,希望能第一个发现这位行踪诡秘的吉他演奏家。

莱尔好像尤其痴迷。他试图向好奇的几维东道主解释这件事。

"我小时候,弗兰基·普雷斯托十分流行。"他说,"我父母有他的唱片,我把他的专辑封面贴在墙上。我觉得他酷极了。他拥有一切——嗓音,容貌,技巧。后来他不干了。消失了。有人说,在吉他这一领域,他比任何人都优秀——无人可及。而他抬腿就走了。"

"那你们为什么要找他呢?"罗比问。

莱尔把目光移开。"哦,夫人,这说起来有点傻。可我真的想进入音乐这个行当。我一直在写歌,试图卖掉。每次遭拒,感觉都像挨了窝心脚般难受。我拼命想搞明白,为什么他们不喜欢我的歌。我猜想,要是我见到弗兰基·普雷斯托,他会教我些窍门儿。"

"怎么才能卖掉一首歌?"罗比问。

"你得不那么在意才行。"莱尔答道。

凯文看着他妻子。"这些美国佬好深刻。"

她大笑,他也大笑,说:"真有趣,对吧?"莱尔咧嘴一笑,但是眼睛转往别处。等他们聊完,天色已晚,凯文说旅馆应该关门了。他坚持要几位客人在他家沙发上睡。他们太累,便没有再争。

第二天一大早,太阳刚刚升起,莱尔觉得肩上被人推了一下。

"伙计,起来吧。"凯文轻声说。

十五分钟后,三个乐手坐进吉普车的后排,揉去眼中的睡意。凯文将车开到主路上，一路向前，朝一个隐秘的海湾开去。他开到一片树林中的空地。吉普车停下，凯文指着一条小路。

"穿过那里。"

"穿过那里，有什么？"莱尔问。

"有你要找的。"

几分钟后，三个人分开藤蔓，踏过潮湿的土地，头顶上枝叶浓密，遮天蔽日，他们在近乎黑暗中前行。他们看到一棵树上有一台冰箱。他们看到两架梯子之间挂着两只旧喇叭，用电线连着。他们蹑手蹑脚地往前挪动时，光线越来越强，他们听到远处隆隆的声音，意识到正在靠近海浪。

"俯身。"艾迪小声说。

三人蹲下身子。

"什么？"莱尔说。

"瞧。"

"哪儿？"

艾迪往左一指。透过灌木间的空地，他们看到一个男人，坐在吊床中，弯腰俯在一把吉他上，脸朝着水的方向。

"是他吗？"

"天哪。"

"真没法相信。我们找到他了。"

"等等。"莱尔将手指放在唇边，"听。"

他们探身向前，试图从拍打岩石的细浪声中分辨出乐声。

"听到了吗？"

"什么?"

"听他弹的东西。不可能是他。"

"他弹的什么?"

莱尔摇摇头。

"音阶。像孩子一样。"

# 45

**1944 年**

"老师?"

"嗯?"

"我爸爸会回家吗?"

"不知道,弗朗西斯科。给我倒杯酒。"

"他要是再也不回家呢?"

"别想这样的事。倒酒。"

"可他要是不回来呢?"

"那你就得重新开始。"

"从头开始?"

"不是。你不能当两次婴儿。"

"那怎么重新开始呢?"

"就像一个作曲家,开始写一首新曲子。我的酒在哪儿?"

"没有爸爸,我不想重新开始。"

"别哭,孩子。"

"可是——"

"快别哭了。"

"可是——"

"听我说,弗朗西斯科。你以为我愿意一辈子在黑暗中生活吗?你以为我愿意看不到自己的手指头,看不到品丝和旋钮,只能像个迷路的动物一样到处摸索吗?"

"不,老师。"

"对,我不愿意。这就是生活。东西会被拿走。你要反复学习重新开始——不然你就毫无用处。"

"是的,老师。"

"就像你现在,毫无用处,因为我还没有拿到酒。"

"对不起,老师。"

"算了。继续练你的琶音吧。这件事我就说这些。你听着吗?"

"听着呢,老师。"

"别哭了。开始弹琴。"

# 46

在人类历史上，没有多少人在出生时比路德维希·凡·贝多芬抓取的我更多。我的色彩吸引着他，他双拳紧握，确保在音乐中度过一生。可当他的酒鬼父亲深更半夜叫醒他，逼他练琴时，惊恐的路德维希几乎无法将我表达出来。晚年，当他完全失聪，我仍住在他的心灵中，一如既往，坚定不移。但是创作音乐却听不到音乐，是一种我无法减轻的负担，哪怕他是我最钟爱的孩子。

弗兰基·普雷斯托也是如此，在伍德斯托克的舞台上，他的左手被严重割伤。我能做的，唯有旁观。他鲜血淋漓，昏昏沉沉，多亏一个女人火速把他送往医务区，由军用直升机从音乐节紧急转移。军人为他包扎伤口。军队的一位外科医生为他做手术，尽其所能保住他的手。

第二天，在医院里，弗兰基血液中的毒品终于被冲掉，他才意识到发生了什么。他看着包着绷带的手，哭到双眼模糊，看不清东西。那一夜，一位护士提着他的吉他盒走进来，说是音乐节上的人给他运来的。他问吉他还在不在里面。她打开搭扣，往里瞧了一眼。

"是的，在里面。"他感到胸中鼓胀，用哽咽的声音对护士说："请拿走好吗？赶紧拿走。"

在随后几天中，他了解到伍德斯托克音乐节的其他伤亡情况，一个年轻水兵吸食海洛因死亡，一个十几岁的孩子在睡袋中被拖拉机碾死。

他看到致幻剂受害者跟跄地撞进来，大多数几乎还没有中学毕业，他们哭喊着，号叫着，志愿者一边揉着他们的胳膊，一边轻声安慰他们。一次，一位手拿写字夹板的护士问弗兰基多大年纪，他望着那些年轻的病人，答道："三十三岁。"他感到自己又老又荒唐。

后来，他出了院，回到纽约，可正如他早就知道的，第十二街的公寓已人去楼空。奥罗拉走了。她的黄色手提箱也不见了。这次他没设法寻她。相反，他卖掉大多数设备——电吉他，扩音器，磁带录音机——只保留了儿时的原声吉他和它的神秘琴弦。他游荡了几个月，住旅馆，熬到深夜，好避开盯着手发呆的空虚时光。他渴望喝酒，渴望迷失在毒品中，但他明白，正是这些东西让他堕入这个黑洞中的。你必须反复重新开始，老师这样提醒过他。但是以前，他总可以投奔我，在他的吉他神游中忘掉烦恼。弗兰基听着车载收音机中的音乐，青年作曲家兰迪·纽曼①和沃伦·泽文②的歌，以及吉他演奏家格兰特·格林③和弗雷迪·罗宾森④的曲子。可是听与弹不一样。他怀念演奏。他也同样怀念练琴。

过了一段时间，他靠看电视打发时间。他看到年轻人在抗议海外战争。弗兰基厌恶战争，但他知道是军队将他空运到安全地带，替他缝合。他觉得欠他们的情——尤其是那位外科医生，后来弗兰基还常去看他，那是位四十四五岁的男人，肌肉强健，经常对弗兰基讲到一些有残疾的杰出音乐家。

"你有没有听说过一位叫强哥·莱因哈特的爵士吉他演奏家？"他问，"他只有两根健全的指头，可他的演奏令人叫绝。"

弗兰基转开视线。"强哥是独一无二的。"

---

① Randy Newman (1943– )，美国作曲家、歌手、钢琴家，为迪士尼皮克斯公司的许多动画片配乐。
② Warren Zevon (1947–2003)，美国摇滚歌手、词曲作家。
③ Grant Green (1935–1979)，美国爵士吉他手、作曲家。
④ Freddie Robinson (1939–2009)，本名阿布·塔里布，美国黑人布鲁斯与爵士吉他手。

"他不会唱歌,而你会。"

"嗯。"

"你要不要考虑重新唱歌?"

"我那些东西没人愿听。"

"有些观众可能想听。"

"如今完全是新天地了。"

"也许这里是。"医生微微一笑,"可我说的不是这里。"

于是打电话,安排引荐。

九个月后,弗兰基·普雷斯托去了越南。

∽

自从第二次世界大战开始,联合服务组织,简称 USO,就把艺人送到美国部队劳军,已有几十年历史。歌手如平·克劳斯贝[①]和安德鲁姐妹[②]去过前线。甚至连我卓越的小提琴演奏家雅沙·海飞兹[③]也参加过,有一次他只为一名坐在暴雨中的士兵演奏。雅沙称那是他最精彩的表演。

长期以来,音乐与战争交织在一起,从古代的号角,到横笛和战鼓。当日历翻到一九七〇年年底,弗兰基·普雷斯托继承这一传统,参加了 USO 组织的圣诞节巡演,同行的有喜剧演员鲍勃·霍普[④]、歌手罗拉·法拉纳[⑤],一支名为淘金女郎的舞蹈团,一位棒球运动员,一位选美皇后,

---

① Bing Crosby (1903–1977),美国著名歌手、演员,20 世纪 30 年代爵士乐代表性歌手。
② The Andrews Sisters,美国摇摆乐和布基伍基舞曲时代密集和声演唱组合,由姊妹三人组成,于 1998 年入选声乐组合名人堂。
③ Jascha Heifitz (1901–1987),俄裔美籍小提琴大师,被认为是 20 世纪甚至是有史以来最伟大的小提琴演奏家。
④ Bob Hope (1903–2003),美国电影、电视、广播喜剧演员。
⑤ Lola Falana (1942– ),美国女歌手、舞者和演员。

还有弗兰基协助组建的大乐队。他还演唱了他最有名的两首歌,《不,不,宝贝》和《我想爱你》。他们去各式各样的军事基地巡演。卡车开出来,舞台搭好,演出开始。之后,一切收拾起来,运走,再重新开始。

巡演队所到之处,弗兰基与士兵交朋友,请他们开车把他带到尽可能靠近前线的地方。亲眼目睹的苦难减轻了他自己的痛苦。他看到路边眼神空茫的越南儿童。他看到像印第安人圆锥形帐篷一样巨大的机枪三脚架。他看到屋顶上的爆炸,一位狙击手被杀,从窗口跌落下来。

但考虑到我们故事的目的,必须讲讲他巡演的最后一周的一天下午,在一处名为隆平的重要美军基地演出之后的事。那场演出观众人数众多,将近两千人,士兵们为看清楚些,爬到电线杆上。他们欢呼,喝彩——尤其是当女舞蹈演员跳舞的时候。弗兰基演唱时,淘金女郎组合在后面伴舞,一些军人大喊:"好福气啊,普雷斯托!"

演出结束,乐队正要解散,弗兰基听到一个声音,高喊他的名字。

"弗兰基先生!是我,艾利斯!"

一个魁梧健壮的士兵身穿绿色工作服,站在舞台边微笑着冲他挥手。弗兰基眨着眼睛,难以相信。艾利斯·杜波依斯曾是新奥尔良小巷里的擦鞋小童(听过小理查德唱《图提芙露提》的那个),在弗兰基和奥罗拉仓促的婚礼上做过伴郎。那时候,艾利斯六岁。

如今他已经二十一岁了。

"艾利斯,真是难以置信,"弗兰基说,"你都……长大了。"

"是啊,先生。"

"喂,过来。"

他们拥抱着,飞速地说着,交换细节和问题。弗兰基问到小伙子的身体(很健康),他怎么参的军(应征入伍),还有新奥尔良电器店后面那家老录音室(搬迁了)。艾利斯问起弗兰基的主打唱片(艾利斯都有),艾德·沙利文秀(两次他都看过),当然还有,奥罗拉小姐。

"我们已经分开了。"弗兰基说。

艾利斯说他很遗憾,因为他记得奥罗拉小姐多次给他带三明治、油炸煎饼和甜茶。

随后,艾利斯透露,他自己也要举行婚礼了。他爱上一位越南女子,要在弗兰基巡演结束之前结婚,好把她带到美国,过更好的生活。结婚手续漫长,拖拖拉拉,但是那天晚上他要和新娘的家人举办招待会。艾利斯恳请弗兰基出席。

"拜托,你能给我们演奏一支曲子吗?"

弗兰基给他看自己疤痕累累的左手。

"我弹不了了,艾利斯。"

"出什么事了?"

"一言难尽。"

艾利斯看惯了伤口,但这一处令他深感难过。在他记忆中,弗兰基是和吉他密不可分的人。

"我十分难过,弗兰基先生。"

"谢谢你,艾利斯。"

"我有个主意……你唱,我弹,怎么样?"

"你现在也弹琴,艾利斯?"

"你不记得你在小巷子里教过我和弦?你给我讲 D、G 和 A 和弦,其他的是我自学的。我那时候溜进去听你们所有人录音。你们都很棒,是你们激励我加入乐队之类的。"

弗兰基笑了。"可别怪我。"

"求你了。来唱歌吧?"

"好的,我会为你和你的姑娘演唱。"

"太棒了!哦……你有吉他吗?"

几小时以后,他们来到一座佛寺后的草坪上,面前的三张桌子周围坐满越南亲戚。有佳肴美酒,女人们身着传统服装,还有几个美军士兵出席,他们得把枪放在外面。艾利斯弹着弗兰基的吉他(是的,弗兰基谨记强哥·莱因哈特的嘱咐,依然吉他不离身),为弗兰基的主打歌曲《我们的秘密》弹和弦伴奏。几年来第一次,弗兰基唱起那首歌,一次朴素的原声表演,很像他创作那首歌的那一天,心中想着奥罗拉:

> 有一天,我们的秘密
> 将不再是秘密
> 因为人人都看到
> 我的秘密
> 正是你的秘密
> 我会爱你
> 你也会爱我

客人礼貌地鼓掌。弗兰基意识到那家人并不为这场联姻感到欢喜,他能从他们脸上看出来。但他们很友善,艾利斯和他的准新娘看起来也十分相爱。

几小时后,许多杯酒下肚,艾利斯坚持要送弗兰基回演出人员住的旅馆。他安排了一辆出租车,等车终于到了,两人坐进后排。去旅馆的路上,他们都认为在国外战场上遇到故交,真是一大乐事。

"这是最好的结婚礼物,弗兰基先生。"
"我希望你们两个幸福。"
"我们会的。我要带她回新奥尔良,自己开家鞋店。"

司机开始指点着说什么。他把车向加油站开去。

"不加油,去旅馆。"艾利斯指挥道。

那人不停地指着自己的仪表。

"不加油!"艾利斯吼道,"旅馆!直接去!"

司机叽里呱啦地说着越南语,中间夹杂着"很短时间,很短时间"。他停车,下车,冲他们挥着手,让他们俩在车里等,自己朝加油站走去。

"哎,不好意思,弗兰基先生。"艾利斯叹了口气,说,"这儿的人啊,你懂的。"

弗兰基透过车窗盯着那人。

"艾利斯,他干吗要跑?"

艾利斯的眼睛迷迷糊糊,懒懒地眨着,突然间睁得大大的。"下车!下车!下车!"他大叫着,弗兰基推开车门,两人开始奔跑,因为艾利斯想起,他曾多次被告诫,在越南,如果司机下车,千万不要待在车里,因为他们有时为杀掉美国兵,会在车上装炸弹。就在他和弗兰基奔跑的时候,听到一声越南语的尖叫,然后是片刻的沉寂,接着是一声巨响,将两人向前推去。就在他们扑倒在地时,弗兰基将吉他盒子朝艾利斯头上抛去。到处是尘土和噪音,他们耳中嗡嗡作响,眼睛火辣辣的,烟雾腾腾,什么都看不见。

接着,同样突然之间,一切安静下来。有人喊起来。狗叫起来。那辆车上果然装了炸弹。也许是因为艾利斯要娶越南新娘,有人想要他的命。这些细节我不了解。我只知道,弗兰基急忙扶艾利斯爬起来,靠在一座建筑上,当军方的吉普车呼啸而至,寻找士兵时,弗兰基招手拦下。艾利斯腿上流了点血,但此外并无大碍,同弗兰基一样,只是擦破了皮,有些瘀青。他们上了吉普,艾利斯叫喊着,说弗兰基是重要人物,必须立即送他回旅馆。两人都气喘吁吁。但此时弗兰基却一直看他的吉他盒子,当汽车在街灯下驶过时,艾利斯明白了:

盒子上嵌进几小块弹片。

艾利斯意识到,弹片本可能击中他的,他抚摸着盒子,声音哽咽:

"哦,天哪……"

"没关系。"弗兰基说。

"要不是它,我就没命了。"

"别这么想。"

艾利斯哭起来。

"对不起,弗兰基先生。天哪,我真抱歉……"

"别难过,你还活着呢。"

他听自己说出这句话——别难过,你还活着呢——仿佛是在说给自己听。他将盒子滑到两腿间,打开。

"那是什么光?"艾利斯问。

弗兰基凝视着。吉他的第四根弦正发出幽幽的蓝光。他感到喉咙中一阵哽咽,关上盒子,然后用手抚摸着弹孔。

"没事,"他说,"没什么。"

但是,当然不是没什么。一个人的未来已被改变。艾利斯在这次爆炸中获救,他还是娶了越南新娘,他们将要在新奥尔良定居,开一家鞋店,抚养大三个儿女和九个孙子孙女,其中一个将成为著名的作曲家。

假如弗兰基没有重新见到艾利斯,这一切便不会发生。第四根琴弦讲述了那个故事。

每个人此生都会加入乐队。

有时他们还会重逢。

## 47

<u>1981 年</u>

那几个得克萨斯男孩脱掉鞋子,拎着跨过灌木<u>丛</u>,在沙滩上慢慢走,从后面靠近吉他手。

"普雷斯托先生?"

弗兰基抬起头。他满脸胡须,皮肤黝黑。

"我们是从美国来的。"

弗兰基眯起眼睛。他的沉默令他们加快语速。

"实际上,我们是从得克萨斯来——"

"我们有个乐队——"

"很抱歉打扰您——"

"是那个叫凯文的人,告诉我们——"

"他把我们放在树林边——"

"我们甚至不知道——"

"您在这里——"

"我们热爱您的音乐——"

弗兰基举起一只手,他们住了口,尽管这不是他的本意。实际上他是在招呼一个小女孩,大概四五岁,从沙滩上向他跑来。她梳着小辫子,光着小脚丫,没有穿衬衣。她奔过来,小肚皮趴在他的胳膊上,弗兰基眉开眼笑,把她悠起来。她像是在欢笑,却没有发出声音。等她脚落到地上,看到三个陌生人时,表情立即变了。她转身往回跑,像来时一样悄无声息。

莱尔、艾迪和克拉克望着她跑去的方向:海滩后面的一座小屋,树木环绕,一位金发女子从屋里走出来,身上穿着色彩艳丽的裹身裙。

"怎么回事?"女人问。

"呃,很抱歉,夫人,我们以后再来。"莱尔结结巴巴地说着,慌忙和其他人退回树林中。

## 托尼·班尼特

歌手,画家,格莱美奖得主,肯尼迪中心荣誉奖获得者。

哦,首先,他的死,是个悲痛的消息。对整个音乐界而言都是悲剧。他是个心性纯净美好的人。你认识他吗?你要是认识,就太幸运了。我是认真的。弗兰基·普雷斯托是一位真正的艺术家。很温柔。很细心。而且是我见过的具有最纯粹的音乐天赋的吉他演奏家。

告诉你我为什么这样说。从二十世纪四十年代末起,我就一直唱歌。弗兰克·辛纳特拉、纳特·金·科尔、比莉·霍莉黛,这些人都对我产生过影响。我十分喜欢爵士歌手。这也是我对自己的定位。但是说到赚钱,别人告诉我,当爵士歌手是赚不到钱的。明白吗?这一行就这样。有一次,有人对艾灵顿公爵说,唱片公司不给他录音了。他问:"为什么?"答曰:"因为你的唱片销量不够多。"他说:"你把事情搞颠倒了。录唱片是我的活儿。卖唱片是你的活儿。"艾灵顿公爵,你能相信吗?

七十年代初,我也遇到过一个阶段,唱片销量低。我不愿做他们想让我做的唱片。迫于压力,我录过一张摇滚专辑。我对此极不适应,录唱片时甚至病了一场。那段时间很煎熬。我感觉被关在挚爱之物的外面。

我离开唱片公司,去了伦敦,结果一住就将近两年。那是我一生中最快乐的时期,因为我只做自己想做的音乐。

滞留伦敦期间,我住在一家旅馆里。每天早上起床,外间的窗帘就拉开了,窗外就是一个公园。总有一个男人坐在公园长凳上,带着一把吉他。他从来不弹,只是搁在腿上。

于是,几周之后,我开始好奇。散步回来的路上,我经过他身边,觉得认出了他的脸。我说:"打扰一下,我看你每天在这里——"没等我把话说完,他看着我,唱起《情书》中的一段,那是我第一张专辑上录过的。他的声音很美,音色完美无瑕。

"查克·韦恩是你的吉他手。"他说。

"没错。"我说。

"那张唱片很棒。"

"谢谢。"

"还有一首叫《情书》的歌。"

"哦?"

"强哥·莱因哈特作曲。曲名是 *Billets Doux*。"

"*Billets Doux*。"

"那是法语。是一首器乐曲。"

"你能弹弹吗?"

"不行。"他看着吉他,"弹不了了。"

就是那时候,我看到他的左手,疤痕累累。我说:"你每天坐在这里却不弹吉他,就是因为这个吗?"他看着我,说:"我在等人。"我问:"等谁?"他说:"我妻子。"我说:"她快来了吗?"他摇摇头,说他不确定,他甚至不知道她还在不在伦敦。

于是,我们谈起来,我意识到这位便是弗兰基·普雷斯托。他已经淡出公众视野多年。他告诉我,他的真名叫弗朗西斯科,我说:"嘿,我的真名是贝内德托①,说不定咱俩还是表兄弟呢!"我们哈哈大笑,聊

---

① Benedetto,和 Francisco 一样,是西班牙语。

得很开心。

我一直以为他是摇滚歌手,结果却发现,我们俩有许多共同的熟人。弗兰克·辛纳特拉,鲍勃·霍普。他小时候甚至见过艾灵顿公爵,你知道吗?

第二天,他又在那儿坐着。有辆车来接我,于是我邀请他和我一起去名为《热门话题》的电视节目的录制现场。那真是一次难得的经历,在场的有世界顶级编曲家罗伯特·法农①(大家都称他"长官"),我们每周都演唱歌曲,谈论音乐。

弗朗西斯科——他喜欢我这么叫他——那天跟我一起来,坐在录音室中听。他从不打开吉他盒。第二天我又邀请他,后来又请了他几次,每次我们上车要走时,他总是最后环顾一眼,仿佛他妻子要来似的。

但她一直没有来。

大约两周之后,我们为电视节目排练,我演唱库尔特·韦尔②一支名为《迷失在群星之间》的歌曲,只有一架钢琴伴奏。那是一首优美而哀婉的歌曲。你知道吗?

> 上帝创造海洋与大地之前
> 将所有星星握在掌心
> 如同沙粒,它们逃出他的指间
> 剩下一颗小星星流落孤单

突然间,我听到极为美妙的吉他和弦,一次弹一根弦。我回头一看,是弗兰基·普雷斯托在弹。每一个和弦都像是一次挣扎,你能从他脸上看出来。但是那首歌节奏十分缓慢,让他有时间换指。我一直唱,不想

---

① Robert Farnon (1917–2005),加拿大出生的作曲家、指挥家、编曲家和小号手。
② Kurt Weill (1900–1950),德国作曲家。

停下,因为我觉得出,这对他很重要。我们唱了几段,直到结尾:

> 而我一直走过黑夜与白天
> 直到双眼疲惫,两鬓霜染
> 有时感觉,上帝仿佛消失不见……
> 将我们丢在这里,迷失在群星之间

他拨响最后一根琴弦,我看到泪水从他脸上滑落。就连舞台工作人员都在鼓掌。我说:"很好听。"我不想让他尴尬。但我没有说实话,何止是好听,而是美得动人魂魄。

那年夏末,我决定回美国。汽车来接我,弗朗西斯科和以前一样,坐在长凳上。我让司机等一下,我走过去,在他身边坐下。

"我要走了。"我说。

"去哪儿?"

"回家。"

"多谢你带我去你的节目,贝内德托先生。"

"你要在这儿等多久?"

"不知道。"

"要是你妻子不回来呢?"

"她会回来的。"

"喂,你以后要是有兴趣的话,我会很荣幸和你一起录音。"

他几乎笑起来。"我已经弹不了了。"

"你弹得了。你弹过了。"

"不过几个和弦而已。"

"不是和弦。是音乐。"

我告诉他,只要他心中还有那种音乐,没有什么能阻止它表达出来。

我是认真的。

  而后我问:"你上次回家是什么时候?"

  他答道:"我没有真正的家了。"

  我说:"人人都有个叫作家的地方。"

  他捧起他的吉他。

  "我所有的一切,就是这个,"他说,"还有她。"

## 48

弗兰基最喜欢的歌中，有一首是漂流者乐队演唱的《留最后一支舞给我》。歌词内容是告诉一位女子，她可以和其他男人共舞，只要她记得谁带她回家就好。词作者道克·普慕斯[①]是位小儿麻痹症患者。他回想新婚之夜，别的男人与他的新娘共舞，而他只能坐在轮椅中看，便写下这首歌。歌词是他随手写在婚礼请柬背面的。

我已经告诉你，所有的爱情故事都是交响乐，最后的乐章是回旋曲，重复主题，并穿插插曲。弗兰基和奥罗拉，还有他们到达与离开的回旋曲，已经把最后一支舞留得够久了。最后，在日历翻到一九七四年时，他们最终团聚——这主要归功于一个广播节目。

是的，广播节目。托尼·班尼特先生（或叫贝内德托）给受伤的普雷斯托先生帮了最后一个忙。离开伦敦那天，他的豪华轿车上还坐着一位乘客，一位BBC主持人。去机场的路上，两人聊天，班尼特先生讲了弗兰基的故事，略去他的名字，但是提到这人每天上午都在等待他的妻子，腿上放着一把吉他。

"了不起吧？"班尼特说。

"非同寻常。"主持人同意。

---

[①] Doc Pomus (1925–1991)，本名杰罗姆·索伦·菲尔德，美国布鲁斯歌手，词曲作家。

这个伤感的故事令这位BBC主持人深受感动,他在那一周的节目中讲了这件事。开车上班的塞西尔·(约克·)彼得森听到这一节目,在到达伦敦经济学院的办公室后,给妹妹奥罗拉打了个电话,说:"我认为你丈夫回来了。"

第二天上午,雨下个不停,奥罗拉·约克走下公交车,朝公园走去。她看到弗兰基,便躲在一根电线杆后面,等了一个小时,看他被雨淋湿。她数着打在雨伞上的雨滴,给每一滴雨分派一个她不该去找他的理由。当所有理由穷尽之后,她合上雨伞,任雨水将自己浇透。

然后,她穿过马路。

她走近,弗兰基抬起头,雨水顺着她的脸庞流下来。她挪开他的吉他,俯身靠在他的膝头。

"你会留下来吗?"

"我会。"她说。

✿

音乐可以抚慰心灵。身体则是另一回事。为治疗弗兰基受伤的手,奥罗拉花了几个月时间找最好的专家。对此,我万分感激。她动用姐姐的人脉。她出钱为他重新做了一次手术。她督促他每天进行康复训练。她照料我的爱徒,直到他恢复机能,此后,我的魅力使他再次焕发生机。

与此同时,弗兰基和奥罗拉旧情重燃(回旋曲,还记得吗?),他们欣慰地发现,挡在他们之间的壁垒已经冰释,再没有名气的问题,旅行、晚归或其他女人也不存在了。奥罗拉除掉了弗兰基生活中残存的烟瘾和酒瘾。

然后她着手找房子。

"你想住在伦敦吗?"弗兰基问。

"绝对不想。"她说。

"那去哪儿?"

"某个遥远的地方。"她说,"还要安静。"

他们开车去英国的各种边远地区,没有一处令她满意。

"再远些,"她说,"再静些。"

他们飞到纽约,弗兰基在那里找回两把吉他。

"再远些,"她说,"再静些。"

他们飞到洛杉矶,弗兰基去一个银行取钱,奥罗拉甚至都不肯离开机场。

"再远些,"她说,"再静些。"

他们飞到澳大利亚。

"再远些。再静些。"

他们乘船去了新西兰。在奥克兰港口过夜时,她看到一条旧渡船在月光下扬帆离去。她问那船去哪儿,工作人员告诉他,是去一个叫激流岛的地方,它的毛利语名字叫"Te Motu-arai-roa",意思是"长而隐蔽的岛"。

第二天早上,她和弗兰基带着所有行李上了那条渡船。一小时后,他们到达码头,迎面看见碧绿的悬崖高耸入云,听到海水静静拍打岸边。奥罗拉转过头,凝视着她一生的爱人。

"这里。"她说。

# 49

**1981 年**

得克萨斯的男孩们抽签,要选一个人再试一次。(他们断定,三人同去,架势未免太吓人。)莱尔抽到最短的那根,于是,第二天傍晚,太阳落山时,他穿过灌木丛和树林,一个人悄悄靠近海滩。弗兰基坐在那里,没有穿衬衣,吉他的带子绕在他袒露的晒成棕色的肌肤上。他弹着 F 调音阶:大调音阶,小调音阶,多利亚调式,弗里吉亚调式,利第亚调式,上行音阶,下行音阶。

"你可以过来。"他说,没有回头。

莱尔双手插在裤兜里,蹭过来。

"您好,先生。"

"我太太说你们会回来。"

"上一次,很抱歉……"

弗兰基继续弹音阶,慢慢地,用心地。

"我只是……我从来没想到真能见到您,普雷斯托先生。我叫莱尔。"

弗兰基转向升 f 小调音阶。

"我也弹吉他。"

弗兰基点头。

"当然不如您了。"

弗兰基点头。

"伍德斯托克那段著名的独奏,是您弹的吗?"

弗兰基点头。

"真的?因为没有人能确认您去过那儿。"

弗兰基继续点头,直到莱尔意识到,他不是在回应自己的提问,而是随着波涛拍岸的节奏晃着脑袋,仿佛在跟着鼓点一样。

"您是在练习吗?我是说。抱歉,愚蠢的问题。为什么是音阶?您为什么练音阶?"

弗兰基停下来。

"嗯?"

"为什么练音阶?"

"重新训练。"

"重新训练?"

"训练手指,训练耳朵。这是一个漫长的过程。"

莱尔有一百个问题想问,但是弗兰基重新开始练琴,他便住了嘴,静静听着。当弗兰基循环练完降 B 和还原 B 音阶时,他又停下来。

"我把手弄坏了。我正在学习寻找。"

"寻找什么?"

"美。左手寻找美。"

他举起手掌,莱尔注意到疤痕。

"哦,天哪。"

"没有多少美。"

"怎么弄的?"

"不太记得了。"

"是意外吗?"

"算不上。"

"什么时候?"

"一九六九年。"

"那是伍德斯托克音乐节。这么说您确实去了?"

"算是吧。"

"那是您弹的吗?"

"弹的什么?"

"那段独奏。刚刚我问过您的那个。"

"抱歉,刚才没有听。"

"那段很著名。我是说,盗版,很出名。"

弗兰基凝视着年轻人。

"盗版?"

"录音。您要是打听一下,就能搞得到。"

"独奏的录音?"

"那是迄今最令人惊异的独奏。我怎么努力都弹不出来的。没有人弹得出来。"

弗兰基仿佛呼吸加速。

"那不是我。"

他低头看着自己的脚。

"你该走了。我还有很多练习要做呢。"

几天过去,莱尔和乐队成员又尝试拜访了三次,但是每次海滩上都空空荡荡。

"我们可能把他吓跑了。"艾迪说。

"他说那不是他。"莱尔说。

"你相信?"

"不知道。他现在弹得很慢。"

"他是怎么受的伤?"

"他不说。"

"现在我们该怎么办?"

他们面面相觑。

"喝酒。"克拉克说。

十分钟后,他们走进一家名为麦金蒂的酒馆,点了啤酒。他们找到一张桌子。

"是美国来的摇滚歌手吧?"

他们一抬眼,看到凯文,那位司机,在吧台后面咧嘴笑着。

"你还当酒保?"艾迪问。

"哦,不是,是自己动手。探险进展如何啊?"

"没什么进展。"莱尔闷闷不乐地说。

"他消失了。"克拉克补充道。

凯文拉过一把椅子。"伙计们,你们得知道,人们搬到岛上,就是为了不被人打扰。假如想被人找到,他们不会选激流岛,这是绝对肯定的。"

"那你为什么带我们去呢?"

"不知道。他来这里很久了。我以为他可能愿意知道,还有人没有忘记他。"

"你知道他是谁吗?知道他在六十年代很有名吗?"

"哦,当然了。是《我想爱你》吧?我们在部队里听过。啊哈,让你禁不住想扭腰,是吧?"

"那你为什么说,从来没听说过他?"

"友谊的第一条守则,伙计。学会保密。"

三个男孩垂头丧气。他们呷着啤酒。

"就是为这,我那天晚上才去他那儿。确认一下可不可以。"

"等等,"莱尔说,"他允许你带我们去?"

"伙计,不是他。是她。"

"他妻子?"

"奥罗拉,她人很好。她觉得这主意不错。"

听到这一消息,得克萨斯男孩们颇受鼓舞,决定在岛上待到周末,那时候会有个一年一度的传统活动,叫作赛马日。大大小小的马和拖拉机都在一片宽阔的海滩上比赛,岛民们聚在阳光下,吃麦金蒂酒馆的牛排,喝装在酒桶里的啤酒。音乐是欢庆的一部分,没费多少周折,聪明呼喊乐队就被安排在下午晚些时候演唱几首歌。(其他的乐手包括一个小型铜管乐队,一个拉手风琴的男人。)舞台布置简陋,中间放着一套架子鼓,地方议会开会用的几个小扩音器和麦克风。但是莱尔、艾迪和克拉克渴望演出——一段时间没有登台的乐队重聚,就像机场上重逢的恋人一样兴奋——他们给吉他插上电,简短的问候之后,便以一首乡村歌曲开唱,那是莱尔创作的,赢得热烈的掌声。他们演唱汉克·威廉姆斯的《什锦菜》和某个版本的《摇摆与尖叫》,这些歌与骄阳、啤酒、闹哄哄的孩子们的尖叫以及醉酒男人的大笑都相得益彰。

"我们想再唱一首,"莱尔说,"一首老歌,但也一定十分好听。"

克拉克敲鼓,莱尔在吉他上弹起熟悉的旋律,唱起弗兰基·普雷斯托最著名的主打歌曲的第一段。

我想爱你

真心实意,
没人像我
如此爱你。

观众立即跟着鼓掌,就像人们听到熟悉的歌曲时做的那样。莱尔看着艾迪,艾迪微笑着伴唱。他们对这首歌的喜爱显而易见。但是扫了一眼观众,莱尔脸上的笑容不见了。

人群后面站着弗兰基,肩上骑着那个小女孩。

歌唱到一半时,他转身走开。

我该解释一下那个孩子。

弗兰基和奥罗拉在岛上找到他们一直在寻觅的安宁。土地很便宜,他们在海滩上买了一小片地,就地取材,修建了一个整洁的家。房子带一个可以俯瞰水面的露天平台。早上,他们沿海岸线散步,晚上,奥罗拉烤鲜鱼,弗兰基练习音阶和琶音,以恢复手的灵敏。他们穿着短裤和旧棉布衬衣。他们发现岛上的居民是一群艺术家、漂泊者和多姿多彩的人物,没有人在意弗兰基从前的名声。

他们到岛上一年之后,一天,弗兰基和奥罗拉散步回来,听到动物的叫声。他们看到,树丛中有一条流浪狗,白毛,身子低低地弓着,盯着他们看。他们走近,那狗哀叫着后退了几步。他们发现,在它身后,用灰色毯子包着的,是一个小小的女婴,不超过三个月大。

"你是谁,小可爱?"奥罗拉小声说着,轻轻抱起她。

弗兰基看着。这孩子不出声。奥罗拉将她抱在胸前,但婴儿依然睁着眼睛,看着弗兰基。

"有人把她丢在这里等死。"他说。这句话脱口而出。所有人类内心都有完整的记忆,有些能想起,有些想不起。在弗兰基内心深处的某个地方,藏着他自己遭受的遗弃,他自己的灰毯子,他自己那条哀叫的狗。

"我们得把她送到安全的地方去。"奥罗拉说。

他们匆匆走向汽车,根本没注意到一个衣服厚重的身影,躲在树林中。

他们送孩子去了最近的教堂,一座很小的平房。值班的修女是一个表情严厉、粗脖子的女人,对他们的到来好像很惊讶,她接过孩子,让他们等着。不久,一个警官来了,就一些细节对他们严加盘问。哪里发现的?怎么发现的?什么时候?他们是什么人?

"你为什么问我们这么多问题?"弗兰基问。

"因为这个婴儿两天前就被丢在这里,伙计。"警官答道,"有人把她遗弃在门廊上,留了张字条,请教会照顾她。后来,今天早上……"

他顿了一下:"她不见了。"

弗兰基看看奥罗拉。

"这事和我们没有任何关系。"

"我们是告诉你们事情的来龙去脉。"

"我们是刚刚发现她的。"

"这是事实。在树林里,一条狗守着她。"

既然婴儿安然无恙,警官最后接受了他们的说法。他允许他们回家。但是那天夜里,奥罗拉梦见那个孩子。第二天,她坚持要弗兰基和她一起去教堂。

"你好,小宝贝。"奥罗拉柔声叫道,身子俯在婴儿床上。

"别指望那孩子有什么反应。"修女说。

"为什么?"

"她有毛病。"

"什么毛病?"

"一声也不出,只会稍微咕噜一下。可能是聋子,通常是这样的原因。可怜的东西。明天我们要把她送到大陆上去。"

奥罗拉看着弗兰基。

"去把吉他拿来。"她说。

❧

弗兰基带他的乐器回来。他轻轻拨几下空弦。孩子没有反应。

"给她弹首歌。"奥罗拉说。

弗兰基弹起《安静,小宝贝》的基本音。

"唱。"奥罗拉轻声说。于是他唱起来。

  安静,别说话,小宝宝,
  爸爸给你买只模仿鸟。

孩子看过来。奥罗拉唱下一段。

  如果模仿鸟不唱歌,
  妈妈给你买钻戒。

孩子张开嘴。

两个大人合唱。

如果钻戒变黄铜,

妈妈给你买梳妆镜。

　　他们停下。孩子转过头。她开始哭,眼睛闭得紧紧的。但几乎发不出声音,只有小小的哑哑的咕噜声。听这样的小东西发出这种声音,简直让人心疼。

　　弗兰基又开始弹。

　　她便不哭了。

　　"瞧见没?"奥罗拉对修女说,"她不聋,她听得见。"她转向弗兰基。"她喜欢听你弹琴。"

　　"哦,我不知道……"他微笑着说。

　　但是我知道。我完全知道将要发生的事。我看到所有孩子的未来,我看到,在这个未来中会有一场讨论,一个决定,一次领养,还有,他们整洁的家中会收拾出一块地方,摆上一张婴儿床。一支新的乐队正在形成,弗兰基·普雷斯托是它的中心。

　　这个乐队是一个家。

## 50

但还是讲完那几个得克萨斯男孩的故事吧。

弗兰基和奥罗拉给小女孩取名叫凯,并以爱、沙滩、海水和音乐养育她。医生的说法差不多是,她是哑巴,声带先天发育不良。但是她听觉灵敏,眼睛也很敏锐。弗兰基在房间里走动时,她那双眼睛便追随着他。当他抱着吉他坐下时,她便拍着那双小手掌。

凯激励着弗兰基恢复。当他终于没有差错地弹出朱利亚尼的曲子时,凯在他身边。当他熟练掌握海托尔·维拉-罗伯斯的十二首练习曲时(这是他人生中的第二次),凯在他身边。当聪明呼喊乐队在沙滩比赛上重新演绎《我想爱你》时,她就骑在弗兰基的肩头。

两周之后,当弗兰基背着他那把老吉他,走进奥克兰市里一间名为"最后欢笑"的狭小录音室时,她也在,拉着弗兰基和奥罗拉的手。在奥罗拉的催促下,他已经答应和得克萨斯来的年轻人录一首歌,作为交换,他们会离开此地,不再打扰他。

"和他们一起演奏,对你没有坏处。"奥罗拉曾经说。

"我不打算和任何人合作。"

"但是已经到时候了。"

"到什么时候了?"

"发展妻子女儿之外的观众。"

莱尔太兴奋，前一天夜里没有睡着。他写好他们要录的歌的改编曲谱，那是一首他自认为最具有商业价值的摇滚乐。

"抱歉，我知道这不是最好的录音室，"他对弗兰基说，"但设备很好，而且每小时只收十五美元。"

"不署名。"弗兰基说。

"什么？"

"我不想让我的名字出现在任何地方。磁带上不要，致谢上不要，什么都不要。"

莱尔很失望，因为他曾经希望能告诉人们，弗兰基·普雷斯托出现在他的唱片上，这样销路会更好。

"当然，没问题。您想怎样都行。"

弗兰基僵硬地点点头。他坐下，打开他的旧吉他盒。那盒子由老师亲手交给他，如今将近四十年了，已经饱经沧桑，上面贴着无数机场的安检标签，曾经嵌入弹片的洞眼上贴着胶带。

但吉他本身依旧是他最坚强的伴侣。弗兰基十分用心地擦亮指板，为调音旋钮上油。玫瑰木的琴身有几处裂痕，已经修过，但颜色还是不一样。黑檀木的琴颈经受住了时间的考验。当然，还有琴弦。底下的四根已经换过多次。但是弗兰基的视线落在上面两根上，那还是原来的，尚未被燃烧般的蓝色魔力触碰的琴弦。

他记起和老师的一段对话。

"老师，为什么琴弦会发出不同的声音？"

"很简单，因为他们像生命一样发声。"

"我不明白。"

"第一根弦是 E 弦。它的声音高而疾，像孩子。

"第二根弦是 B 弦。它的音高稍低，像少年尖细的声音。

"第三根弦，G弦，更深沉，具有青年人的力量。

"第四根弦，D弦，强劲有力，如健壮的男人。

"第五根弦，A弦，坚实而响亮，但是达不到高音，如同已过盛年的男人。"

"那第六根弦呢，老师？"

"第六根弦是低音E弦，最粗，最慢，脾气最坏。你听出有多低了吧？咚—咚—咚。好像眼看要死了。"

"是因为它离天堂最近吗？"

"不，弗朗西斯科。是因为生命总是拖着你往下沉。"

弗兰基要过改编谱。莱尔笨手笨脚拿出那张纸，掉在地上。弗兰基捡起来。看到写的内容后，他把自己的吉他靠墙放好，拿起一把芬达公司产的斯特拉托卡斯特电吉他。

"我用这个行吗？"他问，向站在玻璃后面的那个卷发的录音师打了个手势。录音师向他竖了下大拇指。

"好，咱们进去吧。"弗兰基对莱尔说。

"你不想排练一下吗？我们可以过几遍，让你看看在哪儿——"

弗兰基摇摇头。

"开始录就行。"

那是一首名为《怎么回事》的快歌。克拉克以疯狂的速度敲鼓，艾迪的贝司则如同神经质的重击。弗兰基的部分只是四个严重变形的重复和弦，他只须一小节弹四拍。在我看来，那东西太小儿科，他完全是大材小用。但是他尽职尽责，当莱尔尝试不同的演唱方式时，他将曲子重复弹了五遍。透过玻璃,弗兰基看到妻子和女儿,凯跟着拍子前后摇晃。奥罗拉则动作夸张地摇晃着脑袋,仿佛在撞墙,令弗兰基忍俊不禁。

"你觉得怎样,普雷斯托先生?"录完后,莱尔问。

弗兰基点点头,但没有看他。

"我是说,我想知道您的看法,"莱尔说,"实话实说。"

"实话实说?"

"拜托。"

"你为什么要录这首歌?"

"您这是什么意思?"

"我是说,你的声音好像不适合这首歌。听上去不是你的真实感受。"

血涌到莱尔的脸上,他面红耳赤。

"您为什么这样说?"

"哦,你录了五遍,"弗兰基说,"每次唱法都不一样。这说明你还在找调。你干吗不唱在沙滩上唱的歌?那些至少听起来是你喜欢的。"

一阵尴尬的沉默。莱尔瞟了一眼艾迪和克拉克,他们得到提示,正要离开录音室。弗兰基吁了口气,透过玻璃扫了一眼奥罗拉和凯。他已经在这里待得不耐烦了。

"我知道您说得对,"莱尔压低声音说,"可我正努力想让它打入市场。而这就是他们会买的东西。他们希望强劲的节奏。他们希望有锋芒。"

"锋芒?"

"是的,先生。就像您的独奏——或者说,人人都以为是您的独奏。我以为是您弹的。那种锋芒。"

弗兰基用手掌揉一揉眉头,叹了口气。

"那不是锋芒。那是痛苦。"

莱尔抬起头。

"那是您弹的?"

"另一个版本的我。你不会希望成为那样。"

弗兰基放下电吉他,往后靠在椅子上。

"我曾经有一位盲人老师。有时候,趁他去卫生间的时候,我在吉他上砰砰乱弹,制造噪音。他就会喊:'住手,傻孩子!没有人愿听丑陋的东西。'我为自己辩解说:'学校里的老师教导我们说,上帝聆听一切声音。'他会吼着反驳:'上帝可能会听,但是我不听。'"

莱尔哈哈大笑,弗兰基脸上也绽放出笑容。

"重点是,你得决定为谁演奏。我想让他认为我弹的东西是美的,于是我不再制造噪音,而是开始弹奏音乐。"他揉着下巴,"你内心深处,真正喜欢什么?"

"很可能更乡村,或民谣。"

"那就唱那个。"弗兰基说。

"即便没有销路?"

"钱和音乐不是朋友。"弗兰基轻声笑了,"这一点我还是知道些的。"

莱尔思索片刻。"有意思,实际上我有首歌,就像您老师说的那样。是关于原谅某个曾经欺骗的人,上帝愿意,而我不愿意,上帝原谅,而我不原谅。"

"听起来挺好。"弗兰基说。

"您能为我弹吗?拜托?我马上写谱子,用不了多长时间。您能不能留下来帮我做这一首?"

"然后你和你的朋友就会回美国?"

"我发誓。"

"不再打扰我?"

"绝对的。如果您愿意,我们可以去飞机场过夜。"

弗兰基一摆头。"继续。"

莱尔跳起来,推开门。奥罗拉和凯在另一边。

"哦,抱歉,不好意思。"

弗兰基示意他的家人进去。

---

接下来发生的事,后来证明,既重要,而且正如一些里程碑事件偶尔会出现的那样,完全出乎意料。

奥罗拉看到弗兰基给年轻乐队提建议,感到很高兴。"你在帮他们,他们是帮好孩子。"

"我只是因为你这样说才做的。"

奥罗拉笑了。"这理由已经很充分了。"

"凯,过来。"弗兰基说着,把女儿抱到腿上。奥罗拉打开一小瓶果汁。小女孩喝了一口,就跳下去。

"她跑了!"奥罗拉说。

他们看凯在录音室跑了一圈,轻快但是无声。她回来,举起电吉他,递给弗兰基,脸上现出好奇的表情。

"让她瞧瞧你的本领,弗朗西斯科。"奥罗拉说。

"嗯?"

"手怎么样了?"

他扬起眉毛。"咱们瞧瞧。"

他把电线插进扬声器上,试了试效果器。然后他扬起下巴,冲着女儿。

"凯?"他说,"你在听吗?"

---

假如可以记住所有东西,你愿意拿什么交换?我有这种能力。我吸

收你所有的记忆;当你听到我时,可以重新唤醒记忆。第一支舞蹈。一次婚礼。你得到重大消息时演奏的歌曲。别的才华不会给你的生命赋予声音。我是音乐。我标记时间。

在奥克兰的那一天,弗兰基演奏他自己的记忆。他先弹了一首儿歌《比利男孩》,接着加快速度,又将这支曲子用爵士乐演绎了一遍(就像钢琴演奏家瑞德·加兰[①]曾经演绎迈尔斯·戴维斯[②]的曲子那样)。他弹得很轻松,而且,令他惊讶的是并不觉得痛。他即兴弹了两分钟,不停推动自己,然后手腕迅速一抖,结束。

小凯拍着手,她的脸庞就是无声的快乐的写照。

"还想听吗?"

她点点头,他弹起《鸳鸯茶》和《丢手绢》,那是他和老师一起在留声机上听过的,每一首都以简单的旋律开始,然后将之引向遥远的角落,赋予美丽的音色。奥罗拉尽力忍着不笑出声来。假如我有嘴,我也会笑的。多年来第一次,弗兰基又可以自如地演奏,几乎和从前一样快。但是更美妙,更丰富,因为现在他的音乐富有激情,更有思想,音符选择更加用心,就像伟大的画家不只选择颜色,还要选择完美的色调。

他弹了很多摇滚曲子片段,包括鲍勃·迪伦的《沿着瞭望塔》、奇想乐队[③]的《你真的迷住了我》,减缓速度,而后又加快速度,听起来仿佛将鼓、贝司和吉他合而为一。当他在电吉他上弹完,凯又将那把将她的童年与他的童年联系在一起的老旧原声吉他举过来。

"这一把?"弗兰基问。

她点点头。

---

[①] Red Garland (1923–1984),美国现代爵士钢琴演奏家。
[②] Miles Davis (1926–1991),美国爵士小号手,乐队领队和作曲家。
[③] The Kinks,成立于1963年,活跃于20世纪60至70年代,英国流行摇滚的奠基乐队之一,曲风兼顾迷幻、流行和摇滚。

"《对我说爱》。"奥罗拉说。

弗兰基从命,边哼边深情地弹起来。他还弹了强哥·莱因哈特的《云[①]》(那位吉卜赛吉他演奏家曾在克利夫兰的一家旅馆给他弹过),两支他在路易斯安那州学过的布鲁斯曲子;舒曼的《梦幻曲》,那首他在沙滩上弹过的曲子;还有塔雷加那首充满震音的《阿尔罕布拉宫的回忆》。他甚至还弹了一首很具挑战性的曲子,作曲家是有"金手指男人"之誉、人称嘉罗托[②]的巴西吉他演奏家。

一首紧接着一首,弗兰基的演奏越来越开阔,如同阳光铺展开来。从没有什么观众能像女儿脸上的表情那样赋予他灵感,在与奥罗拉的玩笑和欢笑之间,他用降九度、挂四和弦和从未尝试过的和弦转位,为她们演奏了他平生的所有保留曲目,并赋予它们新的色调与阐释。我能感觉到我在他的血管中飞驰,通过他激情洋溢、技巧娴熟、充满创造力的手指释放出来。

辉煌灿烂。

他以一首他喜爱的《纯真男孩》结束演奏。那是一首神秘的歌曲,美得令人心碎,作者是位流浪作曲家,后来再没有写出那么受欢迎的作品。歌曲讲述一个天赋异禀的男孩,正像少年弗兰基,怀揣着一个秘密,游走于人世间。那天下午他唱过的唯一的歌词,是那首歌的最后两句,他满怀感激地凝视着将他从绝望深渊中拉回来的两个人的眼睛,唱道:

这世间最美好的,

莫过于学会爱与被爱。

曲终,他慢慢拨出最后一个和弦,一个 D 和弦,加上一个六度音,

---

[①]原文为法语。
[②] Garoto,本名安尼巴尔·奥古斯托·萨丁哈,巴西吉他演奏家、作曲家。

一个九度音,和一个升十一度音,直弹到琴颈最高处,然后,他冲女儿调皮地一瞪眼睛。小凯听得开心极了,急忙跑过来,拍着吉他的琴格。

"小心,"弗兰基微笑着轻声说,"这些可是魔弦呢。"

没有人留意到,玻璃后面的控制室内,那位卷发的录音师顺手将那两个字写在一张纸上。魔弦。他自己也是初上道的吉他手,刚才独自坐在控制台后面,一直在倾听,扬声器中传出的音乐听得他几乎呆住。他扫一眼主录音机上那卷两英寸宽的磁带,欣慰地长舒一口气。

磁带还在转动。

整个演奏都录下来了。

"我们准备好了。"

莱尔突然冲进录音室说,艾迪和克拉克跟在他身后。

"录新的?"录音师问。

"是的,全新的。"艾迪说,"我们从头再来。"

"那盘旧带子呢?"

"算了,不要了。"

录音师点点头。"好吧,伙计,你说了算。"

他倒回带子,将那盘磁带放进盒子里,随手拿过一个标签。

"嘿,"他对正在系运动鞋鞋带的克拉克说,"弹吉他的伙计叫什么?"

克拉克诡秘地一笑。他左右看了看。

"伙计,那是弗兰基·普雷斯托。谁也别告诉啊。"

"干吗要告诉?"录音师说道,"从来没听说过这人。"

克拉克皱皱眉头,进了录音室。录音师在盒子一侧写上"弗兰基·普雷斯托的魔弦",把它放在架子上。

## 51

第一次录音出现在十九世纪中期,当时一个发明家冲一个圆筒和振动膜里发出声音,带动铁笔在被烟熏黑的纸上划出线条。

二十年后,托马斯·爱迪生发明留声机。自此以后,你们便不断用各式各样的媒介捕捉我,从虫胶唱盘到黑胶唱片,到磁带,再到数码光盘。我不予评价。我是一种才能,我不关心录音格式,正如绘画不关心一张空白画布。

但那些录音如何影响我的门徒,却是耐人寻味。那天在奥克兰,聪明呼喊乐队录的歌曲比之前的摇滚风格更令人满意。它适合莱尔不同寻常的嗓音风格,一种萧瑟忧伤的声音将渴望注入音乐之中。那首歌题为《上帝愿意》,几年后录制,收入这年轻人第一张名为《莱尔·洛维特》的专辑中。

而且,他从没有忘记带他去找弗兰基的那个几维人的话("伙计们,友谊的第一条规矩:学会保密。")。如今,洛维特先生已是你们世界中成功的艺术家,他从没有透露弗兰基的行踪,或提到伍德斯托克音乐节上的独奏。

至于那盒两英寸录音磁带,依然在那位卷发录音师手中,直到他遇到的一个人出了大价钱,他立即接受,并用那笔钱买了一套新的调音台。

不久,一张压缩黑胶唱片,简单的白色套封,开始在南美各地出现,人们私下购买,音乐行内行外人士均对之赞叹不已。专辑题目出现在封底,几个简单的字:《弗兰基·普雷斯托的魔弦》。

但是此事发生时,弗兰基和奥罗拉已经离开激流岛。他们是在凯过八岁生日后不久离开的,当时凯突然之间难以解释地醒过来,用粗粗的声音问奥罗拉:"爸爸在哪儿?"

她突然说话了,这令医生们费解,他们提到"选择性失语",隐性肺病,神经系统问题,或者孩子没法说清症状的疾病,以解释奇迹般的痊愈。

弗兰基和奥罗拉只知道,他们现在有了一个会问问题的女儿。如同一支曲子增加了弦乐和管乐,随着孩子小宇宙的扩张,他们的生活变得更丰富,更复杂。

"收拾衣服。"一天晚上,奥罗拉说。

"我们去哪儿?"弗兰基问。

"我们要带她离开这个小岛一段时间。"

"为什么?"

"因为今天她问我,你和我是从哪儿来的。我觉得她该知道的时间了。"

就这样,第二天上午,他们登上一艘渡船,身边放着手提箱,踏上重新发现之旅,弗兰基·普雷斯托家庭乐队的三名成员——还有另一个,不为人注意,一个衣服厚重的身影,相隔五十英尺,跟在他们身后,注视着一切。

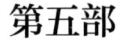

# 第五部

# 保罗·斯坦利

吉他手，歌手，KISS 乐队[①]主创成员。

当然。我给你讲讲弗兰基的事……知道吗，他曾经来 KISS 乐队参加过一次面试。

我说的是真的。那是……大概……一九八四年吧？在洛杉矶。我们在寻找一名主音吉他手，代替维尼·文森特。

KISS 那时候一直在面试人。我们把人领进录音室，让他们演奏几首我们的曲子，音乐水平如何，一听就清楚了。我们是视觉表演，所以相貌也得过关。假如他长相不错，水平过硬，我们就试用一下，了解了解，因为把新人招进乐队，就像是从约会到结婚。

尤其是像我们这种乐队。

但是我们还要赶速度，于是同一天让三个人过来。我们已经面试过两个——两个都挺好——然后，最后一个人走进来。他看起来年纪挺大。我记不清是谁或哪个经纪公司推荐他来的，但是记得他戴一顶滑雪帽，拎一只琴盒。那琴盒他都没打开。他坐下，看到录音室里散放着几把吉他，便拿起一把日本电吉他，河源牌，琴身小小的，钻石形状，说："我用这个可以吗？"

---

[①] 由保罗·斯坦利等人于 1972 年创建的摇滚乐队，主要风格为硬摇滚、重金属，擅长风格华丽的舞台演出。

我们说："你自己的吉他呢？"

他答道："哦，那是把旧的原声吉他。"

我心里已经在想："开玩笑呢，你来 KISS 乐队就带这个？咱们还是打道回府吧。"

但是等他摘下滑雪帽，把头发往后一撸，我不禁向前一探身，说："老天爷。"吉恩·西蒙斯问："怎么啦？"我说："那是弗兰基·普雷斯托！"

喂，我得告诉你，我小时候在纽约，弗兰基就是我的偶像。我喜欢迪昂与贝尔蒙特乐队①、鲍比·雷德尔②、吉米·克兰顿③这些人的嗓音。他们都唱得很好。但弗兰基不光会唱歌，还会表演，而且打扮有型，而且跳舞也倍儿帅。我看过他在《美国音乐台》中的表演。他与麦克风支架共舞，把它向前一推，然后又用脚一钩再转回来——乔·特克斯④玩这一招也很出名。酷极了。

《我想爱你》发行的时候，我大概是八岁，那是我拥有的第一张专辑，肯定是被我听得稀烂了。又过了一两年，《摇摆，摇摆》走红，我说服父母带我去看弗兰基的一场摇滚演出。是在布鲁克林的福克斯剧院举行。他只唱了几首歌，但是弹的吉他令人叫绝。他弹起一首曲子，我现在依然记得。他不只是手指如飞，而且到最后，他重重弹出四个大和弦，一个接着一个，声音响亮，砰，砰，砰，砰！那声音在整个剧场回荡。在我听来就像登山宝训⑤。时至今日，当我演奏的时候，也只有像那样的一声爆炸般响亮的和弦，能够直接占据整个建筑。

可是 KISS 乐队的其他成员甚至连面试都不愿让弗兰基参加。"他太

---

① Dion and the Belmonts，20 世纪 50 年代末来自纽约布朗克斯区的美国流行声乐组合。
② Bobby Rydell (1942– )，美国摇滚乐歌手、演员。
③ Jimmy Clanton (1938– )，美国歌手，曾是节奏布鲁斯和沼泽流行乐的青少年偶像。
④ Joe Tex (1935–1982)，本名小约瑟夫·阿林顿，美国音乐家，上世纪 60 至 70 年代以南方灵歌取得极大成功。
⑤《马太福音》中耶稣在山上对门徒的训话。

老了。"他们说。可我说:"让他试试嘛,流行音乐刚开始时,他都已经在演出了。"他的脸庞依然英俊,颧骨结实,头发也浓密。我觉得能行。

我们给他放了一首我们早期的一首歌,叫《夜间生物》,让他根据这首歌试着弹段旋律。我发誓,他把那首歌的旋律一个音符不差地弹出来。我不知道他怎么做到的。他只听过一遍,却使每个音符恰好在曾经尖叫的地方尖叫,每个颤音小节都弹得极为精准,几乎像在临摹那首曲子一样。

于是我说:"好,这一次想弹什么就弹什么吧。"他呈现出一段更美妙的旋律。最令我印象深刻的是,他并不炫耀速度,虽然只消一两个装饰句就能证明他可以弹多快。但他弹得极为优美,只要他把那旋律弹一遍,你几乎就可以唱出来。

我们不需要再听了——他的演奏水平没的说。但年龄还是问题。他是什么样的人呢?那天晚上吉恩很忙,于是我提议和弗兰基一起吃饭。内心深处,我想问问他过去的岁月。

我们去了圣莫妮卡的一家小汉堡店。我告诉弗兰基,我六十年代见过他。说到那时他很腼腆,仿佛是上一辈子的事。他说他离开美国有一段时间,而且很久没有录唱片了。我说:"你是因为这个才想来 KISS 乐队的?"他垂下眼睛,表情几乎羞怯,说:"不是。说老实话,是我女儿喜欢你们。"

我问:"你女儿多大了?"

他说:"八岁了。她喜欢你们穿的服装和化的妆。她从来没有真正见我登台演出。所以我想,假如我能进她喜欢的乐队,对她会是很美好的记忆。"

我说:"你不是开玩笑吧?"

他微笑着说,等你年龄越大,就越想让孩子了解你。

我听很多人说起他们想加入 KISS 的原因,但这种说法还是头一次听说。我不知道如何作答。但我确实告诉他:"知道吗,弗兰基,我们现在已经不化妆了。"他愣住了,仿佛他女儿会心碎似的。

"为什么不化了?"他问。

"有人认为化妆意味着我们不严肃。"

"小理查德就化妆。"他说,"吉米·亨德里克斯化妆,大卫·鲍伊也化妆。"

我说:"你和那些人一起演出过?"他说,哦是啊,他和他们所有人都合作过。

我难以相信,那感觉就像和整个摇滚乐历史对话。最后,我说:"伙计,这些年你到哪儿去了?"他说:"在一个岛上。"我以为他开玩笑,但他是认真的。我说:"你这么大老远飞过来就是为这?"他说他们一家在长途旅行,在回欧洲的路上,他在洛杉矶的熟人告诉他面试的事。然后他看着我说:"你们真的不再化妆了?"

说实话,我很希望他能加入乐队——我认为让 KISS 加入点历史感还是挺酷的——但是最后,很显然不成。他去了要去的地方,而我们收了个差不多比弗兰基年轻二十岁的家伙,结果就这样了。但是两三个星期后,我收到他寄来的信,感谢我给他面试的机会,希望我们一切如意。你知道,面试后还写封感谢信,这样的事在摇滚界有过几次?从来没有过。

信的末端,是他女儿用蜡笔涂写的一行字:"我爱 KISS!"

说来好笑,一九九九年,我争取到在多伦多主演《剧院魅影》的机会。之前我从来没有尝试过这类东西。但是我努力争取,部分原因是那时我儿子五岁,当时我就想:"我要让儿子在这出戏里看到我。"

那时我想起弗兰基谈到女儿时说的话。他说得没错,在人生的某个阶段,至关重要的是,你能给孩子留下什么。

## 52

跟我来。

沿这些楼梯上去。

下面的座位很快要坐满,神父在迎接哀悼者。葬礼弥撒很快就要开始。我们的故事不久就得结束了。但是在这座巴西利卡式教堂中,有一段历史需要我们讲完。

看看这空房间的内部。看到水泥地板和光秃秃的墙壁了吗?这是弗兰基降生的地方。将近四百年前,也是在这里,一个名叫帕斯夸尔·拜隆①的人去世。拜隆是一位贫寒的西班牙修士,没受过什么教育,后来却因对上帝谦卑而诚挚的信仰,以及围绕他发生的那些小小的神迹,而被宣布为圣徒。据说,就在为他举行葬礼时,他的眼睛突然睁开,观察圣餐礼。

几个世纪以来,他的遗体长眠于这座教堂——直到那一夜,它被烧成灰烬。同一个夜晚,就在这个房间中,弗兰基的母亲卡门西塔在分娩后死去,她把帕斯夸尔这个名字赠予自己的儿子——弗朗西斯科·德·阿西斯·帕斯夸尔·普雷斯托,希望这个名字可以护佑他。

但它已经护佑过了。

---

① Pascual Baylón (1540–1594),西班牙修士,1618 年被罗马天主教会宣布为圣人。

那天夜里,没有更多人丧命,是有原因的。由于那一原因,当袭击者赶到时,教堂几乎空无一人。几个小时以前,圣帕斯夸尔行施最后一次神迹,这次神迹来自死者的世界。

他提醒教会成员逃走。

以在坟墓中拍手的方式。

他们清楚地听到那声音。

啪。啪。啪。

于是他们逃走。

警告的音乐。

当弗兰基回到西班牙时,这声音本该再次响起。

"老师,我们今天去河边好吗?"

"为什么?"

"我爸爸带我去过一次,去看帕斯托雷特的雕像。那个小牧童。"

"这么说你已经看过。用不着再去了。"

"您知道那个雕像的故事吗,老师?"

"那故事在比利亚雷亚尔人人皆知。"

"是真的吗?"

"拿吉他去。"

"一个小牧童听到洞中传出音乐,是真的吗?"

"吉他——"

"他在洞里发现了圣母马利亚的雕像?"

"弗朗西斯科——"

"他把雕像带到城里,是真的吗——"

"这种蠢话——"

"可第二天,雕像又不见了?"

"够了——"

"当人们回到洞里,他们听到音乐,又看到了圣母雕像?"

"够了!音乐会从洞里产生吗?"

"不会,老师。"

"对,不会。音乐来自练习,而你却没有练习。"

"这么说,那故事不是真的了?"

"我告诉你什么是真的。假如马利亚想和她的音乐一起待在洞里,那干吗要牧童去打扰她?"

"是的,老师。"

"为什么有人要打扰其他人?"

"是的,老师。"

"不要往回找,安安生生过好这一辈子就行。明白吗?"

"明白,老师。"

"现在开始弹吧。我不会越活越年轻的。"

---

全家人下了飞机,走进炫目的阳光中。弗兰基的眼睛疼起来,他找出太阳镜。当他们沿海滨行驶时,他凝视着车窗外,意识到这个国家的色调他已经忘却大半:色彩柔和的房舍,橘树林,蔚蓝色的地中海,海面上涌起的白色浪花。那些不曾忘记的,深深埋在他的心底,包括关于巴法·鲁维奥的所有记忆,但他一直无法原谅巴法的欺骗。

回国是奥罗拉的主意。他们已经去过加利福尼亚,新奥尔良,还有伦敦。在伦敦,奥罗拉多年来第一次见到母亲。他们围坐在一张长方形木桌边,共进晚餐,吃着烤牛排,卷心菜。奥罗拉忍受着母亲对他们称作自己孩子的那个外国孩子的怒视。

"如果这个我都能受得了,"那天夜里,奥罗拉对弗兰基说,"你也能受得了西班牙。"

"这不一样。"

"你觉得你父亲还活着吗?"

"他不是我父亲。"

"这么说,你不想见他?"

"他没活着。"

"万一他活着呢?你不愿同他说话?"

"说什么?"

"说你还活着。说你有了妻子和孩子。说谢谢你。"

"你不会感谢别人撒谎的。"

"弗朗西斯科——"

"我不想去。"

"我们要去。"

"为什么这对凯如此重要?"

"不只是为了凯。"

"我不想去。"

她勾住他的手指。

"你已经说过了。"

如果是他自己,他绝不会来这一趟。

但是有妻子拉着他的一只手,女儿拉着另一只手,他被领回这个炎热的国度。

还有它保守的所有秘密。

自二十世纪四十年代以来,西班牙的生活已经发生翻天覆地的变化。独裁者佛朗哥已经去世。被他压制已久的国家正在慢慢兴起。弗兰基几乎认不出比利亚雷亚尔。街道铺过柏油,曾经是马匹和自行车行走的路上,而今已被汽车占据。如今城里有一座体育场,一所大型医院,马约尔大街两侧,新开了很多商店。

弗兰基带家人穿过一片繁华的广场,经过一座垂柳依依的公园,沿着一条引水渠散步。弗朗西斯科·塔雷加曾被他的保姆扔进那条引水渠,就像弗兰基曾被扔进一条河中。他回避提到巴法·鲁维奥的事,尽管走在奥罗拉身边,他能感到她无声的催促。

最后,还是小凯改变了他的心意。他们去公园看"铃鼓①",那列几十年前就已经停运的蒸汽火车。只有发动机和客车车厢还在,停放在遮阳棚下面。

"我们过去常追火车。"弗兰基告诉凯。

"谁?"

"孩子们。"

"为什么呢?"

"好玩呗。"

"你要是在铁轨上跌倒,火车就要开过来,怎么办呢?"

"这种事不会发生的。"

"要是你这样跑呢——"她嗖一下跑到旧车厢前面,"跌倒了,哎哟!"她倒下去,哈哈大笑起来,弗兰基一把捞起她,把她高高举起。

"那我爸爸就会在最后关头来救我!"他大喊一声。

---

①原文为西班牙语。

弗兰基放下凯,注意到奥罗拉眉头一扬,看着他。他叹了口气。

"跟我来,凯。"他说,"我带你去看看我长大的地方。"

✦

卡尔瓦里奥街上的房子已经刷成柠檬色,窗户是新的。门槛上依然有两条供马车进出的沟槽。除此之外,这地方看起来和周围的房子一样现代。

"就是那儿。"弗兰基说。

"爸爸,你在那儿住过?"

"小时候。"

"还有谁住在里面?"

"照顾我的人——还有我们的狗。"

"你妈妈爸爸呢?"

"在天堂。"

他冲奥罗拉摊开手掌,仿佛说:"够了吧?我们可以走了吧?"但是孩子忽地跑开,敲起门来。

"凯,你这是干吗?"弗兰基叫道,抓住她的胳膊。

"放开手,"奥罗拉说,"她不过是好奇。"

门一下开了。一位肩上披着披肩的娇小女子探出头来。

"什么事[①]?"

弗兰基站直身体,然后用西班牙语说:

"很抱歉,夫人。我们无意打扰您。我女儿要——"

"您会说英语吗?"奥罗拉打断他。

---

① 原文为西班牙语。

"会一点。"女人说。

"不必了①——"弗兰基说。

"我丈夫小时候住在这里。在这座房子里。您的房子。"

"什么②?"女人望着弗兰基。"啊,"她又说道,表情明朗起来,"我以前见过你。"

"在哪儿?"奥罗拉问。

女人竖起一根手指。她消失了一小会儿,门开着,然后她从地板上拖着一只大箱子过来。

"进来,进来。"她说。

三个人进了屋,弗兰基在最后面。他的心飞快地跳着。他扫视一眼房间,期待一阵感情把他击中。但是一切都变了。墙漆。照片。家具。毕竟,房间只是房间,正如五线谱只是五线谱。填充它的方式才会使它成为你的房间。

"看③。"女人说。她掀开箱子顶上的一条薄毯,从里面抽出一张旧唱片。"是你,对吗?"

那是弗兰基发行的第一张唱片的封面,西班牙引进版。

"爸爸,看!"凯叫道,抓过唱片。但弗兰基的眼睛已经移到箱子里的其他东西上。一台老收音机。一条狗绳。还有他的布拉滚哈四弦琴。

"那是你的吉他?"奥罗拉悄声问。

"这些,您是从哪儿得到的?"弗兰基问那女人。

"一个男人送来的。很久以前。他说,留在这个房子里,等家人来拿。没有家人来。"

"哪个男人?"

她晃动手指,想寻找恰当的英语单词,随后放弃了。

---

①②③原文均为西班牙语。

"El hombre del cementerio."

"她说什么?"奥罗拉问。

"从公墓来的人。"弗兰基说。

✧

很久以来,音乐就是你们死亡仪式的一部分。安魂弥撒曲。赞美诗。号手吹响"安息号"。作为一种才能,我不会悲伤。但是你们的确通过我表达悲伤。你们最富激情的作品通常是由死亡激发而创作的。

献给巴法·鲁维奥的安魂曲姗姗来迟,以他的养子弗朗西斯科的形式到来。他在市公墓[1]间徘徊,在教堂的地下墓穴中寻找一个名字。那是小弗兰基不曾来过的地方。在他童年时代,佛朗哥的部队会把市民从家里拖出来,沿公墓外墙排成一排,然后枪杀他们。他们许多人都有些才华,怀抱着未及唱出的歌被埋葬。他们的尸骨被填进一个无名的坟墓,墙上的弹孔是他们留下的仅有的记号。

以前,巴法不让儿子来这样的地方。而如今,弗兰基置身其间,寻找巴法的名字,走过一排排摞了四层高的棺材,有的上面画着耶稣或圣母马利亚的像,还有的供着鲜花。他一无所获。没有一个姓鲁维奥的人的记录。也没有人记得谁曾把一箱东西送到卡尔瓦里奥街的房子里。年代太久远,所有线索都已消失。做儿子的只能再一次徘徊在他父亲可能停留过的地方。

奥罗拉和凯在外面等候,好让弗兰基自己去发现。当他茫然地出来,就像他进去时那样,他看到她们坐在阳光下的长凳上,小凯抱着他的老唱片。他试图想象,巴法第一次看到那张唱片时,会作何感想。那唱片

---

[1] 原文为西班牙语。

是他在商店里发现的吗？还是有人送给他的？他会不会奇怪，为什么弗兰基的名字改了？为什么他从来没有联系过？巴法听过他的音乐吗？他能否在那华而不实的作品中，听出曾在他花园中歌唱的男孩的声音呢？

问题越想越多，想得他头晕目眩。他往后一靠，倚在公墓墙上。他伸手抚摸，一阵恐怖的记忆突然涌上来，仿佛那些弹孔在尖叫，向他的心灵诉说一千个无声的故事。其中一个，他意识到，是属于巴法的。

他一激灵，闪开。

"弗朗西斯科？"奥罗拉看着他，问，"你没事吧？"

他摇摇晃晃走上前来，搂住她，搂了足有一分钟之久。他看到小凯仰着头，眷恋地看着他，唱片贴在她的嘴上。那一刻，他意识到，这个小女孩虽不是他的亲骨肉，可她看他的眼神，正是当年他看巴法·鲁维奥的眼神，天真，信任，依恋，安心。他也意识到，要不是那位胖胖的沙丁鱼加工商，自己可能永远听不到音乐，永远不会学吉他，永远不会认识那条无毛狗，或者在树林中遇到奥罗拉——假如这些从来没有发生，此时就不会有这个小女孩，握着他的唱片，在阳光下眯着眼睛望着他。

他擦擦眼睛，同家人走向附近的喷泉。他们坐下。

然后，他向她们讲述了关于他爸爸的一切。

## 53

假如他们那天离开,我们的故事就会不同。可话又说回来,假如你们早一天离开某个地方,你们人生的图景就会重新安排。演奏的音符无法收回。从这方面来看,时间,如同音乐,是无法抹去的。

他们要赶回英国,弗兰基、奥罗拉和凯去拜访奥罗拉的姐姐,然后回新西兰。他们在旅馆的最后一夜,弗兰基做了一个十分逼真的梦。他梦见自己走在巴法身后,沿楼梯走到一家洗衣店上面。他看到巴法擦着额头上的汗,催促小弗兰基唱歌。他看到门开了,第一次见到一个留胡子的高大身影,戴着墨镜。

然后,一切消失了。

第二天早上,奥罗拉醒来,见弗兰基坐在窗前。

"怎么啦?"她问。

"我在这里还有事需要办。"

"那我们留下来。"

"这事我应该一个人去办。"

她眯起眼睛。

"不会有事的。"弗兰基向她保证,"去看你姐姐吧。你们已经有票了,我过几天就去。"

"你保证?"

"保证。"

他开车送她们去机场，与她们吻别，然后开车回到比利亚雷亚尔。

去寻找老师。

你可能纳闷，为什么这件事没有早些发生？问得有道理，因为弗兰基从没有忘记他的老师。他记得每一次指导，每一次训斥。每次拿起吉他，他都想象老师的脸，那头蓬乱的乌发，凌乱的胡须，那副黑眼镜。老师还活着吗？会是什么样子？一个七十多岁的盲人，怎么出门？老师还记不记得他收留过的那个男孩？

老师又是怎么看待他的事业呢？

实际上，正是最后这个问题，才使得这个从前的学生迟迟不敢去找他。尽管功成名就，获得金唱片，举办演唱会，弗兰基有时还会为获得这一切的方式感到羞愧。老师曾教导他，音乐是纯粹的，要全心全意弹吉他，当心不要为一些蠢事而分心。可弗兰基却是靠那些通俗歌曲大红大紫（而且发了大财），吉他几乎变得无关紧要。是他动听的嗓音和漂亮的长相将他推销给大众，舞蹈也只是为他增加人气。弗兰基担心，他做的有些事，实际上可能令老师作呕。

"你为什么做这种傻事？"他能听到老师这样说。无论多出名，挣多少钱，都无法消除这个声音。在洗衣店上那个小公寓里度过的时光，他最接近我纯粹的美，我旋律的魅力。偏离了这些，他害怕会失去老师的恩宠。

我应该指出，这是导师与门徒之间常见的关系。看看法国作曲家亨利·杜帕克①的情形就知道。他在十九世纪出生时，从我这里抓走了一大

---

① Henri Duparc (1848–1933)，法国浪漫主义后期的作曲家。

把才华。他创作了一些富有灵感的作品,将管弦乐和声乐优美地融合起来。然而,出于对他的导师,德国作曲家理查德·瓦格纳[①]的过分敬畏,杜帕克在一八八五年,在他只有三十七岁时,就完全放弃创作,最终将自己的作品全部销毁,烧掉了他的改编曲谱,坚信这些作品配不上他仰慕的那个人。

老师的阴影可能会笼罩一生。当然,弗兰基不会知道,他的老师也是他的父亲。他也不会知道,他如今寻找老师,发现的结果并不会令他快乐。

他早早起了床,在旅馆里喝了杯浓咖啡,然后穿街走巷,追寻一条熟悉的路径,那段旅程,他儿时常用绿色小车拖着一把过大的吉他走过。这条路,他走过多少次?戴着帽子,穿着短裤,嘴里念叨着老师一定会问的一些信息:"这首曲子是哪个作曲家写的?……弗拉门戈的轮扫技巧是什么?"此刻,弗兰基每迈出一步,这些记忆便如潮水般涌回来。他能感觉到自己脉搏在加速,就像当年那个紧张的小学生。当他拐过克丽丝塔·塞内加尔街的街角时,他的身体松懈下来。洗衣店不见了,取而代之的是一座正方形的办公楼,旁边有个写着 P 的牌子,表示此处可以停车。没有蓝色百叶窗。没有楼梯可以爬。只有一个玻璃封起来的入口,和一间有黄色大门的车库。

那感觉,就像有人用推土机将他的记忆夷为平地。

弗兰基坐在路边,感到阳光照在脖子上。他不能这么快就放弃。还有什么地方呢?他想。只有在那最后一天,他们才冒险远离过这个角落。他在头脑中重构他们最后停留的地方,然而,那些商店,那些餐馆,甚至那位制琴师——他交到老师手中的吉他,如今弗兰基依然在弹——这些在哪里,他都记不起来了。

---

[①] Richard Wagner (1813–1883),德国作曲家,著名的古典音乐大师,德国歌剧史上举足轻重的人物。

但他记得那家酒馆。

他不知道,它是否还在那里。

"你说,一个盲人?"

"是的,高个子,黑头发。"

"没有,先生。不记得。"

"那是很久以前的事了。"

"那时候的老板是我父亲。"

"他还健在吗?"

"不在了,先生——"

"我要找的这个人,很重要——"

"——可你倒是看上去有些面善。"

"这不重要。"

"且慢……你是那个美国人,那个演员!"

"不——"

"歌手?"

弗兰基撇了撇嘴。

"啊!我说对了?是吧?"

"是的。"

"你叫普雷斯托。"

"是的。"

"你是本地人,先生?"

"小时候在这里。"

"比利亚雷亚尔?"

"是的。"

"这我倒不知道。"

"那时候我不叫这个名字。"

"这就是为什么你会说西班牙语!太奇妙了[①]!"

酒馆老板冲酒保喊,那人正在摆椅子。一个洗碗工也抬起头来。他们听到这个消息,点着头。

"我想爱你,"酒保大声唱道,"真心诚意……"

他的口音仿佛拙劣的模仿。弗兰基勉强笑着。

"先生,拜托,您能否赏光在我们舞台上演出?"

"演出?"弗兰基问。

"明天晚上。我们在星期五有个大乐队,您要是能加入,他们会十分高兴的。"

"我不是来演出的——"

"您会作为我们的贵宾——"

"我只是想——"

"您小时候在这儿生活过——"

"是的,可是——"

"您长大了,又回来了!完美,对不对?"

弗兰基吐了一口气。他环顾这座酒馆,刚刚开门,椅子从桌上搬下来。灯光暗淡,屋内弥漫着酒精和漂白剂的气味。弗兰基没有提到,他曾经在这儿演出过一次,也没有提起,那次演出他依然记得清清楚楚。每一次登台,他都感觉得到:欢呼变成嘘声,杯子重重落下的声音,老师硬要他鞠躬的感觉。

也许他应该演出,他想。这里有魔鬼,他一直想让它们闭嘴。他已

---

[①]原文为西班牙语。

经同爸爸的记忆达成某种和解。是不是也到了和最后一夜和解的时候了?

"我会考虑的。"他说。

"一定来啊,"老板说,"我们要为您烹制一顿特别的晚餐。美味的食物,美酒和音乐。"

"这里有没有别的人可能会认识我要找的人?"

老板挠了挠下巴。"也许乐手们会。他们有些年纪很大了。雇他们比较便宜,明白?"

他一咧嘴,举起一杯橘子汁。"欢迎回来,先生。"

弗兰基点点头,走出门去。

---

那天晚些时候,弗兰基去比利亚雷亚尔市政厅,看能否查到老师的记录。他得填个表格,得知需要过几天才会有答复。当弗兰基提到老师是位吉他手时,他被引到一位名叫哈辛托的圆脸男子面前,他担任文化代表。哈辛托说不记得有位盲人吉他老师,但是他主动带弗兰基参观一个房间,那是深受爱戴的吉他演奏家弗朗西斯科·塔雷加的纪念室。房间里有照片、信件、乐谱和一尊巨大的石膏半身像,就是曾被人们抬着在圣菲力克斯的街道上游行的那尊半身像。还有几把塔雷加挚爱的吉他,保存在玻璃盒里,包括他拥有的第一把吉他,由受人尊敬的安东尼奥·德·托雷斯·胡拉多制作。胡拉多是十九世纪的制琴师,如今大多数原声吉他追本溯源都能找到他那里。

弗兰基注意到琴已经损坏,上面有未被修理的断裂和污迹。

"你了解这把吉他的故事吗?"弗兰基问哈辛托。

"了解,先生,"那人说着,挺直身体,仿佛要发表演讲,"这是塔雷加最喜爱的吉他之一。这把琴他弹了二十年,最后因为用得太久不得不换下来时,他找到一个人帮他修复。多次尝试之后,那人成功了。"

"然后呢?"

"塔雷加与他的吉他重新团聚。"

"这么说,他去世时,把这把吉他留下来了?"

"是,也不是。塔雷加把这把吉他留给家人,但是后来,他弟弟文森特把它卖了。他以为是卖给著名音乐家多明戈·普拉特,塔雷加的一位学生,生活在布宜诺斯艾利斯市。于是他把吉他用船运到南美。

"但是,当吉他到达南美时,却没有送到伟大的多明戈·普拉特手中,而是落到一个十岁小女孩的手中。岁月更迭,吉他年久失修。"

"在南美?"弗兰基问。

"是的。"

"那它怎么回到这儿来的呢?"

"许多年后,塔雷加曾经的学生在布宜诺斯艾利斯发现了它,在一座房子中,躺在一把长椅上。他协助安排,将它归还西班牙。"

弗兰基凝视着那把吉他,琴身靠近琴颈的地方有处断裂,围绕在音孔周围的玫瑰图案也缺了几片。

"他为什么要费这心思?都坏了。"

"这无所谓,先生,"那人说,"它属于它曾经演奏出最美妙音乐的地方,不是吗?"

弗兰基盯着那件乐器。他希望老师能够看到它,甚至更好的是,在它没有坏的时候,老师演奏过它。要是能与伟大的弗朗西斯科·塔雷加建立联系,他该多高兴啊!弗兰基对哈辛托表示感谢,离开市政厅。但是那天余下的时间,他一直都在思量那把吉他的旅程:此地制造,漂洋过海,投递失误,颠沛流离,如今又重返故土。

它属于它曾演奏出最美妙音乐的地方。

他决定要去酒馆演出。以纪念他的老师。

而且，如果可能，去召唤他。

＊

音乐的还乡从来都不可预测。有些会获得轰动性成功（像摇滚歌手布鲁斯·斯普林斯汀①在新泽西的演出），有些是苦涩的甜蜜（像俄国钢琴家弗拉基米尔·霍洛维茨②流亡六十年后重返莫斯科），而有一些，坦率地说，并不如人意。

弗兰基的返乡演出安排得很仓促，所以观众大多是酒馆的常客。但弗兰基依然希望消息能够传开；如果老师还健在，也许会听说他的学生回来了。比利亚雷亚尔总归还是个小城市，对吧？

他带着吉他，很早就到了。酒馆外面，男人们站在一排摩托车旁抽烟。走进里面，他发现舞台比原先宽敞了，驻场乐队陆续来了，是个九人组合，乐手年龄从中年到很老的都有。弗兰基和乐队指挥——一位胳膊细瘦的钢琴师——审阅曲目。与四十年前不同的是，外国歌曲在西班牙演出频繁，弗兰基选的曲目，那人都点头同意。

弗兰基选的素材各式各样。他决心要抹去这地方留给他的不愉快的回忆，便选了几首自己的作品，《我想爱你》和《我们的秘密》，但也有器乐曲，像《圣路易斯布鲁斯》《老虎拉格泰姆》和强哥·莱因哈特的《香水》，还有他能记起的，老师在这个舞台上最后一次演出过的任何别的曲子。

观众慢慢进来，就座，点酒水。灯光暗下来。

没有谁注意到，一个衣服厚重的身影在后面的椅子上坐下。

老板为弗兰基做了一番热情洋溢的介绍，观众客气地鼓掌，但是随

---

① Bruce Springsteen (1949– )，美国摇滚歌手和词曲作家。
② Vladimir Horowitz (1903–1989)，俄裔美籍古典钢琴家、作曲家。

着一支支曲子，欢呼声越来越热情，而弗兰基也越来越专注于那最后一夜的记忆。他按老师的教导，演奏艾灵顿、舒曼和塔雷加，仿佛仅次于找到他旧日恩师的，便是召唤回他的精神。他激情澎湃地弹了好几首弗拉门戈曲子，使西班牙听众颇为喜悦。当他唱起他著名的歌曲时，观众欢呼起来，为录制那些唱片的人确实就在眼前，在比利亚雷亚尔，而欢欣鼓舞。

弗兰基没有中场休息。他一直在舞台上。酒一次又一次斟满，烟一支又一支点燃。将近两个小时，吉他手的音乐越来越激越。一支古老的霍塔舞曲旋律。一首穆迪·沃特斯①的布鲁斯。

最后一曲，他选了一首十分特别的歌曲：《阿瓦隆》。这是他为听众演唱的第一首歌曲，一九四五年，就在这个舞台上，也是他和挚爱的老师同台演出的唯一节目。

当他弹起第一个和弦时，汗珠从他额头滴落。他想象老师坐在他身边，对他低语过去说的那些话，催促他开始。

"唱吧。"

"可我不想唱。"

"为什么？"

"我害怕。"

"是啊，而且你以后还会害怕，一生都在害怕。但你必须战胜它。脸冲着他们，就当他们不存在。"

"老师——"

"你能行。你要一直记着，我说过你能行。"

---

① Muddy Waters (1913–1983)，本名麦金利·摩根菲尔德，美国布鲁斯乐手，人称"现代芝加哥布鲁斯之父"。

当乐队在他身后就位，弗兰基注意到下面攒动的人头，轻拍的手指。节奏越来越响，有些观众一起拍着手。弗兰基唱道：

> 我在阿瓦隆找到我的爱
> 在海湾之畔
> 我将我的爱留在阿瓦隆
> 扬帆远航

他望着老板，他正和观众一起拍着手。

> 我梦见她在阿瓦隆
> 从黄昏到黎明
> 所以我想，我要出发
> 奔赴阿瓦隆

他心中多少准备着接受历史重演，但是这次没有人抗议，只有热情，而弗兰基发觉自己在左右张望，怀着破灭的希望，希望看到老师坐在桌旁，在他的墨镜后面微笑，嘴边挂着一支香烟。内心深处，这是他多年来的愿望，寻求每个学生都拼命想要从自己爱戴的老师那里寻求的东西：最终的认可。

但是没有出现。弗兰基完成他激情饱满的独唱，如同一个赛跑运动员跨过终点。他唱出最后一句歌词，奋力弹出三个和弦，最后一个和弦在观众中久久回荡。表演结束，他垂下头。老板一跃而起，其他人也跟着跳起来，爆发出暴风骤雨般喧嚣的欢呼和掌声。

弗兰基慢慢站起身，举起吉他。他想到塔雷加丢失多年的乐器，突然间被一股最深沉的渴望所淹没，希望再一次看到他昔日的恩师。

相反，他得到的是欢呼。他勉强做出笑容。还乡从来无法预料。世间最令人空虚的，莫过于自感不配得到的掌声。

※

编曲是一项困难的工作，要协调不同乐器，自然流畅地融为一体。下面发生在弗兰基故事中的事件，最好描述为一系列编排的声音，融汇在一起，到达高潮的尾声。

弗兰基表演结束，掌声雷动，如同小提琴飘出的高音。观众议论着离去，奏出成年人交谈的低音声部。乐队解散，收拾管号铙钹发出的打击乐声，还有弗兰基给依然记得他唱片的老年粉丝签名发出的轻柔的唰唰声。

有酒馆老板热情洋溢的男中音，邀请弗兰基随时回来。有弗兰基同几位乐队成员交谈发出的柔和声乐，那是他在打听一位盲人，宛如轻触钢琴的琴键，在希望中升起，又在失望中落下，如同长笛的滑音。

后来，酒馆几乎空无一人，后门打开，发出吱扭的声响，正如当年弗兰基走进小巷，坐上汽车逃离时一样。

之后，终于，是一根火柴划着的声音。

※

"我认识你。"一个声音用西班牙语说。

弗兰基看到烟头上发出橘色的幽光。

"你怎么认识我呢？"

"那首歌，我已经很多年没有听到过了，但是我永远不会忘记。你是弗朗西斯科。"

"那你是?"

"醉鬼。"

"你叫什么,先生?"

"你不认识我?我一晚上都和你同台演出。站在后面。"

一个老人从阴影中摇摇晃晃地走出来,明显已经醉了。他的白发卷曲,稀疏。肥大的外套下,一双肩佝偻着。

"康加鼓。"

弗兰基好奇地歪着头。老人将两个指头围在嘴唇上。

"很多年前,我留着胡子。明白没有?"

他垂下手。

"我是阿尔伯托。"

弗兰基瞪大眼睛。"阿尔伯托。"他轻声叫道。

"是的。"

"最后那一夜,是你开车送我们……"

"是我。"

弗兰基感到心脏怦怦狂跳。

"阿尔伯托,拜托,我一直在找老师。我的老师——你的朋友。他——"

"我知道他是谁。"

"你知道他在哪儿吗?"

阿尔伯托仔细打量着弗兰基的脸。

"知道。"

"他还活着?"

"没有。"

弗兰基感到心沉了下去。

"他什么时候去世的?"

"别来这套鬼把戏!你知道真相。"

"什么真相?"

阿尔伯托丢掉烟卷。他抽着鼻子,深吸一口气,努力想挺直身体。

"你想让我说出来?好吧。我杀了他。"

弗兰基瞠目结舌。

"你是什么意思?"

"我是什么意思?"阿尔伯托说着,眼神移开,"我是什么意思?你想让我敲锣打鼓,昭告天下?我杀了他。你是因为这事来这里的。别给我耍把戏。赶紧了结吧。"

弗兰基感到五脏六腑都在颤抖,心灵的根基从身体中撕裂开来。他张嘴想说,可是肺中发不出气息,发出的声音也不像他的声音。

"你解释清楚,阿尔伯托先生。"

阿尔伯托扬起眉毛。

"不是有人派你来的?"

"派我来?"

"为他的死报仇?"

"我不明白。"

"我把他推进海里。就在你的船开走后。"

"可是为什么——"

"钱。一袋子钱。一周后又被人偷走了。"他垂下头,"现在你知道了。"

"可是,你那时喜欢他呀!"

"是的。"

"他信任你……"

"一个错误。"

"为了钱?"弗兰基轻声说。

"是的,是的!我是个贼!行了吧?"说完,他仿佛被打了一顿,声音如颤抖的巴松管。但是,随后又升起,变为愤怒的高音,被酒精和多年的愧疚所刺激。他开始摇晃。"为了钱!为了钱!"

他把手伸到外套下面,突然甩手,掏出一把枪,正对着弗兰基的胸口。

"把你的钱给我!"

"不,拜托——"

"给我!你要是不愿报仇,那我就把你的也抢走。把钱给我。不然我可能把你也干掉。"

弗兰基举起手。他张开手指。灯光下,阿尔伯托看到弗兰基左掌上满是疤痕。他靠近前来,眨着眼睛。

"你对你自己做了什么,弗朗西斯科?"他低声说,"你这样怎么能弹琴?……"

弗兰基抓住他的胳膊,猛地朝上一扯。老头摇摇晃晃,根本不是弗兰基的对手。他的枪脱手,落在人行道上。他紧紧揪住弗兰基的衣领。

"杀了我吧,弗朗西斯科!"他的声音是哀求的喉音,眼泪沿双颊流下来,"四十年啦,我揣着罪孽活着。四十年啊,我一直惦记,老师会不会回来找我。替他报仇吧!现在!"

弗兰基盯着阿尔伯托的脸,那双哭泣的眼睛,那口烂牙。他感到热血冲进他的大脑。这就是他的答案?老师不在了?他所知道的最有力量的男人,竟被一个哭泣的康加鼓手杀死了?

无声的怒火在我的门徒心中升腾。他推开老人。

"什么都没有?"阿尔伯托说。他醉醺醺地,跌跌撞撞地走开。"那再见吧,傻小子。"

弗兰基怒目而视。

"阿尔伯托先生。"

"傻……傻啊……"那人嘟囔着。

"阿尔伯托先生……"

弗兰基捡起枪。阿尔伯托转过身。弗兰基高举枪管。

阿尔伯托向他扑过来。

"不！弗朗西斯——！"

弗兰基三次扣动扳机。

阿尔伯托瘫倒在地。

弗兰基丢下枪，目瞪口呆。一缕烟从枪口冒出，画出一个休止符。

酒馆内，一把老吉他靠墙而立，它的第五根弦，此时变成燃烧般幽蓝的颜色。

第六部

## 54

**1943 年**

"老师?"

"什么事?"

"我做错事了。"

"什么错事?"

"我弄断了一根弦。"

"你摔吉他了?"

"没有,老师。"

"你把吉他当玩具玩了?"

"没有,老师。"

"你是怎么弄断的?"

"我在练琴。"

"是弹音阶和练习曲,还是我警告你不要弹的愚蠢的曲子?"

"不是愚蠢的曲子?"

"那你是在做该做的事了?"

"是的,老师。"

"然后坏事就发生了。"

"是的,老师。"

"把吉他给我。"

"给，老师。"

"我们要把你弄坏的修好。"

"好的，老师。"

"帮我把一根新弦穿进这个旋钮……"

"穿进去了，老师。"

"把弦系好了吗？"

"系好了，老师。"

"现在教你调弦，听好。开始的时候，弦音很低。但是你拧这个旋钮，弦紧了，音高就高了。"

"明白了，老师。"

"你继续拧，直到声音变成这样……听到了吗？……一条新弦就是这样找到自己的位置的。"

"要是不停地拧啊拧，会怎么样呢？"

"弦会断的。弗朗西斯科，你不能要求一件东西做它原本不该做的事，最后会把它弄坏的。"

"老师？"

"嗯？"

"我做坏事了。"

"你告诉我了。"

"我不是在练琴。我拧旋钮来着，把弦拧断的。"

"这么说你撒谎了？"

"是的，老师……"

"还把琴弦弄断了。"

"是的，老师。"

"现在你感到内疚了。"

"对不起,老师……我很抱歉……"

"哭吧。你该哭。像你这样撒谎的孩子,就该哭。"

## 温顿·马萨利斯

小号手,作曲家,格莱美奖得主;林肯中心爵士乐艺术总监。


弗兰基·普雷斯托三年没有说话。有多少音乐人能这样说?天哪,三年,一言不发,只在一所修道院里弹吉他。我就是在那儿遇见他的,他令我大吃一惊。学音乐的关键在于谦卑,明白吗?如果你想让我谈一谈弗兰基·普雷斯托,我就得从这里讲起。我是说,你得需要罕见的谦卑,才能缄默三年……

西班牙?是的。我经常来。为了给维多利亚市的一个节日创作一首曲子,我在这里一住十二年,将西班牙音乐与美国布鲁斯音乐相融合。曲子写完后,他们为我雕刻了一尊雕像。我没开玩笑,伙计。一尊雕像。他们太爱自己的爵士乐了。

但我第一次来是在一九八七年,永生难忘。就是那一次,我发现了弗兰基。我们完成几场演出,正开车回巴塞罗那,这时我看到山上的那座城堡。翻译告诉我,那是座修道院。她问我想不想去看看,我说当然啦。我是新奥尔良人,不是每天都能看到修士走来走去的。

哇,那地方风景优美极了。那座修道院有九百年的历史。那建筑,那石头,那浅淡的粉红,黯淡的金黄,如今你再也见不到那样的建筑了。而且,天哪,周围安静极了。一片死寂。走着走着,我有点迷路了。在那样的寂静之中,我喜欢走走,寻找灵感。

突然间,我听到音乐声。我心想:"一定是我脑子出问题了,因为听起来像是布鲁斯。"像莱德贝利或阿尔伯特·金①的音乐。我想,说不定某个爵士天使突然冒出来,开始和我交谈,知道吗?

我朝下走,经过喷泉,就在此时,在一座小桥下,我看到那个人,独自一人,抱着一把吉他。他背对着我,于是我就那样一动不动地倾听。天哪,那是我平生听过的最美妙的音乐。不只是速度和娴熟的技巧,而是它诉说的故事。音乐是关于交流的,懂吗?是用音符袒露灵魂,讲述你的故事。就该那样演奏。我根本不认识这个人,但是从他的音乐,从他拨动琴弦的方式,我能听出他的痛苦,他在寻找什么。

当他停下时,我说:"打扰一下。"他猛然转过身。我不想把他吓跑,于是我向前伸出双手,像祈祷一样。他盯着我走近,我轻声说:"打扰了,十分抱歉。"他没有回答。"您弹得美极了。"这时我离他几英尺远。他剃着光头,一双蓝眼睛,是一位上了年纪的英俊的西班牙人,你明白吗?他穿着长袍,但不是其他修士穿的白袍。

我说:"我叫温顿·马萨利斯,是美国来的音乐人,吹小号。"他看着我,十分认真——定定地注视着我,差不多有十秒钟——接着,我看他流下泪来。我说:"对不起,我说错什么话了吗?"他摇着头,还是哭,我不停地说对不起。他拿出一个小垫板和一张纸,最后,他写下几个字。

"我认识你父亲。"

我心说,怎么会呀!我在西班牙,在崇山峻岭间,在一座修道院里,而这位修士在弹布鲁斯,还说认识我父亲?这也太天方夜谭了。于是我问:"先生,您是哪位?"他写下"弗兰基",然后又写"普雷斯托"。

我一下想起来了。

要知道,我父亲也是搞音乐的,而他确实认识弗兰基·普雷斯托,

---

① Albert King (1923–1992),本名阿尔伯特·尼尔森,美国布鲁斯吉他手和歌手。

五十年代,在新奥尔良。当时他们俩年纪都小,一起在城里到处演出。他们在一家叫露珠客栈的下等小馆子搞即兴演奏会。在我成长过程中,比如每当我不想练小号的时候,"弗兰基·普雷斯托"这名字就冒出来,听得我耳朵都要起茧子了。我父亲常对我讲,这位年轻的白人吉他手,在我那么大的时候就已经开始演出,说他没爹没妈,也没人督促他。说他又创造出一种不同的音乐风格,一种古典与布鲁斯的交融,别的爵士乐手只是为听他演奏才肯来。在新奥尔良,不管你多大年龄,只要你演奏水平够高,别的乐手就会知道你。音乐能说实话。他们说弗兰基·普雷斯托可以让吉他说出真话,即便他后来离开去搞摇滚了。

就这样,多年以后,我们在这座修道院相遇,与法国区隔着千山万水,明白吗?我说:"你可以说话吗?"他点点头。我问:"不违反规定吧?"他摇摇头。"但是你想说吗?"他又摇摇头。"多长时间了?"他竖起三个指头。我说:"三个月?"他摇头。"三年?"他点头。

天哪,你听听。沉默三年?我一方面心想,不要打扰他。但另一方面,我感觉自己来到这里是有原因的,因为太多巧合,懂吗?于是我问他:"普雷斯托先生,您为什么来这里?"

他写道:"苦修。"

要知道,我认识很多闯了祸的人,很多和我一起长大的爵士乐手进了监狱,所以我并不羞于启齿,开门见山地问:"你杀人了?"因为我当时心里就是这么想的。他摇摇头,然后写道:"但是差一点。"

我说:"那可不是一回事。"

他拍拍心口,仿佛说:"心里有罪。"

后来,我明白了,他说的是动机,这在音乐中也很重要,至关重要。你心里想什么,就会成为什么。善,还有恶。但是与他同坐,我感觉他已经服刑期满。天哪,三年?就因为想过做坏事?我问他有没有家人,他点点头。我问他:"他们知道你在这里吗?你给他们写信吗?"他又点头。我说:"他们不需要你在他们身边吗?"他没回答,但是看得出,这句话戳中了他的神经。他又无声地哭起来,泪水扑簌簌落下,就像是从眼药水滴管中滴落一样,知道吗?我很为这人难过。我说:"普雷斯托先生,音乐界需要您。我十分愿意和您一起录唱片。"他写道:"我再也不想演出了。"

于是我说:"也许您可以教别人。"

不知什么原因,那句话终结了对话。他拿起吉他,走开了。我得坐下,想想刚发生的事。我给你说,伙计,这是我平生最怪异的一次邂逅,而且没有别人在场。我不知道会不会有人相信我。

我回到翻译身边,问她能否同这里的负责人谈谈。她带我去见一个年长的修士,我们在修士们进餐的膳厅内的一条小凳上坐下。我说我多年前认识弗兰基·普雷斯托。那人说,他不能谈论那里的任何弟兄。我问他是否知道出了什么事,弗兰基差点杀了什么人?他再次说,他不能谈论任何事。于是我说:"需要做什么才能让他离开这里?"他好像很惊讶,说:"只要愿意,见习修士任何时候都可以离开。他只要走出门去就行。"

于是过后,我去找他。我回到喷泉和小桥边,却不见他的踪影。天色已晚,我们走回小停车场,见他就在那里,靠车坐着,穿着平常的衣服,抱着吉他盒子。他站起身,看着我们,第一次开口,用十分微弱的声音,仿佛每一个字都划着他的喉咙。

他只说了一句话。

"你能帮我回家吗?"

## 55

看，抬棺人正在集合。他们要抬着弗兰基的灵柩到他最终的安息之所。他们在那儿，看到了吗?

我告诉你，他们是谁。

他们对弗兰基意味着什么。

还有，他是怎么死的。

可是那样我就得走了，还有新的灵魂需要照看，新的才华需要分发。所以，这最后一个乐章，让我们用 allargando①——渐慢，但是越来越庄严——的速度演奏吧。它配得上这个故事，因为最终，岁月确实令弗兰基·普雷斯托得到升华。

我发现，唱诗班选的曲目中有一首是《到水边来》，这对于一个曾被扔到河里的孩子极为适宜。水也是弗兰基回家的路途。尽管马萨利斯先生主动要为这位新结识的朋友买机票，可弗兰基刚刚走出隐居的修道院，还没有准备好立即返回世界。

相反，他去了巴塞罗那的港口。为了回家，他在那里的一艘货船上找到一份工作，在厨房帮忙，随船航行到意大利。之后，他又搭上一艘驶往斯里兰卡的船。下一艘船带他到新加坡。再下一艘船带他到澳大利

---

①意大利语：渐宽广并渐慢地。

亚,最后到达新西兰。他在浩瀚的大海上得到慰藉,与海洋中的航路相比,他的问题显得多么微不足道。每天早晨,他凝望水面,想象老师的灵魂得到安息;每天夜晚,他在甲板上吟唱祈祷歌曲,他的祈祷汇入波浪拍打船身的哗哗声。同船的水手们对他的嗓音赞叹不已。有些人爬上甲板,与他一起唱。这是弗兰基加入的一长串乐队中的又一支,是纯声乐组合。

他总计航行了五个月,行程一万九千英里。在那些星期里,他与自己不那么平静的过去达成某种程度的和解。很久以来第一次,弗兰基能够整夜安眠。他梦见巴法·鲁维奥,梦见他们从纸袋中分吃橘子,还有老汉普顿,在狭小的厨房中给弗兰基炖猪肉,他甚至还梦见孤儿院的修女们,做完弥撒后端上饭食。他意识到,要让一个孩子在这世上活下去,得需要多少人付出辛劳啊。

最后一段水上旅程最短,一小时的轮渡,夕阳西下时,从奥克兰回到激流岛。

在那里,弗兰基结束自己的放逐。

他走下船,只带着吉他盒和一件叠好的衬衣。他的皮肤被太阳晒成褐色,头发又长长了,浓密的胡须已经斑白。他跟在一群拎着购物袋和公文包的人群后面,慢慢走着。他在脑海中想象自己走上山坡,绕过那条通往那片小沙滩的路。那片沙滩,此前他称之为家。他没有写信说自己要回来。直到那天早上,他还不能确定自己是否准备好,或配得上回到原先的生活。

但是当眼前的人群散去,他站住了,心脏一阵狂跳。

他看到奥罗拉,双臂抱膝,倚坐在售票亭边。

∽

她一袭绿色长裙,皮凉鞋,戴着墨镜。看到他,她摘下墨镜,但没有站起身。

弗兰基缓缓走近。

"奥罗拉的意思是黎明。"他说。

"不再是了。"

"你每天晚上都来这里吗?"

"我等最后一班轮渡。"

"等多久?"

"等最后一个人下船。"

"然后呢?"

"回家。"

"等了三年?"

她别过脸去。

"你找到一直在找的东西了吗,弗朗西斯科?"

"没有。"

"还继续找吗?"

"不找了。"

"从此作罢?"

"是的。"

"你要和我们在一起?"

"是的。"

"我们已经不是小孩子了。"

"是的。"

"我们不是在树上。"

"我知道。"

"你现在有家庭了。"

"说得对。"

"你信上说,你是无辜的。"

"没有杀人,是的。"

"可你却惩罚自己。"

"不是惩罚。"

"对我们是。"

"我知道。"

"那人是谁杀的?"

"他们不告诉我。"

"你关心吗?"

"我会一直关心的。"

她凝视着一只落在礁石上的海鸥。海鸥啄着什么,然后飞走了。

"奥罗拉现在是什么意思?"弗兰基问。

"曙光。"

"为什么?"

"一个老师给凯讲南方天空中的曙光,说那叫'奥罗拉'。"

"还有呢?"

"凯说那就是我,我是曙光,只要我待在一处,你就会找到我们,回到家,再也不离开了。"她抬起眼,"你是这样做的吗?"

弗兰基感到喉头一阵哽咽。他下船的时候,不知道等待自己的是什么样的人生,或说到底还有没有人生。但奥罗拉的爱一直在等待他,正如他也曾经等待她的爱。《留最后一支舞给我》。他想起那首歌。他望着那片悬崖,望着那一只只小船,望着奥罗拉,她依然像从前那么美。

"真对不起。"他喃喃道。

"你想见见女儿吗?"

"想死了。"他说。

她咬咬嘴唇。然后,她抓住他,亲吻他,他也抓住她,亲吻她。你要是过一个小时再回来,会看到他们还在那儿,紧紧抱在一起,不肯分开。

✑

康加鼓手阿尔伯托之谜,我只能作部分解释。弗兰基没有杀他,这是实情。他举起枪,就在阿尔伯托冲过来时,弗兰基掂量过他可能会做的最坏的事。但是最后,他冲天开了枪,三枪,只想让阿尔伯托停下。当老头倒下时,弗兰基还以为他摔倒了。

后来证明,阿尔伯托确实中了枪——但扣动扳机的另有其人,子弹的声音与弗兰基开枪的声音混合。

阿尔伯托忍受了四十年内心折磨,最后在死亡中获得安宁。

借由他人之手。

警察拘留了弗兰基两天,之后便放了他。他们说真凶来投案自首,子弹是吻合的,弗兰基关于开枪示警的说法被证实是真的。他要求知道暗杀者的名字,但是他们不告诉他,只说那人是主动自首,已经关起来了。弗兰基明智的话,就该离开比利亚雷亚尔一段时间。

当天下午,他步行离开,迷失在怀疑的旋涡之中:一个男人在他面前死去,枪在他手中,他童年的最后一个见证人消失了,而老师早已经不在人世。谁杀了阿尔伯托?弗兰基当时真的准备要夺走一个人的生命吗?他沿着大路,跌跌撞撞地出了城,经过米哈雷斯河,一位沙丁鱼加工商和一条无毛狗曾在这里救过他。他走了几天,想得心力交瘁,最后走到一家修道院。他登上台阶,问可不可以住下。修士们看到他手中的吉他,问他是哪个教堂的。

"圣帕斯夸尔·拜隆教堂。"他答道。

他们赞许地点头。他们意识到,四百多年前,帕斯夸尔·拜隆作为牧者,自己也练琴。他们不知道,他去世的那个房间,正是弗兰基出生的地方。

## 56

在岛上的岁月中,有一个时刻我想详细讲讲。

弗兰基回来后不久,便参加了女儿十二岁的生日庆祝。沙滩上摆着一张桌子,桌子上摆着一只蛋糕,一群孩子来参加凯的生日聚会。因为与父亲重新团聚,凯高兴得快要飞起来。

太阳西沉时,弗兰基把凯叫到桌边,说要送她一件礼物。他拿出自己那只破旧的吉他盒。

"爸爸,我不要你的吉他。"她说。

"我知道。"他答道,"但说不定你想要自己的吉他呢。"

他打开盒子,里面是一件样子极为别致的乐器,一把红色吉他,白色旋钮,琴身上绘着鲜艳的图案:一位西班牙骑手和一位美丽的女郎。

"哦,爸爸,这是给我的?"

"完全属于你。"

"你在哪儿弄到的?"

"在另一个国家。"

"你瞧这匹马!"

"还有这位年轻小姐①。"

---

① 原文为西班牙语。

"真漂亮。"

"像你一样。"

"你会教我弹吗?"

"如果你想学。"

"想学!"

她抓起吉他,和朋友们一起跑开。奥罗拉望着她,等到她们听不到时,才俯过身来,抚摸着弗兰基的肩膀。"你的吉他呢?"

"我已经没有了。"

"你把它怎样了?"

"我没有带回来。"

"可是那些琴弦。它们的力量——"

"就是因为这,我才没有带它回来的。"

"它做过好事,弗朗西斯科。"

"也做坏事。阿尔伯托死的时候,一根琴弦变成蓝色了。"

"你没有杀他。"

"假如我没有去那儿,他就不会死。"

"那只是意味着,你会影响别人。"

"我不想影响别人。"

"你身不由己。"

"我可以试试。"

"那是一件礼物——"

"我知道——"

"你老师送给你的——"

"弹琴也是他教的——"

"还有你的演奏对别人的影响。"

"我不干了,好吧?"

他们沉默地坐着。潮水拍打礁石,哗哗作响。

"弗朗西斯科?"

"嗯?"

"要是出了什么事……怎么办?"

"出什么事?"

"要是需要你影响别人,怎么办?要是需要你救人一命呢?"

"你的命?"

"她的。"

她冲女儿的方向点点头,远处沙滩上,她正冲欢笑的朋友们挥舞着吉他。

"那我就得自己动手。"弗兰基说。

那是他们最后一次说起它。生活中,也如音乐中,有的小节需要演奏,有的小节需要休止。自打他九岁以来,弗兰基·普雷斯托第一次离开他心爱的吉他,与它相距半个世界的距离,放在一座西班牙修道院的一张床下。

还有一根蓝色琴弦尚未完成。

"爸爸?"

"怎么了,凯?"

"我的手指很疼。"

"音乐就是疼痛。"

"真的吗?"

"这是我老师告诉我的。"

"这些是什么?"

"那叫茧子。"

"我为什么会长这个?"

"因为你在学习。你弹得越多,茧子就越硬。"

"昨天手指流血了。"

"昨天你练了很多首曲子。"

"我弹得很差。"

"不,你不差。"

"我今天会弹得更好些。"

"你会的。"

"我能弹得像你一样好吗?"

"说不定比我还好呢。你的指甲剪短了吗?"

"剪了……这是什么和弦?"

"这是 G 和弦。"

"我喜欢,它很简单。"

"弹音阶吧。"

"哆来咪?"

"没错。"

"爸爸?"

"什么,凯?"

"你以前一直想弹吉他吗?"

"可能不是。可能刚开始的时候,我只是想让爸爸开心。"

凯笑了。她的牙齿已经长得很整齐。

"我也是。"

"继续练音阶。"

"这些茧子好难看。"

"它们会脱落的。"

"会不疼吗?"

"很快。"

"这么说音乐不是疼痛啦?"

弗兰基看女儿抱着她的第一把吉他,感到心中涌起一股热流。

"不总是,不。"他说。

## 英格丽·迈克尔森

唱片艺术家,歌手,歌曲作者。

好吧,但是得快点……我到得太晚了。他们还没开始吧?我今天早上刚飞过来,花很长时间才找到一辆车。

是的……嗯哼……我叫英格丽·迈克尔森,从美国来。我认识弗兰基……哦,我认识他的时候,他不叫弗兰基。他那时叫鲁维奥先生。当时大家都那么称呼他。我们甚至不知道他就是那个人。

他当老师……教吉他。我是在斯坦顿岛长大的,岛上有个音乐商店……那是纽约市的一个区……是的,严格来说是个岛,可是,曼哈顿也是岛……总之,我觉得这个音乐商店和别的音乐商店一样。很大,很拥挤,靠墙摆着一排排扩音器,一个房间是各种鼓,一个房间是键盘乐器,总有几个十几岁的男孩在角落里起劲地拨弄电吉他,即兴弹奏些重复乐段。

那里就像自成一统的小剧院。我小的时候很喜欢戏剧——也对音乐感兴趣,因为父母让我上钢琴课——于是我在店里转悠,有点像观察那些人物,听听他们都在演奏什么。店面后面有些教室,沿走廊大概有四五间教室,你能看到孩子们拖着对他们来说过于硕大的乐器,双簧管,中提琴——运气好的吹长笛,因为长笛不是很重。

一天,我在那家店里逛,有个留鸡冠头的高个儿孩子正在试一台很大的马歇尔放大器,把吉他和弦弹得山响,吵得我脑袋都要炸了。为了躲避噪音，我走到后面，沿走廊往里走，其中一间教室开着一扇门，我听到有人在弹吉他。古典吉他。然后，那鸡冠头又猛击一下，大概是个E7和弦——嗡！——我又聋了片刻，随后又听到古典吉他的演奏，几秒钟后，那摇滚男孩又一声爆响，然后又是古典吉他。将这两种声音并置，真是怪异。但也挺酷的。

我很好奇，到底是谁在弹古典音乐，尤其是在这家商店里。于是我沿走廊过去，假装去上课，朝门里瞅了一眼。里面是一位上年纪的男人，留着长发，正自顾自弹着，完全不理会噪音。我再走回来，又瞅了一眼，他还在弹。我转回身，又走过去。这一次，他弹的是西班牙风格的曲子，速度极快，但旋律又那么优美，仿佛有两只手同时在弹，我不禁呆呆站在门口，仿佛被催眠一般。他抬起头——我被发现了——他说："巴里奥斯[①]。"

我说："啊？"

"作曲是巴里奥斯。"他说，"曲名为《大教堂[②]》，你总该知道自己弹的是谁的曲子。"

我只是点点头。我是说，那时我才十四岁。他微微一笑，放下古典吉他——那个房间里好像有十把吉他——又拿起一把插在小芬达放大器上的电吉他，开始弹疯狂的摇滚乐。他说："亨德里克斯。"

我耸耸肩，因为我那时还不知道吉米·亨德里克斯的音乐。于是他又改弹别的。"史蒂维·雷·沃恩[③]？"他说。我还是不知道。随后他弹了《这边请》中的一段装饰乐句，我说："史密斯飞船乐队[④]？"那感觉就像，

---

[①] 即阿古斯丁·皮奥·巴里奥斯 (Agustín Pío Barrios, 1885–1944)，巴拉圭古典吉他演奏大师，作曲家。
[②] 原文为西班牙语。
[③] Stevie Ray Vaughan (1954–1990)，美国歌手、词曲作者，音乐史上最具影响力的吉他演奏家，20世纪80年代布鲁斯复兴中的关键人物。
[④] Aerosmith，又译为"空中铁匠乐队"，20世纪70年代在美国波士顿成立的摇滚乐队，其风格为布鲁斯摇滚、硬摇滚、重金属。

对，这首曲子我听过！

我脱口问道："你会弹流行曲调吗？"

回头来看，就算我确实喜欢戏剧，这问题也太蹩脚了。我是说，"你会弹流行曲调吗？"像老奶奶才会说的话。可他好像并不介意。他拿起另一把吉他，弹起《越过彩虹》，那么优美动听，听得我浑身战栗。我喜欢朱迪·嘉兰①，也一直喜欢那首歌，但我从来没有听过它的旋律被弹奏得那么优美。当他弹完的时候，我说："你能教我弹吗？"看他弹琴的样子，你也想体会一下，感受一下让那样的音乐从你的指间流出是什么滋味。

他说我得报名上课，这是店里的规定。我回家问父母，他们说我已经在学声乐、钢琴和表演，这些够多了。再说，一个在音乐商店干的人根本入不了他们的法眼。我父亲是古典音乐作曲家。

"可是，爸爸，"我说，"他弹巴里奥斯呢。"我父亲很惊讶。他说："是阿古斯丁·巴里奥斯吗？"我当然不记得那人的名，于是那场小小的吹嘘只能就此打住。

不管怎么说，大概一周之后，我又回到那家商店。他又在那里，在他的房间里，看到我，他说："嘿嘿，流行曲调小姐。"他弹了《芬尼安的彩虹》中的一支曲子，还唱了几句。我问他怎么什么都会，他说他小时候在西班牙，那些唱片他反复听，反复听，直到烂熟于心。我问他，既然是西班牙人，为什么会住在纽约呢。他说他女儿也弹吉他，她进了茱莉亚音乐学院，所以他和妻子搬过来，好和她在一起。

为了女儿学音乐，全家搬家，我觉得很了不起。我老是去他那里，后来他说，我可以星期四带吉他过去，因为有个孩子交了一整年学费，然后就消失了，所以那一小时他闲着——只要那孩子不改变主意。他教

---

① Judy Garland (1922–1969)，美国歌手、演员，《越过彩虹》是她主演的电影《绿野仙踪》的主题曲。

了我一些很奇妙的东西。任何带弦的乐器他都会弹，贝司，班卓。他是第一个给我看尤克里里的人，后来我录唱片的时候经常用到。

可是，就像我说过的，我不知道他是弗兰基·普雷斯托。他说他叫鲁维奥先生，大家也都这么称呼他。我知道他的名字，只是因为在冬季的一天，他妻子给他送去一件毛衣。她有英国口音，说："多穿点儿，弗朗西斯科，多穿点儿，这样才暖和。"多穿点，弗朗西斯科，多穿点。我喜欢她的口音。

总之，在我看来，他们是最酷的老夫妻。她长得很美，英伦范儿，他在西班牙长大。他们曾经住在一个岛上——不是斯坦顿岛，而是新西兰的一个岛。他们是女儿的后盾，而他知道所有的曲子，尽管在那样的年龄，五十五，或者六十岁，依然不乏可爱。

我周四去那里，断断续续两三年。有时候我们只是谈谈学校，或男孩子，或谈到以后从事音乐或戏剧。他主要是听。他从来没有告诉我他曾经是摇滚歌星，一次都没有。他只给我提过唯一的建议，而且一遍又一遍地叮嘱："不要让你的音乐失去控制。"

那时候，我不大明白这话的意思。但是多年以后，我开始录制唱片，这句话意义重大。我保有对我的音乐的所有权力，即便唱片发行方建议我不要这样做，之所以如此，弗兰基的建议是原因之一。

关于鲁维奥先生，我会这样说，他很会保守秘密。回头来看，我那时确实留意过，他来了一段时间后，一些不同寻常的"学生"开始出入他的商店，有上年纪的，有爵士乐手。一天晚上，我去那里，我敢发誓看到了乔恩·邦·乔维[①]走进同一条走廊，钻进鲁维奥先生的房间。还有莱尔·洛维特——我是说，肯定是他，因为他长相与众不同。但我那时候还是个十几岁的孩子，对整件事有些懵懂。

---

① Jon Bon Jovi (1962– )，美国著名流行金属、硬摇滚乐队邦·乔维乐队的主创、主唱和吉他手。

我去纽约州立大学宾汉姆顿分校上学。一年夏天，我回来，而他已经离开，房间已经腾空。我打听鲁维奥先生怎样了，他们说他和妻子搬走了，到南部去了。

我一直没有机会向他道谢或道别。直到几年前我才发现他的真实身份，当时《滚石》杂志登了一篇文章，讲那张盗版专辑,是叫《魔弦》吧？匪夷所思，是不是？实际上，我的歌中有几句歌词还是受鲁维奥先生的启发写出来的，就像《爱我的方式》中关于同穿一件毛衣，一首叫《远走高飞》的歌中提到搬到一座岛上去。我想，久而久之，所有的老师都会进入你的音乐，对吧？

听说他去世的消息时，我想我应该出席他的葬礼。多年来，我一直想找到他，告诉他，他从不炫耀过去的辉煌，也没有不屑于教一个十几岁的笨女孩弹《越过彩虹》，这令我深受触动。我是说，有多少人能做到这样？不太多。

哦……你听见唱歌了吧？我得进去了……

## 57

现在快点。葬礼就要开始了。让我们用经过音——旋律中不属于和弦,却是和弦之间连结的音符,就像在四方舞中,回到舞伴身边之前,你要先带着别人旋转。我要总结一下弗兰基·普雷斯托余生的经过音,只详细谈主要支柱,然后讲到他最后的日子。复合拍。2/2 拍号。

经过音。日历翻到一九九四年,弗兰基一家离开激流岛(正如你刚刚了解到的)。他女儿凯被著名的纽约茱莉亚音乐学院录取(得益于每天跟父亲学吉他)。奥罗拉和弗兰基在斯坦顿岛的联排住宅中租了一幢房子。这时他用的名字是弗朗西斯科·鲁维奥。那盘盗版的《弗兰基·普雷斯托的魔弦》录音已成为吉他演奏圈内的传奇,许多人在寻找那位神秘的下落不明的吉他演奏家——年轻的音乐人,投机的记者,甚至还有一个纪录片制作人。弗兰基毫无兴趣。过去的已经过去。他想,真奇怪啊,他越要躲避聚光灯,聚光灯就越追着他不放。

但是他度过了一段幸福时光,聚光灯没找到他。在斯坦顿岛上的七年,他过着幸福的普通人生活:体重增加了十二磅,配了有度数的太阳镜,看着头发转成银灰色,跑步时脚受了伤,游览缅因州的海滨,学做意式笔尖面配茄子(奥罗拉的最爱),自学吉他演奏家查理·克里斯蒂安[①]的

---

[①] Charlie Christian (1916–1942),美国摇摆与爵士吉他演奏家,咆勃爵士乐重要创始人。

每一首独奏曲，练瑜伽，修理老式扩音器，在曼哈顿下城购买一叠叠二手CD，在奥罗拉九十点钟做早餐时放给她听。

他在本地音乐商店兼职教吉他，每周都会从那儿拿回一把不同的吉他，用几天就还回去。

"用任何别的吉他，你都不会开心的。"奥罗拉会说。

"我现在就挺开心。"说着，他拉起她的手，她便不再和他争了。

即使在波涛最汹涌的海上，海水也会平静下来。弗兰基和奥罗拉很享受这几年安宁的时光，心中平静而感激，如同登山者抵达山顶后的喘息。他们每天去当地的食品市场买东西，结交邻居，还认识了一个开希腊面包店的女人。他们发现了一座公园，里面有一匹供孩子骑的旋转木马，奥罗拉有时候凝望着木马，像是在出神。弗兰基担心，如今回到当年她流过产的城市，她会想起失去的那个孩子，便拉着她的手说："咱们喝杯根汁汽水吧。"那已经成为她最爱的饮料。

至于奥罗拉，她每周在一家慈善商店工作四天，开始画油画，沿河边骑自行车，每天晚上给凯打电话，哪怕只是道一声晚安。周末的时候，弗兰基有时候会把自己新创作的曲子掺进别人写的老曲子里，弹给她听。她每次都能猜出哪首是他写的。

"你怎么总是知道？"他会问。

"在任何音乐中，我都能听出你来。"她说。

她曾鼓励丈夫教音乐，相信用鲁维奥这个名字，他可以隐姓埋名，继续追求音乐。然而渐渐地，弗兰基丰沛的才华在音乐商店尽人皆知（你是藏不住我的），店主人把他介绍给一个来访的年轻摇滚歌星，两人合作演奏了几支布鲁斯曲子之后，消息传开，说一位吉他大师沦落到斯坦顿岛一家零售店做苦工，于是技艺高超的乐手——有些颇为著名——来纽约的时候便到店里来，有的寻求指点，有的希望合作，有的只为看看传言是否属实。店主并不介意，因为这给他的店带来声誉，多卖出很多吉他。

如今他以"鲁维奥"的名字广为人知("你要去见鲁维奥？""我听说鲁维奥弹得太帅了！")，弗兰基一度想，会不会过火。他喜欢有机会同有才华的艺术家在台下合作，但是他们对他的热捧还是吓了他一跳。他惊讶地发现，自己已成为一位良师，分享早年从老师那里学到的那些小窍门。据我统计，在两年间，弗兰基接受了八十三位专业音乐人的拜访和咨询，其中包括邦·乔维乐队、珍珠果酱乐队①、东大街乐队②的成员，还有贝司手克里斯蒂安·麦克布莱德，吉他手厄尔·克鲁，节奏布鲁斯歌手KEM③，歌手兼词曲作家沃伦·泽方。

来访者中只有寥寥数人了解他的真实身份，包括莱尔·洛维特和达琳·洛夫。他们发誓保守秘密，而且说到做到。

但是有一天，他们租住房里的电话铃响，奥罗拉接起来，一个自称在《滚石》杂志工作的男人问："弗兰基·普雷斯托住在这儿吗？"

奥罗拉立即挂断电话。

经过音。凯以优异成绩毕业，进入波士顿的音乐学院。女儿走了，弗兰基和奥罗拉搬回新奥尔良。那个电话让他们担心。奥罗拉曾在这座新月之城度过了最美好的时光，弗兰基就是在那里的冰果先生橱窗前向她求婚的。

他们在花园区买了一套小小的公寓。奥罗拉早上为弗兰基煮咖啡，

---

① Pearl Jam，美国摇滚乐队，1990年在西雅图组建，风格为另类摇滚、硬核摇滚和邋遢摇滚。
② E Street Band，美国摇滚乐队，自1972年起担任歌手布鲁斯·斯普林斯汀的主要伴唱乐队，2014年入选摇滚名人堂。
③ 本名为金姆·欧文斯（Kim Owens, 1969– ），美国节奏布鲁斯和灵魂歌手，词曲作者。

他晚上为她泡茶。一天下午,她带他去社区中心,她在那里义务教美术,她告诉孩子们,鲁维奥先生是位音乐家。他立即开始指导一支由一架钢琴、一把电贝司、两个鼓手、一只小号、一个演奏长号的矮胖少年组成的年轻乐队。他们演奏放克和爵士乐,鼓手喜欢说唱。他们自称"大杂烩乐队"。弗兰基发现自己渴望他们年轻的热情,即便他们技巧不够成熟。

据我统计——我的统计总是很精确——这是弗兰基·普雷斯托参与演出的第三百七十二支乐队。

后面只剩两支了。

✿

吉他手莱斯·保罗[①]是我的一位门徒,被赋予大量的我,好奇的头脑使他在电吉他、录音机和原带配音方面做过很多创新。十几岁时,他将一根琴弦绷到一根火车枕木上,试图用电话听筒的内部来放大声音。几年后,他拿一块松木,附在一只拾音器上,发明了一把吉他,他们亲切地称之为"木头",就是如今世界各地都在弹奏的实心电吉他的先驱。

但他最了不起的天赋是毅力。一九四八年,一场车祸将保罗和妻子玛丽·福特抛到一条山谷底下,三个小时没有被人发现。他的肋骨、鼻子、脾脏、骨盆和锁骨全部受损。但最糟糕的是,他的手臂多处骨折,医生们考虑截肢,但最后给他永久固定成直角。他从来没有放弃弹琴。那时候没有,几十年后,关节炎啃噬他的身体,直到他的手扭曲得像爪子,他也没有放弃。他一直演奏到九十多岁,在一个小俱乐部演出,拒绝放弃我。

在新奥尔良,弗兰基·普雷斯托眼看着自己的身体开始衰退,弹琴

---

[①] Les Paul (1915–2009),美国著名爵士音乐人和发明家,发明了实心电吉他,创造了多声道录音等革新性的技术。

也变成挑战。如今左手僵硬成为常态,天气潮湿的时候,弹完一支曲子变得很痛苦。看乐谱需要戴眼镜;他的腰,因为常年俯身,落下了腰疼的病根,站起身时,要双手后伸扶着腰,身体后弯时发出一声呻吟。

"我浑身吱嘎响。"他叹息一声,对奥罗拉说。

"有人老啦。"她答道。

"但不是你。"

"对呀,我还能爬树呢。"

"哼。"弗兰基抱怨地嘟囔。

## 58

日历翻到二〇〇五年,即弗兰基七十岁的前一年,一场大暴雨肆虐路易斯安那州。居民接到疏散的警告,但是很多人留下来。奥罗拉加入附近一个教会,一座古老砖房内的小聚会。当暴雨预报变得凶险时,大多数会众已经离开,但无论水涨到多高,年长的牧师就是誓死不离开。

"你必须离开。"奥罗拉恳求他。

"五十二年前我创办这个教会,"他说,"如果上帝要我死在这里,那就听天由命吧。"

奥罗拉把这话告诉弗兰基,他摇头。终其一生,他都看到虔诚与苦难结伴而行。

"我们不留下。"他说。奥罗拉同意。但是当弗兰基要开着装满东西的汽车离开时,却不见她的影子。雨已经开始下了。他迅速开到教堂,发现她正和几个年轻信徒用木板封窗户。

"你在干什么?"他问。

"要是他不走,我们就得帮助他。"

"天气预报说现在是飓风了。我们得离开。"

"再等几分钟。"

外面风越来越大,弗兰基尽量帮忙,他抬着板子,别人则拼命钻孔,砸钉子。两个十几岁的男孩匆匆抬着一根巨大的木梁爬到两个相邻的梯子上,急着把它安放在一面大窗旁边。他们转身太猛,木梁打穿了玻璃。雨水吹进来,第一个男孩失去平衡,伸手去抓梯子,结果将木梁抛向空中,导致另一个男孩也撒了手。第一个男孩还是跌下梯子,砰地一声摔到地上,另一个大叫:"你没事吧?"

"没事,没事,"他说,"就是跌得不轻。"

直到这时,弗兰基才听到一声呻吟,转眼一看,见奥罗拉倒在地上,捂着头。甩出去的木梁从背后砸中她。

"天哪。"牧师大叫一声,向她冲过去。

弗兰基推开别人,弯腰看着妻子。她眨着眼睛,头皮上流了点血。

"帮我把她抬到车上去。"弗兰基吼道。

"没事,没事。"她说。

"快点!"

半小时后,他们浑身湿淋淋地进了一家医院的急诊室,一位医生为奥罗拉缝合伤口。弗兰基看到大厅里挤满病人,许多是老年人,因为害怕即将到来的暴雨躲到这里。医生让奥罗拉放心,说伤口不深,只是有轻微的脑震荡。她被安置到一张病床上,告诉她不要睡觉,以便观察。

"我觉得没事,"她说,"就是头疼。"

"暴雨快来了,"弗兰基问医生,"我们在这里安全吗?"

"安全,当然安全。"医生说着,跑去照顾其他病人了。

几小时之内,飓风横扫新奥尔良。那一夜,保护城市的几条堤坝断裂。庞恰特雷恩湖(那是弗兰基第一次与猫王同台演出的地方)涌出的湖水与密西西比河(新婚燕尔的弗兰基和奥罗拉曾在河边漫步)泛滥的河水漫灌大街小巷,水位越涨越高,爬上墙头,仿佛将过去带回到他们面前。医院变成大仓库,不仅有病人和伤员,还挤满寻求栖身之地、食物和保护的人。停电了,医生打着手电筒做手术。食品短缺,物资得不到补充。底层楼的人都搬到高层,拥挤使境况变得越发不适。正值夏末,热得让人透不过气来。为了通风,人们打破了一些固定的窗户。

在这人间地狱中,弗兰基寸步不离奥罗拉。在拥挤的病房角落的一张床上,他为了不让她睡着,给她讲故事,陪她说话,甚至唱歌。

"你知道,我没事的。"她小声说。

"我知道。"

"我还不到离开你的时候呢。"

"当然不到。"

"但我要走在你前面。"

"是这样吗?"

"离现在还远着呢。"

"很远。"

"但我还是得先走一步。"

"不公平。"弗兰基说。

"不,很公平。"她答道。

"怎么公平?"

"要是你先走了,我还有什么?"奥罗拉问。

"你还有凯啊。"

"没错。"她转开眼,"但是女儿有自己的生活。别弄得她喘不过气来。她会结婚,生孩子。"

"那我也可以问你同样的问题。"弗兰基说,"要是你先走,我有什么呢,除了凯?"

她看着他,仿佛他在开玩笑。

"你有你的音乐啊。"

弗兰基鼻子轻轻一哼,但什么也没说。(而我却完全明白她的意思。)

"《对我说爱》。"奥罗拉说,"唱给我听,别让我睡着。"

"我的法语已经生疏了。"弗兰基说。

"必须唱,"她咧嘴笑了,"我是病人。这是医生处方。"

他叹了口气,把还记住的给她唱出来,轻轻地,直到临床一位老太太转过头说:"大点声,亲爱的<sup>①</sup>。你的声音很甜美。"

弗兰基提高声音。病房中排着六张病床,一张紧挨一张,此时都在黑暗中安静下来。病人和家属拉开隔开他们的薄薄的帘子,感激他的表演带来的消遣。

  Parlez–moi d'amour,

  Redites–moi des choses tendres.

  (对我诉说爱语,

  再次诉说,那些温柔的往事。)

他唱完,大家礼貌地鼓掌,有人说:"再来一个!"弗兰基冲奥罗拉翻一翻眼睛,仿佛说:"瞧你惹的麻烦。"但是奥罗拉微笑着,模仿美国口音,吼了一声:"嘿,伙计,会不会唱弗兰基·普雷斯托的《我想爱你》?"一个老人说:"那首歌很老,但是很好听。"于是,弗兰基便唱起他演艺事业中最著名的主打歌曲,没有伴奏,只有哗哗的雨声,敲打着窗户。

  我想爱你

  真心实意,

  没人像我

  如此爱你……

唱着唱着,别人也慢慢跟着唱起来,如同篝火晚会的合唱,直到黑

---

① 原文为法语。

漆漆的病房中每个人都为这首熟悉的旋律而献声，一声高，一声低，一声尖锐的跑调，同声合唱，向外面的暴雨发起勇敢的挑战。

  哦，假如你允许
  让我向你表达爱意
  不等明天到来
  你也会对我有意！

  他们扯着嗓子，唱到最后一个字，有人像敲鼓一样敲着勺子，其他人哈哈大笑，喊着："噢——好哇！"对弗兰基来说，这是他听到的这首歌的最佳版本。
  每个人此生都会加入乐队。
  有时候只是为了勇敢。
  弗兰基咧嘴笑着，低头看妻子。
  "奥罗拉？"
  她的眼睛合上了。

## 59

医生解释说，夺去她生命的，极有可能是此前撞击导致的创伤。但他们无法确定，毕竟奥罗拉已经六十八岁。护士们拿着手电筒冲进来，试图挽回她的生命，但一切努力都是徒劳。她走得太快了。一位年轻医生表示哀悼，然后匆匆赶去帮助其他在暴雨中受伤的人。护理员推着轮床进来时，弗兰基沉默地瘫坐着，无法相信发生的事。当他们运走她的遗体时，他跌坐在地板上，身体蜷缩靠在墙上，前后摇晃着，双臂抱在胸前，仿佛冻僵一般。外面的街上洪水泛滥，医院仿佛交战地带。无处可去。无处可以痛哭。又一次，他的人生被汹涌的流水改变。

直到四星期后，他们才能埋葬她。

在安葬仪式上，凯拉着父亲的手哭泣。经常和奥罗拉一起去教堂的人手拉手哭泣。塞西尔·(约克·)彼得森从伦敦飞来，拉着凯的手哭泣。她也致了一篇温暖而简短的悼词，说她的妹妹奥罗拉是她所认识的最勇敢、最聪明——有时候——也是最幸福的女人，而且很显然，她总是先替别人着想。社区中心的大杂烩乐队，按新奥尔良的传统奏起葬礼哀歌，演奏一曲《主，我愿更亲近你》。

弗兰基没有参与。一个字都没有唱。他站在葬礼人群的旁边，仿佛置身千万里之外。

我曾说过，奥罗拉·约克是唯一能与我争夺弗兰基心灵的对手。而那一天,她彻底击败了我。他心中没有剩下一枚音符。他对她绝望的爱,无处释放,如同洪水般撞击他心灵的墙壁,将我淹没,使他发不出声音。他眼前不断出现她的脸,在医院里让他唱歌。他眼前不断出现她的脸,还是小女孩的她,在树上让他弹琴。他脑中不断浮现他丢掉的那把旧吉他,那一根尚未用过的蓝色琴弦。

"要是需要你救人一命呢?"她曾经问他。

想得太痛苦。他的大脑关上。他的眼神呆滞。他空得如同洞穴。

仪式结束,他留在坟墓旁,等所有人离去,只剩他一人。然后他蹲下,从口袋里掏出一样东西,插进土中——一只用琴弦做成的圆圆的小花。泪水涌上来,他失去平衡,向前栽倒,湿漉漉的青草浸湿他的双手和双膝。他喃喃地叫着她的名字,一遍又一遍。

"离现在还远着呢。"他抽泣着说,"你说过,'离现在还远着呢。'"

每个人此生都会加入乐队。

而有些乐队会让你心碎。

## 60

弗兰基余生的几年,尽量远离自己的记忆。他住在菲律宾的马尼拉,在圣托马斯大学教授古典吉他。他的女儿凯应父亲要求,利用她在交响乐团的关系,帮他得到面试的机会。

"那儿太远了。"她表示反对。

"我知道。"他说。

弗兰基得到这份工作,他的天主教背景帮了忙。他从来没有告诉他的新雇主,他早已经放弃祈祷、教会和上帝。就这样,他接受了教职,薪酬微薄,住在西班牙大道上的一套小公寓里,这样他可以穿过雄伟的巴洛克风格的世纪凯旋门下面的城中城广场,步行往返校园。

他发现菲律宾学生彬彬有礼,毕恭毕敬。他一对一授课,耐心而坚定。他们仰慕他的学识,但他很少为他们演奏,也不参加任何乐队或教工管弦乐团。他去那里只有一个原因:不让任何人找到他。

只有在夜晚,独坐于俯视楼下公交车终点站的窗前,他才碰吉他。他弹奏加斯帕尔·桑斯①创作的缓慢的巴洛克旋律,罗伯特·约翰逊②的古老的布鲁斯。但他的手指一直疼,神经受损的左手又被关节炎蹂躏,肩膀和脖子一直很僵硬。他不再跑步。他不再做笔尖意面。他不再修理

---

① Gaspar Sanz (1640–1710),阿拉贡作曲家,吉他演奏家。
② Robert Johnson (1911–1938),美国布鲁斯吉他手、歌手、作曲家。

扩音器,不再泡茶,不再做曾经和妻子一起做的日常琐事。孤独如同食人妖魔,笼罩在那些事之上。

奥罗拉曾经说,她走了,除了凯,他还有他的音乐,她说得对。但是我给不了他多少安慰。她去世后,他只写过一首歌,此后便不再动笔。

日历翻到二〇〇九年,凯在一场交响乐巡演结束后,过来看望他,告诉弗兰基,她被选中参加声誉卓著的弗朗西斯科·塔雷加国际吉他比赛,比赛在西班牙举行。那是一场著名的音乐节,已经举办了四十年,今年则具有非凡的意义,因为恰逢塔雷加逝世一百周年纪念。因此,音乐节和比赛将第一次在塔雷加的出生地比利亚雷亚尔举行。

"爸爸,我想要你去。"

"我不去,凯。"

"这对我很重要。"

"我去不了。"

"是你教的我塔雷加。那是你最早教我的音乐。我对他音乐的所有了解,都来自你。"

"那里有太多……"

"什么?记忆?"

"是的。"

"记忆不是在某个地方,爸爸。记忆在你头脑中,也在这里,在这,"她环顾房间,"这小得可笑的公寓里。"

弗兰基搓一搓脸,把头发往后一推。他的头发已经稀疏灰白,却仍然乱蓬蓬垂在额头。

"你用没用过牙刷呀?"凯问,试图逗他笑笑。

"刷给谁看?"他说。

她转开脸。

"爸爸,我也想念她。"

"我知道。"

他凝视着女儿,她长得多美啊,如今三十出头,正当盛年,而他却在皱缩枯萎。

"你能住几天吗?"他问。

"我住到星期五。"

"再多待几天行吗?"

"我得打个电话。"

"你可以用我的电话。"他指一指桌子。

"我有电话,爸爸。现在人人都有电话。"

"哦,是啊。"

她俯下身,揉揉他的膝盖。

"你没事吧?"

爱与痛苦的热流同时涌上他的心头,如同汇集的流水。

"音乐节什么时候举办?"他问。

## 约翰·皮扎雷利

爵士吉他手，歌手，作曲家，著名吉他演奏家巴基·皮扎雷利之子。

好的，当然可以……我叫约翰·皮扎雷利，是音乐人，住在纽约。我来这里，是因为弗兰基·普雷斯托是我的老朋友，他生前曾经委托我替他办一件事……他要我找到《弗兰基·普雷斯托的魔弦》的母带，归还给他女儿……带子就放在这个手提箱里……

我和弗兰基？很久了。他先是认识了我父亲，巴基·皮扎雷利。他们在六十年代中期见的面，是弗兰基上《今晚秀》之后，当时我父亲在那个乐队。他们俩都是吉他手，就聊起来，弗兰基试弹我爸爸的七弦琴，结果令爸爸刮目相看。爸爸十分喜欢他，说："他居然不是意大利人！"我们觉得他是我们的人。知道吗？"普雷斯托"，这名字听起来很有意大利味。

总之，以后的几年里，弗兰基路过纽约的话，就顺便来我们家，和爸爸还有参加完演出的爵士乐手们来场即兴表演，主要还是来吃妈妈做的粗管通心面。第一次见到弗兰基时，我大概六七岁。他和那些上年纪的人不同。他相貌英俊，黑头发，戴墨镜。在我看来，他有点像猫王。或者很像我想象中的猫王。我当时正在学高音班卓琴，弗兰基在他的吉他上弹完一曲，我举起我的班卓，说："不错，但是你会弹这个吗？"显然，我那时是个自以为是的小家伙。他接过班卓，冲我眨眨眼睛，弹起

《马拉圭那舞曲》,那首著名的西班牙曲子。他越弹越快,直到我——天哪——眼珠子都要蹦出来了。那是班卓,不是他的乐器。一曲终了,他说:"怎么样?"我说:"挺好。"他说:"挺好就挺好。"

那时候他叫我LPJ,小皮扎雷利·约翰的简称,因为当时的总统是林登·贝恩斯·约翰逊[①],简称LBJ。所以我是LPJ。他很爱看我和爸爸合奏。我猜那是因为他并不真正了解自己的父亲,于是父子合奏这种想法对他非同一般。

后来,我们很长一段时间没见到弗兰基。七十年代他来过一次,那时候他和奥罗拉结了婚,两人路过纽约。我妈妈给奥罗拉做意大利面吃。我那时上中学,一头卷发整得像个大拖把——当时我正痴迷彼得·弗兰普顿[②]。他说:"那一大堆拖把头下面的可是LPJ?"我说:"正是。"他说:"你好吗?"我说:"挺好。"他说:"挺好就挺好。"之后他说:"你学会《马拉圭那舞曲》了吗?"

再次见到他,是很久以后的事了——直到我三十多岁,已经开始录音,在世界各地旅行。我听说他在一个音乐商店教课,恰好就在斯坦利岛上,用的是化名。我开车过去,果不其然,就是他。他让我关上门,然后给我一个大大的拥抱,问我父亲可好。他给我讲他女儿和茱莉亚音乐学院的事,讲他隐姓埋名的原因,是因为有些人对他太好奇。当时我在纽约演出,恳求他与我们同台演出,并且保证不介绍他,但他婉言谢绝。他说也许哪天晚上会和奥罗拉到我家去,但他们一直没去。

后来他们搬到新奥尔良,我们便失去联系。

最后一次见到他是在一年前。我们的乐队去亚洲演出,有一场是在马尼拉。演出结束后,有一个大学生在舞台门口徘徊,他说有重要的事要告诉我。一个过去在我们家吃肉丸的人捎来口信。他说出"马拉圭那

---

① Lyndon Baines Johnson (1908–1973),美国第 36 任总统。
② Peter Frampton (1950– ),英国出生的美国摇滚歌手、吉他手、词曲作者。

舞曲"几个字，递给我一个地址。就像007电影中的场景，是不是？但那儿离我们演出的地方不远，我就找了辆出租车送我过去。我上楼，找到那间公寓。没有门房通报。我直接敲门。

弗兰基应门，说："嘿，LPJ。"

看到他，我不由得一怔。他看起来不太健康。弯腰驼背，十分消瘦，戴一副老花镜，头发乱蓬蓬的，如同一位糊里糊涂的教授。我不知道奥罗拉已经去世。一旦听说，我便明白了。他们曾经爱得那么痴狂。

我们说了会儿话，他像以前一样，问我父亲可好，问我们是不是还一起演奏，我说是的，他好像很高兴。我问他有没有录音、写歌之类的，他说自从妻子过世，他只写过一首歌。我问可不可以听听。他唱给我听，歌很短，我能完整地背下来。

昨天
我看到一只鸟儿
它的树已经消失，
浓云笼罩
没有月亮的天空
你已离去
我却仍在。

令人心碎，如此忧伤，又如此动听。我问他要不要录下来，他看着我，好像这事不可能发生。他说："你想要的话，就送给你了。"

就是那时候，他让我帮忙。他说，那盘录下他弹吉他的盗版磁带叫《弗兰基·普雷斯托的魔弦》，已经流通了好几年（我没有告诉他，我认识的每一位吉他手，不是买过，就是听过），他确实需要拿到母带。我以为他想拿回该得的钱。

但我想错了,他不在乎钱。他想拿到带子,是因为他记得那天他妻子和女儿与他同在录音室,弹奏间隙,她们说话,欢笑,而这一切,母带上应该都有。他说等他死了,他想让凯留住关于父母的幸福记忆。

我花了一年时间追查那套磁带,最后还真找到了。新西兰的某个人卖给了澳大利亚的某个人,然后又卖到英国,然后是日本。上个月我在日本找到那个拥有磁带的录音师,当我告诉他,我代表真正的弗兰基·普雷斯托,他吓坏了,还说:"我以为他不在人世了呢。"我在一份日语文件上签名,保证不起诉他之后,他直接把磁带交给我。

一拿到带子,我便拨打弗兰基在菲律宾的号码。但我想那时他已经动身来这里了。只差两三天,我与他失之交臂。

典型的弗兰基·普雷斯托节奏,总是那么不凑巧,是吧?

# 61

弗兰基和凯一起飞往西班牙。他们在行李领取处等待凯的吉他卸下来。弗兰基没有带乐器,只提了一只小手提箱。他提醒自己,他是以父亲的身份来的。他与音乐牵扯越少越好。

第一天,他基本是在旅馆睡觉,凯则办理登记,参加音乐节活动。弗兰基的关节炎很严重,服了止痛药。那天晚上,凯请他听自己练琴,于是他坐在椅子中,肩膀塌着,衬衣敞着领口,凝视着女儿飞速移动的手指。她如今琴艺如此娴熟,尤其擅长他年轻时弹的曲子,这令他极为惊讶。当她弹起西班牙作曲家们那些最复杂的段落——那些震音技法,轮扫指法——他不禁缓缓点头。

"怎么样?"弹完后,她问,"有什么建议?"

"我有没有告诉你,我有多爱你?"

"爸爸,这不是建议。"

他耸耸肩。

"哦,好吧。"

最初两天的比赛中,凯表演极为精彩,轻易晋级决赛。决赛那天早上,太阳还没出来，弗兰基就醒了。他脖子僵直，膝盖疼痛。他感到焦躁不安，便借着灯光穿好衣服，离开旅馆，希望新鲜空气能让他振奋精神。

比利亚雷亚尔笼罩在迷雾之中，如同卡门西塔遇见送给她琴弦的吉卜赛人的那天清晨。弗兰基沿宽阔的街道走了一段，拐到一条窄街上，几乎看不清两步之外。城市寂静得如同洞穴。

弗兰基思绪漂浮。按日程安排，他明天就要离开，这肯定是他最后一次回西班牙。当第一缕阳光穿透阴霾，他发现自己站在一座小公园中，公园中央矗立着一尊雕像。

他走上前，眯起眼睛细看。从一座石头基座上俯视他的，是不朽的弗朗西斯科·塔雷加的巨大青铜雕像。

那感觉，就像是看我的一个孩子与另一个孩子相遇。

塔雷加被塑造成正在演奏的形象，左脚踩在小凳上，双手姿势完美地放在吉他上，吉他以经典的角度上翘。弗兰基细细察看那位已经逝世百年的大师的面庞，长长的胡须，飘荡的头发微微有点凌乱，让弗兰基回想起老师。

他垂下眼睛，去看铭文。然后，他往旁边一瞟，眨了眨眼睛。

在那里，靠在石头基座上的，是他的吉他。

至少看起来像是他的吉他。但这不可能，对吧？他左右环顾，好像可能会有人来。然后，他笨拙地探身越过雕像周围低矮的栏杆，栏杆的尖挂住他的裤子，在他皮肤上划了一个小口子。

"啊！"他呻吟了一声。他把手放在琴颈上，感觉眼前闪过一串令人目眩的形象：强哥，年轻的奥罗拉，汉普顿，艾利斯，还有阿尔伯托。他仿佛被蛰了一下，抽回手。

他意识到，不是他一个人在。

躲在雕像后面的，是一个挂着拐杖、头戴风帽、衣服厚重的人影。

"那是你的吉他，弗朗西斯科。"一个低低的声音说道，"拿着它。"

## 62

弗兰基以为自己看到的是个男人,但当风帽褪下,他意识到,眼前是个十分苍老的妇人。

她头发稀疏,剪得很短,几乎全白,有几片头发呈锈色,仿佛曾经是红色。她的眼睛是淡褐色的,周围皱纹密布。她开口说话时,弗兰基注意到她门牙间有条缝隙。

"你把这落在修道院里了。"她说。

"我不想要了。"

"可它还是你的。"

"你为什么把它带来?"

"你还没有弹完。"

"你是谁?"

"曾经,我被认为是你的母亲。"

"我的……母亲?"

"我配不上这个称呼。"

她低下头。

"我抛弃了你,任你自生自灭。从此以后,我的余生便在孤苦凄凉中度过。"

老妇人盯着雕像下的泥土。她容颜枯槁,脸上刻满深深的纹路,下巴的皮肤松松地耷拉着。说话时,她的声音低沉从容,仿佛这个故事她已经练习过无数遍,如今终于说出来。

"我叫何塞法,一九三五年,我十六岁的时候,父母来到比利亚雷亚尔,把我藏在修道院里。他们贫苦,但是虔诚,革命派在追捕他们,尤其是我的父亲,他们称他为'埃尔·贝利'。

"'你在这里会安全的,女儿,'离开时,他对我说,'上帝会让我们很快团聚的。'

"我再也没有见到他。

"我在圣帕斯夸尔教堂的修女中找到安慰。我做弥撒,折叠浆洗的衣服,帮助照看我们的守护圣人的坟墓。

"我们的教堂被民兵捣毁的那天晚上,我离开教堂,给穷人家送吃的,这样的事只允许见习修女做。我回来时,几乎所有人都逃走了。我自己也打算逃,这时候,我看到有人从前门进来,跪在蜡烛前。一个女人,年轻的孕妇。我走过去,想要警告她那里太危险,这时她倒下,开始分娩。

"那女人是你的亲生母亲。她叫卡门西塔,来为你的平安降生祈祷。但是一旦分娩开始,她基本上无能为力。突袭者已经来了。我赶紧扶她登上楼梯,进了圣帕斯夸尔的房间,我向他的灵魂祈祷,求他保护我们。

"几分钟后,你降生了,上面是慈悲的天主,下面邪恶横行。你母亲为你取了名字,纪念我们的守护圣人。她只抱了你一小会儿。为了不让你哭,她为你哼了一首歌。那首歌保住了你的命。

"也保住我的命。"

弗兰基浑身颤抖。

"她怎么了?"他轻声问。

"她很虚弱,动不了,在流血。我听到下面男人的尖叫声,便熄灭了蜡烛。在黑暗中,我感到她伸出手来,当她的手摸到我的头时,便把我拉近。她冲我的耳中小声说,只说了短短一句话。

"'救我的孩子。'

"我尽我所能。那时候,修女在大街上就会被人杀掉,假如他们知道我的身份,我就死定了。我脱掉修女袍,穿上你妈妈的衣服,把我的套在她身上。我小声做了祷告。我怀里抱着你,从后面的楼梯跑出去。"

"你把我妈妈丢下了?"弗兰基问。

老妇人盯着自己的脚。

"我还做了更坏的事。"

她刺耳地咳嗽起来,握紧拐杖。照在他们身上的阳光越来越亮,她也显得越发苍老。弗兰基意识到,这女人一定费了很大的力气才走到这里来。但她仿佛下定决心,一定要讲完这个故事。

"我把你当作自己的孩子,养了好几个月。我隐瞒过去,把能给的都给了你。但是没有工作,没有钱,食不果腹。那时我自己还是个孩子。我不明白婴儿为什么哭。丢下你母亲,我感到万分愧疚,生活在谎言中,又觉得自己很卑鄙。我夜不能寐,听到邪恶的声音。教堂曾经是我的避难所,但是我再也不能去那里了。我没有家人,带着一个又哭又闹的婴儿,感觉被整个世界抛弃。我孤苦无依。于是,一天早上……"

"怎么?"弗兰基问。

她深吸一口气。

"我把你扔了,弗朗西斯科。原谅我这么说,但我不配说得更委婉。我把你丢进米哈雷斯河中。我拔腿就跑,跑得胸口吸不进空气。我瘫倒在一片泥泞的灌木丛中。世界一片漆黑,一瞬间,我以为自己会死掉。那也是我希望的。

"但是这时候,我听到什么东西的喘息声,我睁开眼睛,看到一条狗站在我面前,黑色的,身上没有毛。它一声不响,只是盯着我。一个声音在喊,狗便跑开了。我看到,远处,一个秃顶男人抱起你,那条狗跟在他身边。"

"爸爸……"弗兰基轻声说。

"巴法·鲁维奥。那时候我知道,上帝已经抛弃我,但他没有抛弃你。我是个可怜虫,不配有孩子。我的惩罚会一直伴随我作的恶。但我的苦修已经结清。"

"什么苦修?"弗兰基问。

"从远处守护你。尊重你母亲最后的要求——救我的孩子。这是我唯一的救赎之路。它给我理由,让我从泥泞的树丛中爬起来。我跟在巴法·鲁维奥后面,直到看他抱着你进了家门。从那时开始,我成为你的哨兵。我发誓要为你放哨,无论你的生活把我带到哪里。这就是我做的事。"

弗兰基难以置信地盯着她。"多长时间?"

她双手撑在拐杖上。

"直到此刻。"

罗伯特·舒曼动人心弦的作品《梦幻曲》,是音乐家回忆童年时光而创作的一支曲子。弗兰基从老师那里学过它。这首曲子的特点是,不断重复一个四音符小节的乐句,每次重复继之以不同的和弦,将音乐的情绪改变。曲调简单而令人沉醉,唤起孩童的梦幻。但是整首曲子都维系在一个渐强的段落上,一个跟在最后那个四音符小节后面的美妙声音,一个美得直刺人心的和弦,一旦听到那个和弦,前面的一切才都有了意义。

对弗兰基·普雷斯托而言,这位修女的故事正是那个和弦。长久以来,他的人生如同梦幻,笼罩着重重迷雾,而修女讲的故事将他从梦幻中拉出来,种种细节翻滚涌出,如同转动的锁芯中的弹子,一一归位。

他得知,这个女人,在他一生大多数时间中,离他都不超过一英里远,几乎是他加入的所有乐队中的无声伙伴。弗兰基小时候偷留声机的时候,是何塞法分散了警察的注意力。当弗兰基从士兵身边逃走,是何塞法出钱,拦下一辆吉卜赛人的车。是何塞法尾随弗兰基去了英国,发现他流落在南安普顿码头,是她偶尔在他的吉他盒中放下零钱,使他免于挨饿。

是何塞法尾随弗兰基去了美国,带着她在西班牙救出来的那条无毛狗。在巴法的妹妹拒绝接纳弗兰基之后,是何塞法尾随他,告诉警察他睡在一条小巷里,于是他们把他送到孤儿院。是何塞法在孤儿院的厨房找了份工作,看他长大,也是她开着厨房的窗户,好让伤心的男孩与那条无毛狗重逢。

是何塞法在底特律的夜总会,目睹弗兰基的琴弦变蓝;是何塞法跟他去了纳什维尔和新奥尔良,通知年轻的奥罗拉·约克,有位年轻的西班牙吉他手在一座桥下练琴,到处打听她的下落。在伍德斯托克,是何塞法催促医务人员到舞台上,将血流如注的弗兰基·普雷斯托送上直升机;在伦敦,是何塞法在那家旅馆工作,每天将名叫托尼·班尼特的歌手房间的百叶窗拉开,好让他可能看到弗兰基坐在公园的长凳上,说不定能帮他重返音乐。

几十年后,在新西兰的一个岛上,是何塞法将一名弃婴从教堂里抱走,放在树林里,知道弗兰基和奥罗拉要建立一个家庭。

还有那次决定性的返乡之旅,弗兰基携全家回到比利亚雷亚尔,是何塞法,像她经常伪装的那样,穿着厚重的衣服,去酒馆看弗兰基表演,而在演出结束后,也是她隐藏在小巷中,知道一个老康加鼓手也埋伏在那里。

"那……是你杀了阿尔伯托?"弗兰基问。

"愿上帝饶恕我。"

"你去自首了。"

"我只能如此。"

"你坐牢了。"

"十九年。"

"你为什么打死他?"

"因为我以为他要害你。我知道他可能会行凶。我以前见他这么干过。所以我带了武器。我的一生,我的全部,都是为保护你,弗朗西斯科。他冲你扑过去。我开了枪。"

她捂住嘴,仿佛那记忆仍在刺痛她,泪水迅速顺着她布满斑点的皮肤滑下来。

"终于,正义得到伸张。那就是我告诉自己的。他从你那里夺走的,是谁都不该夺走的东西。"

"他杀了我的老师。"弗兰基说。

"不只是你的老师,"她轻声说,"也是你的父亲。"

突然间,弗兰基无法呼吸。

"你说什么?"

"你称作老师的那个人?他的真名叫卡洛斯·安德烈斯·普雷斯托,

是卡门西塔的丈夫。他曾是全瓦伦西亚最有前途的吉他手。但是他在战争中双目失明。当他失去你的母亲,而且以为同时也失去她腹中的孩子时,他迷失了。"

"这不可能是真的。"弗兰基低声说。

"是真的。但当你降生时,教堂响起钟声,弗朗西斯科。上帝让巴法·鲁维奥成为你的新父亲。而后来,他在不知情的情况下,又把你交给你的亲生父亲。是老师去监狱探望巴法,也是老师用巴法的钱送你去美国。阿尔伯托把老师推进海里的时候,偷走的就是那些钱。那笔钱,在一周之后,我又从阿尔伯托那里偷走。很大一笔钱,让我能这些年看着你。一切都是相互联系的,弗朗西斯科。我父亲对我说过一句吉卜赛俗话:'Le duy vas xalaven pe.'双手互洗。"

"你把钱偷回去了?"弗兰基说。

"在我发誓保护你的这些年,没有几项罪孽是我没犯过的。但又有什么关系?最大的罪孽,我刚开始就犯了——我放弃了你。

"在我坐牢的那些年,我只能为你的平安祈祷。我以为再也不能看到你的脸。但是如今,承蒙上帝的恩典,他又把你带到这里,好让我提出最后的请求。"

"你想怎样?"弗兰基问。

她垂下眼睛。

"请求你宽恕我。"

弗兰基的头向后仰,感觉很重。他揉着太阳穴。这些事太复杂,太难理解。他不停想象他不曾参与的场景:他的母亲在烈焰熊熊的教堂中被烧死;他的老师被推进海中;阿尔伯托被抢劫;而这个女人,这个苍老、潦倒、长着牙缝的女人,不知为何竟然时刻都在,如同隐形的手指,弹拨他生命的琴弦。他感到被操纵。他缓缓站起身,瞪着这个自称为他保护人的干瘪枯槁的人。他没有招惹过她,而她却随意玩弄他的生活,使他自以为知道的一切都变成某种谎言。

"不,"他说,"我不宽恕你。走,马上走。"

"弗朗西斯科——"

"别打扰我!永远不要!听见没有?我不需要你。我从来都不需要你。"

"这不是真的。"她低声说。

但他已经踉跄着走开,将那女人,那把吉他,还有弗朗西斯科·塔雷加,抛在身后。

## 63

弗兰基没有再回旅馆。他没有吃饭。没有喝水。他神思恍惚地徘徊到城市边缘,在米哈雷斯河边的修道院附近坐下。沮丧感在他胸中燃烧。他想象自己被抛进这条河里,想象巴法·鲁维奥发现了他,想象那羞愧难当的修女倒在泥泞的树丛中,看着他被人抱走。这是谁的人生?感觉就像一场戏,挂了他的名,却并非由他撰写。

他在河边坐了将近一整天,靠近那架古老的水磨和牧童的雕像。最后,当下午的阳光渐渐失去热力,弗兰基走进那座躲在洞中的避难者过去常去的小教堂。

教堂里没有人。他的脚步发出回声。他走向祭坛,双膝跪下。自童年起到现在,他第一次张开双手,却不是要吉他。尽管老师曾经告诫他,"上帝什么都不会给你的",他还是向天主寻求某种答案。某种启示。某种安宁。

他等待。倾听。

我的孩子期待一种声音。

他听到的,只有寂静。

就像他的老师预言过的。

他缓缓站起身,吃力地朝回城的方向走去。

音乐节的最后一夜,市政礼堂座无虚席。弗兰基赶到时,已经精疲力竭。他没有吃饭。他没有带门票。他绕到建筑的后面,作为一位音乐家,他对舞台的入口出口十分熟悉。他找到一扇门,悄悄进去。沿着走廊,他看到表演者准备就绪。他一眼瞥见凯,身穿一袭曾属于奥罗拉的红裙。

"爸爸?"她匆匆走过来,"你去哪儿啦?"

"你看起来真美。"

"我担心死了。"

"我去散步了。"

"你没事吧?你浑身是汗。"

"我没事。你专心弹琴就行。"

"你找到座位了吗?"

"也许我会坐在后台这儿。可以吗?"

她给他找来一把椅子。

"歇会儿吧,爸爸。"

"去准备吧,"他说,"我很好。祝你好运。"

她消失在走廊深处。

几分钟后,比赛开始。弗兰基听到墙另一面的管弦乐队,弦乐和管乐起起伏伏,以及突出吉他手时出现的静谧段落。他想起自己第一次听到这样的声音时,还是个孩子,在克利夫兰音乐厅的舞台侧翼,听艾灵顿公爵的演出。但他再也没有年轻时的惊异。他紧盯着泥泞的鞋子,感到前所未有的疲惫。

轮到凯上场演出了,他缓缓挪到舞台侧翼。她是最后一位参赛者,选的是塔雷加创作的两首曲子,对大多数吉他手而言都太难,却是她成长岁月的一部分。而且,我很骄傲地说,她弹得完美无瑕。管弦乐队追随着她,仿佛他们已经合作多年。当她弹完,观众都跳起来,热情地点头赞许,欢呼鼓掌。假如裁判选别人,说不定观众会造反呢。

当宣布她获得冠军时,凯走向前,鞠躬致意。一股自豪的热流涌上弗兰基心头,远超他为自己的成就而感到过的自豪。她被引到台前,接受奖品,还收到两束鲜花。

"十分感谢,"她对着麦克风,用流利的西班牙语说,"能够弹奏比利亚雷亚尔本地人,伟大的弗朗西斯科·塔雷加的作品,我感到极为荣幸。"

又是一阵掌声。

"然而,假如没有另一位本地人,我连一个吉他音符都不会弹。他,就是我的父亲。"

观众低语着。她转身,冲弗兰基招手。他没有料到会如此,感觉眩晕。

"爸爸,请出来吧。"

他摇头拒绝。

"爸爸……求你了……"

他捏紧拳头,然后双手在身后交握。他低着头,走上舞台。观众鼓掌欢迎。

"这位是我的父亲,你们可能更熟悉他的另一个名字……弗兰基·普雷斯托。他在这座城市长大,在这里学习的音乐。"

掌声更加热烈。这出乎人们的意料。弗兰基谦卑地冲人群点头。他意识到,自己已经多年没有登台了。

"爸爸,今天有人送来了这个。"凯说着,指了指一位走向前来的舞台工作人员,"你小时候在这里弹的吉他。真是奇迹。"

弗兰基欲言又止。他不想纠正女儿的话,也不想告诉她真相。

"你能和我一起弹一曲吗?"

不等他做出反应,观众便沸腾了,催促他。凯把那把吉他递给他。有人悄悄替他放好一把椅子。又有人搬来一只脚凳。他们迅速退下,只留父女二人在台上。凯坐下,将吉他放在膝头。她微笑着,示意弗兰基照做。他摇头拒绝。

"爸爸,"她轻声说,"到了重拾音乐的时候了。"

弗兰基愣怔着,没有动。终于,他和她并排坐下。礼堂安静下来。连偶尔的咳嗽声都被制止了。弗兰基将吉他放好,就像他以前做过千万次那样。但是突然间,他忍不住浑身发抖。他喉头发干,视线模糊,手指僵硬。凯担心地看着他。他闭上眼睛,呼出一口气。当他的胸脯沉下去时,他听到他的老师——他的父亲——的声音,在最后的记忆中响起。

"老师,我什么时候才能学完音乐啊?"

"永远学不完。"

"永远学不完?"

"需要学的东西,你永远学不完。你要一直学到生命的最后一天。然后,你就可以激励别人。这就是一位艺术家要做的。"

"激励是什么意思?"

"意思是让别人也像你那样热爱音乐。"

"那样他们就会想弹得像我那样?"

"也许吧。"

"我真能做得到吗?"

"光说不练是不行的。"

"Lo Siento,老师。"

"说英语。"

"对不起。"

"那好。开始吧……"

弗兰基将手指放在琴弦上。他看着女儿。

他们开始演奏。

那是塔雷加的一支甜美轻灵的二重奏,多年来他们弹过很多次。曲名为《阿德丽塔》。弗兰基的琴弦与凯的琴弦相互交织,支持,强调,引领。她和他一样,微微晃动,回忆起在岛上,在他们家房子后面,曾无数次弹起这支曲子。

乐曲结束,他们让最后一串音符回响,然后同时垂下手,仿佛经过精心编排一般。人群发出欢呼,弗兰基感到心中涌起一阵热流。连乐队也赞赏地起立致意。这是弗兰基·普雷斯托加入的最后一支乐队。

但不是他最后一支曲子。

凯冲他一挥手,观众又是一阵欢呼,要求再来一首。她在他脸颊上吻了一下,退到旁边,轻声说:"现在您来。给妈妈弹一曲吧。"

弗兰基望着她走下台。他坐回去。他的呼吸平静下来。他知道,只剩一支曲子要弹了。

《泪》。

死神没有耳朵。塔雷加去世后,有人这样写道。假如死神有耳,他绝不会夺走这世界的音乐。

那一夜,当弗兰基·普雷斯托演奏时,世人再次听到只有死神才不予理会的声音。弗兰基以极为罕见的方式与我连结,由内而外,所以他弹奏的不再是那首曲子的音符,而是其中的泪水——塔雷加创作此曲时,从他眼中流下的泪水,卡门西塔哼唱时,沿着她的脸颊流下的泪水,当老师意识到,自己已经把我的美传递给沙丁鱼加工商的儿子时,他墨镜后面涌出的泪水。

世人从未见证音乐与记忆之间有如此强大的联系。当弗兰基弹到《泪》最后一节时,他扫一眼舞台侧翼,看到女儿正抬手掩住微笑的脸。接着他注意到,女儿身后,站着那位老妇人何塞法,垂着头。

他凝视着她,直到她抬起头,眼神中盛着一生不见容于人的哀伤。从某种意义上说,弗兰基所知道的一切,都是这女人给予的:他的父亲,他的妻子,他的女儿,他的狗,他的安全,他的健康,他的音乐。没错,她曾离弃他。但他也同样错待过她,甚至连宽恕的气度都不肯给她。

他突然停下。观众好奇地沉默着,他缓缓站起身,向那老妇人举起吉他,仿佛献上一件祭品。内心深处,他听到一个声音,那天下午他在教堂中一直等待的声音。

他知道该如何做了。

"我诚心诚意地原谅您,善良的女人。"他说,"我感激您。"

"你感激我?"她轻声说。

"为我的一生。"

他望着女儿,笑了。

"我完整、奇妙的一生。"

何塞法双唇微微张开。那一刻,十分奇怪,她看起来像极了她的父亲,那个曾经送出一束魔弦的吉卜赛人。她安心地闭上眼睛,将风帽拉到头上。突然间,礼堂灯光熄灭,如同被风吹灭的蜡烛。弗兰基听到观众惊诧地倒吸凉气。他低下头,看到一条光闪闪的细线。

他最上面的琴弦变成蓝色。

观众们以为这是终曲的组成部分,欢声雷动。黑暗中,弗兰基感到一阵幸福的解脱,力量和忧虑统统被抽空,仿佛有人拔去插头,切断他与这沉重世界的连结。此时他明白,那些琴弦中,确实有生命,但使它们变成蓝色的,不是他的演奏,而是他的心灵。

欢呼声越来越高,弗兰基抬起头。此时,他看到,在高高的房梁之间,老师、巴法和奥罗拉的灵魂在向他召唤。他向他们伸出手,一阵疼痛揪紧他的心脏。手中的吉他铿然跌落在地上。

那一刻,正如一些人告诉权威人士的,他好像飞升到天花板上。

我现在应该澄清此事。弗兰基的身体根本没有升起。飞升的是他的灵魂。但是世人想聆听他美妙绝伦的音乐的愿望如此强烈——想多挽留它几秒钟——以至于他的灵魂被拉住,在天堂与大地之间停留了片刻。

在这样的争夺之中,只可能有一个获胜者。

几秒钟后,他走了,只留下他的身体,砰地倒在舞台上,如同一只木偶,被剪断了提线。

看看时间。看看教堂。看看那些抬棺者,每一个都是这些年弗兰基教过的学生,年轻男女,身着黑色丧服,面容悲戚。开头时我说过,我会将弗兰基的才华散播到其他心灵中去。但他已经这样做了。音乐在那些年轻抬棺者心中,在那些不远万里来向他道别的老音乐家心中,在千万个听过他演奏,或试图模仿他演奏的人心中,在他深爱的女儿心中,在她将要养育的孩子,孩子的孩子,孩子的孩子的孩子的心中。他们将会在那盘很久以前录制的磁带中,听到弗兰基最精彩的演奏——还有他和家人的欢笑声。

现在我要离开你们,回去执行我永恒的任务,等待新生的婴儿和他们张开的小手。

你知道吗?弗朗西斯科·塔雷加逝世多年以后,他的遗体曾被起出坟墓,运到离他的故乡更近的地方安葬。著名吉他演奏家安德烈斯·塞戈维亚到场见证,站在启开的棺材的尾端。看到塔雷加的遗骸,塞戈维亚泫然泪下,向对他影响如此深远的天才致敬。

我深感荣幸。但是在我离开之际,我应该坦白。音乐不在骨头中。也不在唇间,或肺中,甚至不在手上。我是音乐。音乐在人类心灵的连结之中,以一种无需文字的语言诉说。

每个人此生都会加入乐队。而你的演奏总会影响某个人。

有时候,会影响世界。

弗兰基的交响乐结束。

所以,最后,我们休止。

## 致 谢

许多作家在最后几页会这样写:"假如没有……这本书不可能完成。"这种做法很好,在此我不妨借用一下。

但在这部小说中,对于那些数不清的艺术家——他们同意我将弗兰基·普雷斯托的生命编织进他们的真实生活——来说,"假如没有……这本书不可能完成"这段话是千真万确的。他们信得过我,让我用他们的声音说话,赋予他们的个人历史虚构的宇宙。为此,我不仅感激,而且觉得有必要加上几条特殊说明:

马库斯·贝尔格雷夫。他是个宝藏。最后一次与他谈话时,我给他讲了这部书,讲到他被写进去了。他当时在医生办公室,但还是一如既往地乐观,积极向上。几个月后,他去世了。我会想念他的小号。他是底特律爵士乐遗产极为重要的组成部分。

达琳·洛夫。《今天我遇到了将要嫁的男孩》是我妻子在我们婚礼上唱的歌。多年来我痴迷达琳的音乐。她的人生故事不可思议,假如有机会,弗兰基很可能会吻她。

伯特·巴卡拉克。我认识他有段时间了。他同他的音乐一样优雅。作为二十世纪最伟大的词曲作者,他能使电话簿富有旋律。我不明白一个人怎么能写得出《宝贝,是你》和《我就是不知该拿自己怎么办》这样的歌。深深感谢他的参与。

罗杰·麦吉恩。他对自己吉他技艺的谦卑是我塑造弗兰基的一个灵感。罗杰是一部摇滚乐的活历史。与披头士的会面，还有那次聚会，都是真的。我甚至没有写到，一天晚上，他和埃里克·克莱普顿、吉米·亨德里克斯在一幢公寓里即兴演奏。他还屈尊和我们乐队"摇滚底层残余"合作，正如那句明珠暗投的老话说的。

莱尔·洛维特。我们几年前相遇，成了朋友。我一直喜爱他的音乐和歌词。听《她犯的第一个错》或《上帝愿意》这样的歌时，我脑袋里冒出的第一个词就是"聪明"，于是我给他虚构了一个名为"聪明呼喊"的乐队。莱尔既谦逊又有才华。我给他讲起这个故事，他立即答应了。他的信任对我意义重大。

保罗·斯坦利。写这本书之前，我与保罗未曾谋面。可他很亲切地在家里接待了我，给我讲了无数摇滚乐轶事，包括如何为 KISS 乐队试音。（"从约会到结婚"是他的原话。）保罗富有诗情，深沉而善良。他对这部小说很认真，对他与弗兰基的相遇进行了慎重的评价。在他洪亮的吉他琴弦后面，是一位宽宏而敏感的艺术家，我对他深怀感激之情。

托尼·班尼特。一位国宝。一天下午，我和他坐在后台，让他想象会对一位放弃音乐的音乐人说些什么。我将这编织进他与身心俱损的弗兰基在伦敦的"邂逅"。如果有谁可以激励人重返音乐的话，那就是托尼·班尼特。只要听听他演唱的《迷失在群星之间》，你就会明白我的意思。我爱他，并因为有这样的朋友而自豪。

温顿·马萨利斯。自从温顿的乐队向我的电台工作人员发出篮球赛的挑战，我们就成了哥们儿。他们把我们杀得一败涂地。（谁能想到爵士乐手还会投篮？）温顿立即答应我可以把他写进这本书之中，在读过关于他与弗兰基的那一章后，发来热情洋溢的短信。爵士乐中没有谁比此人具有更强的音乐实力了。我肯定，他出世时，双拳中一定都攥紧了音乐。

英格丽·迈克尔森。她在纽约演出,那天清晨,她刚喝过咖啡,睡意尚未全消,我们见面,我向她提出那个想法。她有才华,有智慧,有头脑,我感觉她会成为老年弗兰基绝佳的学生。听听《远走高飞》,再听听《我们如何相爱》,就知道她的天赋有多宽广。在歌曲创作上,她都能教几手给鲁维奥先生。

约翰·皮扎雷利。关于这部书的想法,我首先告诉了约翰,所以他成为我的最后一位客人是恰当的。约翰是那种与乐器融为一体的音乐家,他的演奏轻松自如,而且极具感染力。我们是多年老友,他慷慨而谦逊,所以由他跑遍全世界,帮弗兰基找回《魔弦》,并不意外。他是我的英雄,将他塑造成书中的英雄是件很有意思的事。

说到这部书的创作,我首先必须提到在西班牙度过的时光。玛尔塔·阿门戈·罗佑是理想的研究者和翻译,准确而热情;哈辛托·埃雷迪亚,我们的比利亚雷亚尔本地的历史学家,是我们获取知识和奇闻轶事的无价源泉。(没错,在书中向弗兰基介绍塔雷加遗物的就是他,对于他所有帮助,这是我能做的最起码的事。)比利亚雷亚尔的可爱的人们,城市博物馆中的塔雷加展览,还有圣帕斯夸尔教堂,对于创造弗兰基的根基的气氛和精神都起了重要作用。这是一座奇妙的城市,我极力推荐大家去参观。(极为感谢我的西班牙出版人玛伊娃,帮我快速启动整个西班牙之旅。)

再说离家近的,感谢哈珀·柯林斯出版社的凯伦·里纳尔迪,我的天使出版人和编辑,能够一开始就对一部难以解释的书抱有信心。感谢布莱恩·默里、迈克尔·莫里森和乔纳森·伯纳姆的祝福。在我事业的这个阶段,哈珀这个大家庭让我安心,感谢他们所有人,尤其是米兰·博齐克(又一个美丽的封面),约翰·加辛诺,丽雅·卡尔森-斯坦尼西克,乔什·马维尔,道格·琼斯,布莱恩·佩林,丽雅·瓦西莱夫斯基,斯蒂芬妮·库珀,凯西·施耐德,汉娜·罗宾逊(哇,终于编辑完啦!),还有莱斯莉·科恩（感谢她为使弗兰基的故事面世已经付出和将要付出的努力）。

大卫·布莱克做我的经纪人和朋友已近三十年，所以一切顺风顺水。安东妮拉·拉纳里诺在无数层面上都是珍贵的资源。苏珊·瑞尔豪佛将弗兰基推向全球。另外还要感谢萨拉·史密斯和珍妮·赫雷拉。

乔-安·巴纳斯为这部书做了大量调研，从采访吉他手到研究强哥一九四六年的演出曲目表，而且由于她的努力，我还得到印第安纳州古典吉他协会的约翰·阿尔瓦拉多的帮助；感谢阿拉巴马州蒙哥马利市的汉克·威廉姆斯博物馆的各位朋友；感谢马士基航运公司的艾美·豪泽（为弗兰基乘过的所有的轮船）；感谢密歇根手部与运动康复中心的凯·麦康纳奇；感谢得克萨斯大学奥斯汀分校的伊安·F·汉考克和明尼苏达州的威廉·A·杜纳（为他们在吉卜赛文化和历史方面的知识）；感谢美国越战老兵协会；感谢密歇根州芬戴尔市戈迪音乐的戈迪·卢波；感谢莱曼礼堂博物馆主任约书亚·布朗嫩伯格和莱曼礼堂博物馆馆长布伦达·考拉戴；感谢密歇根州沃特福德市湖区圣母天主教会的劳伦斯·J·德朗耐神父；感谢辛辛那提州圣克莱尔修道会的戴安娜·肖特修女；感谢密歇根州韦斯特兰市的罗素·巴伯；感谢路易斯安那州卫生厅媒体通讯处的玛丽·凯·斯拉舍。

我要特别感谢出色的吉他演奏家维托·拉法塔，这部书他至少读了三遍，并提出专家意见。对共和唱片公司的人们道一声大大的感谢，尤其是艾弗里·李普曼和汤姆·麦凯，他们为弗兰基的《魔弦》办理了一份真实的唱片合同。凯文和罗比·马丁是真实存在的人，他们使参观激流岛的游客有宾至如归之感。对所有在弗兰基故事中出现的公众人物都深表感激，无论他们是否预料到。书中对所有人物的呈现，从强哥到猫王，再到小理查德和汉克·威廉姆斯，都出自于对他们天赋的深深的崇敬。

下面轮到家庭团队了：克里·亚历山大是一切的凝聚力，向来如此。马克·"罗塞"·罗森塔尔应付世事，好让我有时间写作。孟德尔记账，但是恕我直言,他依然是个糊涂虫。查德·奥迪继续用实例证明,无论你多有创造力,为他人工作依然是最奇妙的馈赠。特丽莎、里克、阿里和杰西最早对弗兰基做出评论。同往常一样,最高的谢意要献给我的家人,他们在忍受我的写作之前很久就开始忍受我的音乐了:爸爸,卡拉,彼得,所有的叔叔、婶婶和表兄妹们;还有我的母亲,就在这部小说的创作过程中去了天国,因此,弗兰基对卡门西塔的情感令我感同身受。

我也得感谢我曾加入过的所有乐队,它们让我懂得,队友就像家人,无论好坏。(那些乐队包括"水晶反射","幸运虎润滑棒乐队",大学时的那些乐队,"街头混混","摇滚底层残余",还有十来个我连名字都记不起来了。)

最后,一如既往,我将最深的感激献给我三岁的女儿珍宁,这部小说的每个音符她都听过,透过作者不那么弗兰基的声音,她坐在椅子上,我读给她听,父女二人伴随着故事叙述的独特节奏,轻轻摇晃。

## 译者致谢

任何一本书的翻译，除了译者的工作，也离不开许多师友的支持和帮助。"假如没有……这本书不可能完成。"这句话在翻译中向来不是空洞的客套，本书尤其如此。在此，谨向以下各位表示诚挚的谢意。

首先感谢济南春天吉他艺术中心的刘家瑞老师，在繁忙的授课之余，不厌其烦地向我这个乐盲解释各种音乐常识，演示吉他演奏技法，并认真帮我推敲书中涉及音乐的句子的翻译。感谢山东教育出版社的徐婉编辑帮我解答音乐问题，并帮我联系济南大学音乐学院的范洪涛老师。我与范老师未曾谋面，但他以扎实的专业知识热心帮我解答书中的许多音乐问题。未曾谋面而热心提供专业帮助的还有山东教育出版社的董丁老师，以及刚从德国李斯特音乐学院毕业的张逸辰同学。

以下几位师友帮我解决很多语言和文化上的疑问，是我近几年翻译中都应感激的：从事中美教育交流的 Dan Gregg 先生是我们外语学院老朋友，每次来济南，都被我五花八门的问题轰炸，他每次都十分耐心地回答。Eric Bosell 先生是我大学时的文学老师，如今隔着半个地球，仍热心及时地为这个多年前的学生解惑。马萨诸塞大学的刘丽明女士是我二〇一三年在康州访学时结识的好友，是我在翻译中极为倚重的坚强后盾；在本书翻译过程中，她提供了大量的帮助。

感谢我的同事王淑华老师帮我解决书中的法语问题。感谢我的朋友刘冲帮我通读译稿，并提出细致而中肯的修改建议。感谢我的朋友，教育出版社的王慧和刘卫红，在本书翻译体例和语言上对我的指教。感谢故乡的民谣组合烟把乐队主唱和词曲作者郑涛（言寺）提供的帮助。

特别感谢我的老师，山东师范大学退休教授李自修先生，他严谨的治学态度和多年来的热心帮助，一直鞭策和鼓舞我在翻译这条道路上勉力前行。

还有很多同事和朋友在本书翻译过程中提供启发和帮助，无法一一列出，在此一并表示感谢。

最后，感谢我的父母和所有亲友对我的关心和包容，你们是我一切工作的最大动力。

谢谢你们。

王爱燕
2017年7月31日于济南

图书在版编目（CIP）数据

弗兰基的蓝色琴弦 /（美）米奇·阿尔博姆著；王爱燕译. -- 海口：南海出版公司，2017.11
ISBN 978-7-5442-6321-4

Ⅰ.①弗… Ⅱ.①米… ②王… Ⅲ.①长篇小说-美国-现代 Ⅳ.①I712.45

中国版本图书馆CIP数据核字(2017)第237932号

## 弗兰基的蓝色琴弦
〔美〕米奇·阿尔博姆 著
王爱燕 译

| | |
|---|---|
| 出　　版 | 南海出版公司　(0898)66568511 |
| | 海口市海秀中路51号星华大厦五楼　邮编 570206 |
| 发　　行 | 新经典发行有限公司 |
| | 电话(010)68423599　邮箱 editor@readinglife.com |
| 经　　销 | 新华书店 |
| 责任编辑 | 翟明明 |
| 特邀编辑 | 强　梓　李怡霏 |
| 装帧设计 | 李照祥 |
| 内文制作 | 田晓波 |
| 印　　刷 | 北京天宇万达印刷有限公司 |
| 开　　本 | 850毫米×1168毫米　1/32 |
| 印　　张 | 13 |
| 字　　数 | 280千 |
| 版　　次 | 2017年11月第1版 |
| 印　　次 | 2017年11月第1次印刷 |
| 书　　号 | ISBN 978-7-5442-6321-4 |
| 定　　价 | 49.50元 |

版权所有，侵权必究
如有印装质量问题，请发邮件至 zhiliang@readinglife.com

著作权合同登记号　图字：30-2017-120

THE MAGIC STRINGS OF FRANKIE PRESTO
by Mitch Albom
Copyright © 2015 by ASOP, Inc.
Published by arrangement with ASOP, Inc., f/k/a Mitch Albom, Inc., c/o
Black Inc., the David Black Literary Agency
though Bardon-Chinese Media Agency
Simplified Chinese translation copyright © 2017
by Thinkingdom Media Group Ltd.
ALL RIGHTS RESERVED

"A House Is Not a Home" (from the film *A House Is Not a Home*), written by Burt Bacharach and Hal David. © 1964 Sony/ATV Music Publishing LLC. All rights administered by Sony/ATV Music Publishing LLC, 424 Church Street, Nashville, TN 37219. All rights reserved. Used by permission.

"Jonah," words and music by Paul Simon. Copyright © 1978, 1980 Paul Simon (BMI). All rights reserved. Used by permission.

"Just Waitin'," written by Hank Williams Sr. and Bob Gazzaway. © 1951 Sony/ATV Music Publishing LLC. All rights administered by Sony/ATV Music Publishing LLC. 424 Church Street, Suite 1200, Nashville, TN 37219. All rights reserved. Used by permission.

"Lost in the Stars," words by Maxwell Anderson; music by Kurt Weill. © 1946 (Renewed) Chappell & Co., Inc., and Tro–Hampshire House Publishing Corp. All rights reserved. Used by permission of Alfred Music.

"Lost in the Stars," from the musical production *Lost in the Stars*, words by Maxwell Anderson; music by Kurt Weill. TRO- © Copyright 1944 (Renewed) 1946 (Renewed) Hampshire House Publishing Corp., New York, NY, and Warner/Chappell Music, Inc., Los Angeles, California. International copyright secured. Made in the USA. All rights reserved, including public performance for profit. Used by permission.

"Nature Boy," by Eden Ahbez. © 1948, 1976, 1995 by David J. Janowiak DBA Golden World Music. Used by permission.

"Parlez-Moi d'Amour," by Jean Lenoir. Copyright © 1930 by Societe d'Editions Music Internationales, copyright renewed. All rights reserved. Used by permission.